Karin Alvtegen

Die Flüchtige

Karin Alvtegen

Die Flüchtige

Roman

Deutsch von Hedwig M. Binder

Wunderlich

Die Originalausgabe erschien 2000 unter dem Titel «Saknad»
bei Bokförlaget Natur och Kultur, Stockholm.

Redaktion Catrin Frischer
Umschlaggestaltung Susanne Müller
(Foto: photonica)

2. Auflage April 2001

Satz aus der Garamond PostScript PageOne
Gesamtherstellung Clausen & Bosse, Leck
Printed in Germany
ISBN 3 8052 0698 4

Die Schreibweise entspricht den Regeln
der neuen Rechtschreibung.

Für Mama und Papa.
Und für Elisabeth.
Dafür, dass ihr immer da seid.

Dafür halte uns jedermann: für Christi Diener und Haushalter über Gottes Geheimnisse. Nun sucht man nicht mehr an den Haushaltern, als dass sie treu erfunden werden. Mir aber ist's ein Geringes, dass ich von euch gerichtet werde oder von einem menschlichen Tage; auch richte ich mich selbst nicht. Ich bin mir nichts bewusst, aber darin bin ich nicht gerechtfertigt; der Herr ist's aber, der mich richtet.

Darum richtet nicht vor der Zeit, bis der Herr kommt, welcher wird ans Licht bringen, auch was im Finstern verborgen ist, und wird das Trachten der Herzen offenbar machen.

Alsdann wird einem jeglichen von Gott sein Lob widerfahren.

Dank sei Dir, Herr, dass Du mir Mut gibst. Dass Du mir Dein Ohr zugewandt, meine Gebete erhört hast und mich auf meinem Weg leitest.

Lass mich Dein Werkzeug sein. Lass mich ihre Sünde tilgen, und lass meinen Geliebten zu Dir ins ewige Leben kommen.

Erst dann kann ich wieder hoffen.

Erst dann kann ich Frieden haben.

Das Kostüm war grün und gute Markenware, und niemand konnte ahnen, dass sie es für neunundachtzig Kronen fünfzig in einem Trödelladen der Heilsarmee gekauft hatte. Der Knopf war am Rockbund durch eine Sicherheitsnadel ersetzt, aber auch das konnte niemand sehen. Sie winkte den Kellner heran und bestellte noch ein Glas Weißwein.

Der Auserwählte dieses Abends saß zwei Tische weiter, der Tisch zwischen ihnen war frei. Sie hatte noch nicht angefangen und konnte darum nicht beurteilen, wie bewusst ihm ihre Gegenwart war.

Er war erst bei der Vorspeise.

Sie hatte genügend Zeit.

Sie nahm einen Schluck aus dem nachgefüllten Weinglas. Der Wein war trocken und genau richtig temperiert. Und bestimmt ziemlich teuer. Sie hatte sich nicht die Mühe gemacht, nach dem Preis zu fragen, da er sie absolut nicht interessierte.

Aus den Augenwinkeln bemerkte sie, dass der Mann sie ansah. Über das Weinglas hinweg ließ sie ihren Blick zufällig dem seinen begegnen und dann angemessen desinteressiert durchs Lokal zurückschweifen.

Der Französische Saal des *Grand* war wirklich ein prächtiger Ort. Dreimal war sie schon hier gewesen, aber heute Abend würde es für eine Weile das letzte Mal sein. Das war schade, denn es gab immer frisches Obst auf dem Zimmer, und die Handtücher waren ungewöhnlich dick und so zahlreich, dass gefahrlos einige davon in die Aktentasche gleiten konnten.

Man sollte aber das Schicksal nicht herausfordern. Es wäre verheerend, wenn das Personal sie erkennen würde.

Sie merkte, dass er wieder hersah. Sie holte ihren Terminkalender aus der Aktentasche und schlug das aktuelle Datum auf. Leicht gereizt trommelte sie mit rot lackierten Fingernägeln ungeduldig auf der Tischplatte. Wie hatte sie nur zwei Termine gleichzeitig vereinbaren können? Und obendrein noch mit ihren beiden größten Kunden! Aus den Augenwinkeln sah sie, dass er noch immer den Blick auf sie gerichtet hielt.

Ein Kellner ging vorbei.

«Hätten Sie vielleicht ein Telefon für mich?»

«Aber sicher.»

Der Kellner ging zur Bartheke und sie sah ihm nach. Als er zurückkehrte, hielt er ein schnurloses Telefon in der Hand.

«Bitte sehr. Wählen Sie die Null vorweg.»

«Danke schön!»

Sie tat, was er gesagt hatte, und blätterte dann in ihrem Kalender, bevor sie eine Nummer eintippte.

«Hallo, hier ist Caroline Fors von Swedish Laval Separator. Es tut mir Leid, aber ich habe für morgen Vormittag doch tatsächlich zwei Termine gleichzeitig vereinbart und möchte nur sagen, dass ich zwei Stunden später als geplant kommen werde.»

«Zwanzig Uhr, fünfundzwanzig Minuten und dreißig Sekunden. Piep.»

«Prima … Dann bis morgen. Wiederhören.»

Seufzend schrieb sie *Salamiwurst 14.00* in die Zeile unter *Souterrain* und schlug den Kalender zu.

Ganz zufällig begegneten sich in dem Moment, in dem sie erneut ihr Weinglas hob, ihre Blicke. Sie merkte, dass er ihr jetzt seine ganze Aufmerksamkeit schenkte.

«Ist es ein bisschen zu viel geworden?», fragte er lächelnd.

Sie lächelte leicht verlegen und zuckte die Schultern.

«Das passiert schnell einmal», fuhr er fort und sah sich um.

Er näherte sich dem ausgeworfenen Köder schon und wandte den Blick nicht von ihr.

«Sind Sie allein oder warten Sie auf jemanden?»

«Nein, nein. Ich wollte nur ein Glas Wein trinken, bevor ich auf mein Zimmer gehe. Es war ein langer Tag heute.»

Sie steckte den Kalender wieder in die Aktentasche. Nun hatte sie ihn gleich! Als sie die Tasche auf den Fußboden zurückgestellt hatte, sah sie ihn in genau dem Moment an, in dem er seinen Vorspeisenteller beiseite schob, sein Glas erhob und ihr zuprostete.

«Darf es vielleicht etwas Gesellschaft sein?»

Dabei hatte sie doch gerade erst angefangen! Mit einem kleinen Lächeln holte sie ihren Fang ein. Freilich nicht zu hastig. Ein gewisses Maß an Widerstand verfehlte nie seine Wirkung. Sie zögerte ein paar Sekunden, bevor sie auf seine Frage antwortete.

«Gerne. Ich werde mich aber bald zurückziehen.»

Er erhob sich, nahm sein Weinglas und setzte sich ihr gegenüber.

«Jörgen Grundberg. Nett, Sie kennen zu lernen.»

Er reichte ihr die Hand. Sie ergriff sie und stellte sich vor.

«Caroline Fors.»

«Ein schöner Name. Für eine schöne Frau. Zum Wohl!»

An seiner linken Hand blitzte ein schmaler Ehering. Sie erhob ihr Glas.

«Zum Wohl!»

Der Kellner näherte sich mit Herrn Grundbergs Hauptgang. Als er sah, dass sein Gast verschwunden war, blieb er abrupt stehen. Jörgen Grundberg winkte ihm kurz.

«Hier bin ich. Hier hat man gewissermaßen eine bessere Aussicht.»

Sie lächelte ihn gequält an, aber zum Glück schien Herr Grundberg für die Gemütsverfassung seiner Umgebung nicht sehr empfänglich zu sein.

Ein weißer Teller mit silberner Haube wurde zwischen sie auf den Tisch gestellt, und Herr Grundberg schüttelte die stilvoll gefaltete Stoffserviette auseinander und platzierte sie auf seinem Schoß. Dann rieb er seine Handflächen aneinander.

Dieser Mann freute sich auf sein Essen.

«Wollen Sie nichts essen?»

Sie spürte, wie ihr der Magen knurrte.

«Ich hatte es nicht vor.»

Er lüftete den silbernen Deckel und ihr stieg ein köstlicher Duft nach Knoblauch und Rosmarin in die Nase. Sie spürte, wie ihr der Speichel über die Zunge lief.

«Natürlich müssen Sie etwas essen.»

Er sah sie nicht an. Er war jetzt ganz darauf konzentriert, von einem der Lammfilets ein Stück abzuschneiden.

«Essen und Trinken hält Leib und Seele zusammen», fuhr er fort und steckte sich eine ordentliche Gabel voll in den Mund. «Hat Ihnen das Ihre Mutter nicht beigebracht?»

Dies und noch vieles mehr hatte ihr ihre Mutter bestimmt irgendwann beigebracht. Das allein war schon ein Grund zu verzichten. Sie hatte jetzt aber wirklich Hunger. Das Obst auf dem Zimmer erschien ihr plötzlich nicht mehr so verlockend.

Den ersten Bissen im Mund, winkte er den Kellner heran. Dieser kam unverzüglich und durfte brav dastehen und warten, bis Grundberg zu Ende gekaut hatte.

«Können wir für die Dame das Gleiche noch einmal bekommen, bitte? Das geht auf Zimmer vierhundertsieben.»

Er lächelte sie an, zog seine Schlüsselkarte aus der Tasche und wedelte damit vor dem Kellner.

«Zimmer vierhundertsieben.»

Der Mann drehte sich um und ging.

«Sie nehmen mir das hoffentlich nicht übel?»

«Ich kann mein Essen wirklich selbst bezahlen.»

«Ja, das glaube ich schon. Aber ich möchte meine Aufdringlichkeit gern vergelten.»

Das war ihm liebend gern gewährt.

Sie nahm ein Schlückchen Wein. Dieser Mann war beinahe zu gut, um wahr zu sein. Ein absoluter Selbstläufer. Er mampfte seine Lammfilets weiter und war von seinem Mahl anscheinend völlig absorbiert. Eine Zeit lang schien er vergessen zu haben, dass er Tischgesellschaft hatte.

Sie betrachtete ihn. Sie schätze ihn auf ungefähr fünfzig Jahre. Sein Anzug wirkte teuer, und da er im Französischen Saal des *Grand* ohne mit der Wimper zu zucken soeben zwei Hauptgänge bestellt hatte, stand es sicherlich nicht schlecht um seine Zahlungsfähigkeit.

Gut. Er war perfekt.

Er schien gutes Essen gewohnt zu sein. Seinem Hals war der Hemdkragen zu eng, er quoll über den Rand und ruhte auf dem Krawattenknoten.

Ein ungeübtes Auge würde sich von seinem Äußeren vielleicht irreführen lassen, aber sie konnte man nicht täuschen. Er war zweifellos ein Emporkömmling. Seine Tischsitten verrieten deutlich, dass in seiner Jugend niemand größere Energien darauf verwandt hatte, ihm beizubringen, wie man sich bei Tisch benahm. Niemand hatte ihn am Ellbogen geschnippt, wenn er ihn auf den Tisch gelegt hatte, und niemand hatte sich die Mühe gemacht, ihn darauf hinzuweisen, dass er niemals das Messer in den Mund nehmen dürfe.

Er war schlicht zu beglückwünschen.

Außerdem aß er mit dem Vorspeisenbesteck.

Als sie ihren Teller vorgesetzt bekam, war er mit dem Essen fast fertig. Der Kellner entfernte die silberne Haube und sie musste sich sehr beherrschen, nicht Jörgen Grundbergs Beispiel zu folgen und sich auf das Essen zu stürzen. Sie schnitt von dem Filet einen kleinen Happen ab, den sie dann sorgfältig zerkaute. Er scharrte mit dem Messer den letzten Rest Sauce auf und zog es ungeniert zwischen den Lippen hindurch.

«Das ist wirklich gut», sagte sie. «Herzlichen Dank.»

«You're welcome», erwiderte er lächelnd und versuchte ein Rülpsen in der Serviette zu verbergen.

Er schob seinen Teller beiseite, zog eine weiße Arzneipackung aus der Tasche und öffnete sie. Er drückte sich eine längliche Kapsel in die Hand und spülte sie mit einem Schluck Wein hinunter.

«Swedish Laval Separator. Das hört sich nach etwas an.»

Er steckte die Schachtel wieder in die Tasche. Sie aß weiter und zuckte nur leicht die Schultern. Diese Phase war riskant.

«Und Sie? Was machen Sie?»

Dass das doch jedes Mal funktionierte! Als ob alle Männer in teuren Anzügen Klone desselben Urvaters wären. Sobald ein Mann auf der Karriereleiter die Gelegenheit bekam, über seine Erfolge zu sprechen, vergaß er alles, was ihn in den Minuten kurz davor vielleicht noch hätte interessieren können.

«Importbranche. Vor allem Elektronik. Ich spüre neue Dinge auf, an die ich glaube, und lasse sie in Lettland und Litauen herstellen. Sie wissen, dass die Herstellungskosten nur ein Drittel so hoch sind, wenn man …»

Sie genoss das Essen. Er plapperte weiter über seine geniale Geschäftsidee, sie sah ihn manchmal an und nickte interessiert, ihr Inneres aber war von Knoblauch und Rosmarin erfüllt.

Als ihr Teller leer war, merkte sie, dass er schwieg, und sie sah auf. Er betrachtete sie. Es war höchste Zeit, Phase zwei einzuleiten. Ihr Weinglas war noch halb voll, aber das ließ sich nicht ändern.

«Es war wirklich köstlich. Herzlichen Dank.»

«Sie waren wohl doch ein bisschen hungrig.»

Sie legte das Besteck auf den Teller, so wie es sich gehörte. Jedenfalls eine Person am Tisch hatte gelernt, wie man eine Mahlzeit formell beendete.

Er machte einen lächerlich zufriedenen Eindruck.

«Im Allgemeinen kann ich erraten, was eine Frau braucht», sagte er lächelnd.

Sie fragte sich, ob das auf seine Frau auch zutreffe.

«Ich möchte mich gern für das gute Essen und die nette Gesellschaft bedanken, aber für mich wird es jetzt Zeit, mich zurückzuziehen.»

Sie legte ihre Serviette zusammen.

«Kann ich Sie nicht noch mit einem kleinen Schlummertrunk auf dem Zimmer locken?»

Über dem Rand des Weinglases begegnete sein Blick dem ihren.

«Vielen Dank. Aber ich habe morgen einen langen Tag vor mir.»

Noch bevor er sie zurückhalten konnte, winkte sie den Kellner heran, der sofort kam.

«Kann ich bitte die Rechnung bekommen?», fragte sie.

Der Kellner nickte höflich und begann den Tisch abzuräumen. Er warf einen Blick auf Grundbergs Messer und Gabel, die über Kreuz auf dem Teller lagen.

«Sind Sie fertig?»

Der nahezu unmerklich ironische Ton zwang sie, ein Lächeln zu verbergen, während Grundberg selbst nur leicht nickte, er hatte die Spitze gar nicht bemerkt.

«Lassen Sie mich das machen», sagte er. «Das war doch so vereinbart.»

Er versuchte seine Hand auf die ihre zu legen, aber sie konnte sie rechtzeitig zurückziehen.

«Den Wein bezahle ich selbst.»

Sie nahm ihre Handtasche, die an der Rückenlehne hing, aber er ließ nicht locker.

«Nein. Keine Diskussionen.»

«Das entscheide ich nun wirklich selbst.»

Der Kellner ging. Grundberg lächelte sie an. Er nervte sie allmählich und sie hatte abweisender geklungen als beabsichtigt. Noch durfte sie sein Interesse nicht dämpfen, und deshalb erwiderte sie sein Lächeln. Sie hatte ihre Handtasche auf dem Schoß stehen und öffnete sie, um ihre Brieftasche herauszunehmen. Die beiden Fächer waren schnell durchsucht.

«Um Himmels willen!»

«Was ist denn los?»

«Meine Brieftasche ist weg!»

Sie durchsuchte mit noch größerem Eifer die Tasche ein zweites Mal. Daraufhin barg sie ihr Gesicht in der linken Hand und seufzte tief.

«Nun mal ganz ruhig, nicht wahr? Sind Sie sicher, dass Sie sie nicht in Ihrer Aktentasche haben?»

Sie ließ sich, und vor allem ihn, von dieser neuen Hoffnung durchdringen, bevor sie rasch die Aktentasche auf den Schoß hob und öffnete. Er konnte nicht sehen, was in der Tasche war, und das war gut so, denn wenn er entdeckt hätte, dass der Inhalt von Caroline Fors' Aktentasche außer dem Kalender aus einer halben Fleischwurst und einem Taschenmesser bestand, hätte er sich vermutlich gewundert.

«Nein, hier ist sie nicht. Himmel, ich muss bestohlen worden sein!»

«Na, na. Immer mit der Ruhe. Das kriegen wir schon hin.»

Der Kellner brachte auf einem kleinen Silbertablett zwei Rechnungen, und Grundberg zückte eilends seine American-Express-Karte.

«Das geht auf mich.»

Der Kellner sah sie an, um ihre Einwilligung zu erhalten, und sie nickte rasch. Er drehte sich um und ging.

«Ich werde es zurückzahlen, sobald ich …»

«Das ist kein Problem. Das lösen wir schon.»

Sie barg wieder das Gesicht in der Hand.

«Und ich hatte doch meinen Hotelvoucher in der Brieftasche! Jetzt habe ich nicht einmal mehr ein Zimmer. Großer Gott!», schloss sie mit Nachdruck.

Verzweifelt schüttelte sie den Kopf.

«Lassen Sie mich das machen. Bleiben Sie hier sitzen, ich werde mit der Rezeption sprechen.»

«Aber ich kann doch nicht verlangen, dass ...»

«Selbstverständlich können Sie das. Wir regeln die Sache, sobald sich die Brieftasche wieder gefunden hat. Das hat keine Eile. Also, bleiben Sie jetzt hier sitzen, ich erledige das schon.»

Er erhob sich und verließ den Raum in Richtung Rezeption.

Sie nahm einen Schluck Wein.

Zum Wohl!

Im Aufzug nach oben und auf dem Weg bis zur Tür war sie überschwänglich dankbar. Er hatte zwei Gläser Whisky dabei, und vor ihrer Tür unternahm er einen letzten Versuch.

«Sie haben sich das mit dem Schlummertrunk nicht noch einmal überlegt?»

Diesmal zwinkerte er ihr sogar mit einem Auge zu.

«Es tut mir Leid, aber ich muss ein paar Telefonate führen und meine Konten sperren lassen.»

Es sah so aus, als ob dies selbst für ihn ein plausibler Grund sei, denn er reichte ihr ein Whiskyglas und seufzte.

«Schade.»

«Ein andermal vielleicht.»

Er schnaubte leicht und holte ihre Schlüsselkarte hervor. Sie nahm sie ihm aus der Hand.

«Ich bin wirklich dankbar für all die Hilfe.»

Sie wollte jetzt ins Zimmer und steckte die Karte in den Schlitz unter der Klinke. Er legte seine Hand auf die ihre.

«Ich wohne in vierhundertsieben. Sie wissen, wo Sie mich finden, falls Sie es sich doch noch überlegen. Ich habe einen leichten Schlaf.»

Er ließ nicht locker. Mit aller Selbstkontrolle, die sie aufbieten konnte, entzog sie ihm langsam ihre Hand.

«Ich werde daran denken.»

Die Karte funktionierte nicht. Aus dem Schließmechanismus ließ sich kein erlösendes Klicken vernehmen. Sie versuchte es noch einmal.

«Hoppla», sagte er lächelnd. «Sie haben bestimmt meinen Schlüssel erwischt. Wer weiß, vielleicht ist das ja ein Omen?»

Sie wandte sich um und sah ihn an. Er hielt ihre Schlüsselkarte zwischen Daumen und Zeigefinger in die Höhe. Jetzt würde sie bald ungemütlich werden, das spürte sie deutlich. Sie nahm ihm das Plastikkärtchen aus der Hand und steckte ihm das andere in die Jackentasche. Die Tür ging beim ersten Versuch auf.

«Gute Nacht.»

Dann trat sie ins Zimmer und schickte sich an, die Tür zu schließen. Er stand da wie ein Kind, dem man sein Spielzeug weggenommen hatte. Er war immerhin recht anständig gewesen, das musste sie wirklich zugeben. Ein Zuckerchen konnte sie ihm also doch anbieten. Sie senkte die Stimme.

«Ich melde mich, wenn ich mich gar zu einsam fühlen sollte.»

Sein Gesicht erstrahlte wie die Frühlingssonne, und mit diesem Anblick vor den Augen schloss sie die Tür und verriegelte sie von innen.

Have a nice life.

Als sie die Wasserhähne an der Badewanne voll aufgedreht hatte, konnte sie keine Sekunde mehr damit warten, sich die Perücke vom Kopf zu reißen. Ihr juckte die Kopfhaut, und sie beugte sich vor und vergrub die Nägel in den Haaren. Nachdem sie sich wieder aufgerichtet hatte, betrachtete sie ihr Gesicht im Spiegel. Das Leben hatte sie schon ziemlich mitgenommen. Sie war erst zweiunddreißig, aber sie hätte sogar selbst rund zehn

Jahre daraufgelegt, wenn sie ihr Alter hätte schätzen müssen. Die Enttäuschungen des Lebens hatten ihr rings um die Augen ein feinmaschiges Netz von Fältchen eingeritzt, aber sie sah noch immer gut aus. Jedenfalls gut genug, um Männer wie Jörgen Grundberg zu verführen, und mehr wollte sie ja gar nicht.

Die Badewanne war voll, und als sie in das heiße Wasser eintauchte, schwappte es auf den Fußboden. Sie streckte sich über den Rand, um das Kostüm zu retten, das sie einfach auf die Badematte geworfen hatte, doch damit löste sie eine Wellenbewegung aus, die genau den entgegengesetzten Effekt hatte. Es würde auf dem Handtuchgestell trocknen müssen.

Sie lehnte sich genüsslich zurück. So etwas hier gab dem Leben Sinn. Höhere Ansprüche stellte man dann wahrscheinlich nicht. Ihr Leben aus dem Rucksack hatte sie jedenfalls gelehrt, die kleinen Dinge des Daseins zu schätzen. Dinge, die für die meisten so selbstverständlich waren, dass sie es nicht einmal merkten, wenn sie ihnen begegneten.

So hatte sie auch einmal gelebt, sie wusste also, wovon sie redete. Auch wenn es mittlerweile ziemlich lange her war.

Die Direktorentochter Sibylla Wilhelmina Beatrice Forsenström. Sie hatte täglich so selbstverständlich gebadet, als ob das ein Menschenrecht wäre. Vielleicht war es das auch, aber den Wert des Ganzen entdeckte man doch erst, wenn man keine Möglichkeit mehr dazu hatte.

Sibylla Wilhelmina Beatrice Forsenström.

War es denn merkwürdig, dass es ihr nie gelungen war, sich einzufügen? Schon bei der Taufe wurde ihr ein lebenslängliches Handikap zuteil.

Sibylla.

Selbst minder begabte Kinder in der Schule von Hultaryd entwickelten ein enormes Talent, wenn es darum ging, Reime auf ihren Namen zu finden. Dass man an der Imbissbude im Zentrum Würstchen mit diesem Namen verkaufte und den Passanten dies beflissen mittels eines Leuchtschilds kundtat, machte die Sache nicht besser. Nun reimte sie sich auch auf Würstchen. An allen Enden. Als sich schließlich Wilhelmina und Beatrice auch noch überall herumgesprochen hatten, kannte der Erfindungsreichtum keine Grenzen mehr.

Unser Kind ist einzigartig! Sicherlich. Aber wessen Kind ist das nicht?

Das war ja klar. Man durfte nicht das geringste Risiko eingehen, dass sie mit einem dieser kleinen, gewöhnlichen Arbeiterkinder verwechselt wurde, mit denen sie in ihrer Kindheit den Schulalltag teilte. Sibyllas Mutter war peinlich darauf bedacht, die Sonderstellung ihrer Tochte herauszustreichen, und das wiederum legitimierte die anderen Kinder dazu, sich von ihr fern zu halten. Für Beatrice Forsenström war es wichtig, dass Sibylla ihren Platz in der gesellschaftlichen Hierarchie kannte, vor allem aber, dass ihre Umgebung ihn kannte. Nichts konnte vor ihrer Mutter jemals bestehen, bevor es in den Augen anderer begehrenswert war. Nur durch deren Bewunderung und Neid konnten die Dinge ihren wahren Wert bekommen.

Die Eltern fast aller Kinder in ihrer Klasse waren in der Fabrik ihres Vaters angestellt. Außerdem hatte er eine bedeutende Position im Gemeindevorstand inne, wo sein Wort schwer wog. Die Arbeitsplätze in Hultaryd standen und fielen mit ihm und alle Kinder wussten das. Aber sie suchten noch keine Arbeit, und die meisten von ihnen hatten in diesem Alter großartigere Visionen vom Leben als die, den Platz ihrer Mutter oder ihres Vaters an den Maschinen von *Forsenströms Metall & Schmiede* einzunehmen. Sie konnten sich auf den Gängen also durchaus ein paar Reime leisten.

Als ob Direktor Forsenström das kratzte!

Er war vollauf damit beschäftigt, sein erfolgreiches Familienunternehmen zu führen. Für Kindererziehung hatte er weder

Zeit noch Interesse, und man konnte ihm schwerlich vorwerfen, den echten Teppich auf dem Weg zu Sibyllas Zimmer in dem großen Herrenhaus abgetreten zu haben. Morgens verließ er das Haus und abends kam er zurück, und ihre Mahlzeiten nahmen sie am selben Esstisch ein. Dort saß er, meist tief in Gedanken oder Papiere und Tabellen versunken, am einen Ende. Davon, was sich hinter seinem korrekten Äußeren abspielte, hatte sie keine Ahnung. Sie aß brav ihren Teller leer und verließ den Tisch, sobald sie die Erlaubnis dazu erhielt.

«So. Du gehst nun nach oben und legst dich schlafen.»

Sibylla erhob sich und machte Anstalten, ihren Teller hinauszubringen.

«Lass stehen. Das macht Gun-Britt nachher.»

In der Schule mussten sie selbst abräumen. Es war immer so schwierig, sich zu merken, welche Regeln dort und welche zu Hause galten. Sie ließ also ihren Teller stehen, ging zu ihrem Vater und gab ihm einen flüchtigen Kuss auf die Wange.

«Gute Nacht, Vater.»

«Gute Nacht.»

Sibylla ging zur Tür.

«Sibylla. Hast du nicht etwas vergessen?»

Sie drehte sich um und sah ihre Mutter an.

«Kommst du nicht nach oben, um gute Nacht zu sagen?»

«Sibylla. Du weißt doch, dass ich mittwochs zum Damenclub gehe. Wann wirst du dir das endlich merken?»

«Verzeihung.»

Sibylla ging zu ihrer Mutter und küsste sie flüchtig auf die Wange. Diese roch nach Puder und nach einen Tag altem Parfüm.

«Frag Gun-Britt, wenn du Hilfe brauchst.»

Gun-Britt war die Hausangestellte, die den Part am Saubermachen, Kochen und an der Hausaufgabenhilfe übernahm, zu dem Frau Forsenström keine Zeit hatte. Du liebe Güte, sie musste schließlich an ihre Wohltätigkeit denken! Wie würde es den armen Kindern in Biafra nur ergehen, wenn es Beatrice Forsenström nicht gäbe?

Sibylla erinnerte sich, wie sehr sie diese Kinder beneidet hatte, die so weit weg wohnten und so verschreckt waren, dass irgendwelche Damen auf der anderen Seite der Erdkugel sich für sie engagierten. Als Sechsjährige hatte sie eine Nacht auf dem dunklen, scheußlichen Dachboden des Herrenhauses verbracht, in der Hoffnung, genauso wie diese Kinder zu werden. Hatte sich, als alle schliefen, mit ihrem Kissen hinaufgeschlichen und auf den Haufen mit den Flickenteppichen gelegt. Natürlich hatte Gun-Britt sie am Morgen gefunden und es sofort Beatrice gepetzt. Die Schelte hatte sich über eine Stunde hingezogen, und dann war ihre Mutter von einem Migräneanfall heimgesucht worden, der mehrere Tage lang andauerte. Und das war selbstverständlich auch Sibyllas Schuld.

Eines aber hatte sie ihrer Mutter immerhin zu verdanken. In den fast achtzehn Jahren im Forsenström'schen Haus hatte sie sich die beinahe unnatürliche Fähigkeit erworben, die Stimmungslage ihrer Umgebung auszuloten und zu registrieren. Aus purem Selbsterhaltungstrieb hatte sie wie ein lebender Seismograph gelernt, all die Launen und Ausbrüche ihrer Mutter vorauszusehen und ihnen auszuweichen. Das hatte dazu geführt, dass sie nun ein enormes Gespür für die Körpersprache und Signale anderer Menschen besaß. Und das war etwas, was ihr in dem Leben, das sie jetzt führte, großen Nutzen brachte.

Das Badewasser wurde allmählich kühl. Sie stand auf und schüttelte sich das Wasser und die Erinnerungen ab. Über einer Heizschlange neben der Badewanne hing ein dicker, flauschiger Morgenrock, den legte sie sich um und ging ins Zimmer. Im Fernsehen lief eine amerikanische Comedyserie mit eingespieltem Gelächter und Sibylla setzte sich und schaute eine Zeit lang zu. Nebenbei entfernte sie sorgfältig ihren Nagellack.

Heil und rein.

Regel Nummer eins.

Das war es, was sie heute von anderen Obdachlosen in ihrem Bekanntenkreis unterschied und weshalb sie aus dem trostlosesten Elend einen Schritt hatte nach oben tun können.

Wonach man aussah, darauf kam es an.

Auf nichts sonst.

Respekt war nur Menschen vergönnt, die nach den Konventionen lebten. Die sich von der Masse nicht zu sehr unterschieden. Wem es nicht gelungen war, sich einzufügen, konnte nichts anderes erwarten, als entsprechend behandelt zu werden. Schwäche war immer eine Provokation. Die Leute machten sich vor Schreck in die Hosen, wenn sie Menschen ohne Stolz sahen. Menschen, die sich benahmen, wie es ihnen gerade einfiel, ohne Scham im Leib. So zu werden, das musste man doch verdient haben? Man hatte doch eine Wahl. Dann musste man eben im Dreck liegen, wenn es das war, was man wollte. Wenn ihr artig seid, könnt ihr ein kleines Almosen von unserem Steuersatz bekommen, aber nur so viel, dass ihr nicht verhungert. Wir sind schließlich keine Monster, wir bezahlen jeden Monat, damit solchen wie euch geholfen wird. Kommt aber nicht an und haltet uns in der U-Bahn eure ekligen Hände unter die Nase und verlangt noch mehr! Das ist wirklich verdammt unangenehm. Wir kümmern uns um unsere Angelegenheiten und ihr euch um eure. Und wenn euch was nicht passt, dann sucht euch gefälligst einen Job. Gebt euch einen Ruck! Was heißt hier Wohnung? Glaubt ihr denn, dass wir unsere Wohnungen mit der Post zugeschickt bekommen haben? Aber wenn dies das Problem ist, dann muss wohl irgendwo ein Heim gebaut werden, wo solche wie ihr unterkommen können. In meinem Viertel? Nie und nimmer! Wir müssen schließlich an unsere Kinder denken. In unserer Gegend wollen wir keinen Abschaum haben, der stiehlt und fixt und Spritzen herumliegen lässt. Woanders gern.

Denn es ist ja wirklich furchtbar, dass die Leute keine Bleibe haben.

Sie cremte sich mit ihrer blauweißen Hautcreme ein und schaute das einladende Bett an. Es war ein phantastisches Gefühl, warm und sauber dazusitzen und zu wissen, dass man sich bald in ein richtiges Bett legen und die ganze Nacht ungestört schlafen konnte.

Sie beschloss, noch ein bisschen sitzen zu bleiben und dieses Wissen zu genießen.

Mama wusste, dass ich anders bin. Deshalb war sie immer so besorgt, dass ich enttäuscht würde. Jedes Mal, wenn ich wirklich etwas wollte, versuchte sie mich auf das Gefühl vorzubereiten, das ich haben würde, wenn es mir nicht gelänge. Um mich gegen Schmerz gefeit zu machen, versuchte sie mich daran zu gewöhnen, nicht viel zu erwarten.

Doch wenn man sich bei allem, was man versucht, darauf gefasst macht, dass es misslingt, wird am Ende das Misslingen selbst zum Ziel.

So kann ich nicht mehr leben. Nicht jetzt.

Rune war alles, was ich mir je gewünscht hatte. Mein ganzes Leben hatte ich darauf gewartet, jemandem wie ihm zu begegnen, und dann war er plötzlich da. Er wurde für mich größer als das Leben selbst.

So viele Male habe ich Dich gefragt, ob das der Grund war, ob ich deshalb bestraft werden sollte.

War die Sünde des Fleisches so groß, dass Du, Herr, nicht darüber hinwegsehen und Dich an unserer Liebe freuen konntest? Du hast ihn mir genommen, aber Du hast ihn in Deinem Reich nie willkommen geheißen.

Ich habe Dich gefragt, Gott, was getan werden muss, damit ihm vergeben werde.

Denn wo ein Testament ist, da muss noch der Tod eintreten des, der das Testament gemacht hat. Denn ein Testament tritt erst in Kraft mit dem Tode; es hat noch nicht Kraft, wenn der noch lebt, der es gemacht hat. Daher ward auch der erste Bund nicht ohne Blut gestiftet. Denn nach dem Gesetz wird fast alles mit Blut gereinigt, und ohne Blutvergießen geschieht keine Vergebung.

Ich danke Dir, Herr, dass Du mir bedeutet hast, was ich zu tun habe.

Sie wachte auf, als jemand heftig an die Tür klopfte. Hellwach sprang sie aus dem Bett und suchte ihre Kleider. Wie, zum Teufel, hatte sie bloß verschlafen können? Der Radiowecker zeigte Viertel vor neun. Die Frage war nun: Hatte Grundberg herausbekommen, dass er hereingelegt worden war, oder war er bloß mit einem ungewöhnlich drängenden Ständer aufgewacht?

«Augenblick!»

Sie eilte zur Toilette und raffte ihre Kleider zusammen.

«Hallo! Machen Sie auf! Ich möchte Ihnen gern ein paar Fragen stellen.»

Mist. Das war nicht Grundberg, sondern eine Frau. Das musste eine vom Personal sein, die sie trotz ihrer neuen Perücke erkannt hatte.

Mist. Mist. Mist.

«Ich bin noch nicht angezogen.»

Vor der Tür wurde es still. Sie eilte durchs Zimmer und sah aus dem Fenster. Auf diesem Weg käme sie unmöglich hinaus.

«Hier ist die Polizei. Bitte beeilen Sie sich.»

Die Polizei! So ein Mist!

«Ich bin gleich fertig. Nur noch ein paar Minuten.»

Sie legte das Ohr an die Tür und hörte Schritte, die sich entfernten. Direkt vor ihrer Nase war eine eingeschweißte Übersicht über die Notausgänge angebracht, und während sie in ihrem Rock die Sicherheitsnadel einhakte, studierte sie den Plan. Sie inspizierte ihre Zimmernummer und stellte fest, dass sie zwei Türen von der Feuertreppe entfernt war. Jacke und Handtasche riss sie an sich und horchte noch einmal mit dem

Ohr an der Tür. Vorsichtig öffnete sie diese einen schmalen Spalt und sah hinaus. Leer. Ohne lange zu fackeln, machte sie die Tür auf, trat auf den Flur und schloss sie so leise wie möglich. Im nächsten Augenblick befand sie sich auf einer Hintertreppe und rannte hinunter, in der Hoffnung, dass dort eine Tür zur Straße war. Da fiel sie ihr ein. Die Aktentasche. Die jetzt noch immer auf Zimmer 312 stand. Sibylla machte abrupt Halt, zögerte aber nur ein paar Sekunden lang, bevor sie einsah, dass die Tasche verloren war. Ganz zu schweigen von der Perücke im Badezimmer. 740 Kronen beim Teufel. Eine Investition, von der sie gehofft hatte, dass sie ihr viele Nächte ungestörten Schlafes bescheren würde. Nicht einmal die Seife und die Shampoofläschchen hatte sie mitnehmen können.

Unten angekommen, blieb sie vor einer Metalltür stehen, über der eine grüne Notausgangslampe leuchtete. Sie legte den Riegel um, öffnete die Tür vorsichtig einen Spalt weit und lugte hinaus. Zwanzig Meter entfernt war ein Streifenwagen geparkt, er war jedoch leer, und diese Tatsache gab ihr den nötigen Mut, auf die Straße hinauszutreten. Sie sah sich um und begriff, dass sie sich auf der Rückseite des *Grand* befand. Der Verkehr auf der Stallgatan stand still, und ohne einen allzu gestressten Eindruck zu machen, zwängte sie sich zwischen den Autos hindurch und ging dann über den Blasieholmstorg. An der Arsenalsgatan bog sie rechts ab, ging an *Berns* vorbei und weiter zur Hamngatan. Ihr schien niemand gefolgt zu sein, aber sicherheitshalber überquerte sie den Norrmalmstorg und bog in die Bibliotheksgatan ein. Sie verlangsamte ihren Schritt, und als sie an der *Wienerkonditoriet* vorbeikam, beschloss sie, hineinzugehen und ihre Gedanken zu sammeln.

Sie setzte sich an den Tisch, der so weit wie möglich vom Fenster entfernt war, und versuchte sich zu beruhigen.

So knapp am Auge vorbei war es definitiv noch nie gegangen, seit sie sich ihre Hotelnächte gönnte. Das *Grand* konnte sie für einige Zeit vergessen. Sie konnte nicht begreifen, wie Grundberg ihr auf die Schliche gekommen war. Hatte jemand vom Personal sie erkannt und ihn auf seinem Zimmer angerufen? Warum hatte er sie dann die ganze Nacht über bleiben lassen? Sie würde es nie erfahren und das war auch egal.

Sie sah sich um.

Um sie herum saßen Leute und frühstückten, und sie wünschte, sie hätte etwas Geld gehabt.

Erst jetzt spürte sie, dass ihr Hals schmerzte. Ob sie auch leichtes Fieber hatte? Sie legte die Hand auf die Stirn. Schwer zu sagen.

Sie schaute auf die Uhr, um nach dem Datum zu sehen. Die Uhr war wieder stehen geblieben. Sie trug sie am Arm, seit sie vor siebzehn Jahren konfirmiert worden war. Ein Geschenk von Mutter und Vater. Für Glück und Wohlergehen im Leben.

Jaja.

Dabei war sie jetzt doch verhältnismäßig glücklich. Jetzt, da sie beschlossen hatte, aus ihrem kläglichen Leben etwas zu machen, und ihr allmählich klar wurde, dass sie es tatsächlich schaffen würde. Sie war jedenfalls um einiges glücklicher als in der Zeit als wohlerzogene Direktorentochter. Mit der Wohlerzogenheit hatte sie als Erstes Schluss gemacht, obwohl sie damals gar nicht richtig begriffen hatte, wie dies zugegangen war. Als auch ihre anderen Mängel offenbar wurden, war es in dem gesitteten Herrenhaus mit der Geduld zu Ende gewesen und sie hatte auch damit Schluss machen müssen, Direktorentochter zu sein.

Jeden Monat aber, jahraus, jahrein, war in einem Postfach in der Drottninggatan ein weißes Kuvert ohne Absender eingetroffen. Und es enthielt jeden Monat genau eintausendfünfhundert Kronen.

Nie ein Wort oder eine Frage, wie sie zurechtkomme. Ihre Mutter bezahlte ihr schlechtes Gewissen ab, genauso wie sie es mit den Kindern in Biafra machte.

Ihr Vater wusste mit größter Wahrscheinlichkeit nichts von der Sache.

Die Miete für das Postfach betrug zweiundsechzig Kronen.

Im Monat.

Eine junge Kellnerin mit einem Ring durch die Nase kam an ihren Tisch und fragte, ob sie etwas bestellen wolle. Wenn sie Geld gehabt hätte, gern. Sie schüttelte den Kopf und erhob sich, trat auf die Bibliotheksgatan hinaus und spazierte in Richtung Centralen, dem Hauptbahnhof. Sie musste sich umziehen.

Sie war halb über dem Norrmalmstorg, als sie ihn entdeckte: einen knallgelben Aushang mit fetten schwarzen Lettern. Sie musste ihn dreimal lesen, bevor sie richtig begriff, was da stand.

Extra.

Bestialischer Mord im *Grand Hôtel* heute Nacht.

TT Stockholm

Gestern am späten Abend wurde im *Grand Hôtel* im Zentrum von Stockholm ein Mann auf seinem Hotelzimmer ermordet. Der Mann, der aus einer mittelschwedischen Stadt stammte, befand sich auf Geschäftsreise und hatte die beiden letzten Nächte in dem Hotel verbracht. Dem Personal des *Grand* zufolge wollte er Stockholm im Laufe des Freitags verlassen. Die Polizei hält sich mit genaueren Angaben über den Mord sehr zurück, gibt aber bekannt, dass die Leiche kurz nach Mitternacht vom Personal entdeckt worden sei, nachdem einem Gast im Hotelflur vor dem Zimmer des Ermordeten Blutflecken aufgefallen waren und er Alarm geschlagen hatte. Nach Angaben der Polizei ist die Leiche geschändet worden.

Die Polizei hat noch keine Spur von dem Mörder, hofft aber, dass die Verhöre mit dem Personal und den übrigen Gästen des *Grand* Klarheit über den Tathergang bringen werden. Bei Drucklegung war die Untersuchung des Tatorts noch nicht abgeschlossen, und das *Grand Hôtel* bleibt bis auf weiteres abgesperrt. Die Leiche wird im Laufe des Vormittags in Solna am gerichtsmedizinischen Institut obduziert werden. Die Verhöre mit dem Personal und den übrigen Gästen werden voraussichtlich den ganzen Tag andauern, danach soll die Absperrung aufgehoben werden.

Das war alles.

Ein ganzseitiges Bild zeigte das *Grand Hôtel*, und der Rest des Artikels handelte von anderen Morden mit Leichenschändung, die in den vergangenen zehn Jahren in Schweden begangen worden waren, allesamt mit Bild, Alter und Namen der Opfer illustriert.

Deshalb also hatten sie an ihrer Tür geklopft. Sie war mehr als dankbar, dass sie entkommen war. Wie hätte sie schließlich ihre Anwesenheit in einem der teuersten Hotels von Stockholm erklären sollen? Sie, die nicht einmal so viel besaß, dass es für eine schlichte Tasse Kaffee in der *Wienerkonditoriet* reichte. Wie hätte sie ihnen begreiflich machen sollen, dass sie sich in regelmäßigen Abständen eine Nacht in einem richtigen Bett gönnte? Stets auf Kosten von jemandem, der es kaum merkte. Nein, sie war sich sicher, dass niemand dies verstehen würde. Niemand, der nicht am eigenen Leib erfahren hatte, wie das war.

«Das ist hier keine Bibliothek. Wollen Sie die Zeitung nun haben oder nicht?»

Der Mann hinter dem Kioskfenster wirkte gereizt. Sie antwortete ihm nicht, sondern steckte lediglich brav die Zeitung zurück.

Es war kalt im Freien und sie hatte wirklich Halsschmerzen. Sie ging weiter in Richtung Hauptbahnhof. Sie brauchte auch Geld. Die nächste Rate würde erst in zwei Tagen in ihrem Postfach landen. Und vor Montag würde sie an das Geld nicht herankommen.

Bei der Gepäckaufbewahrung im Bahnhof stand ein Wechselautomat, sie ging hin und drückte ein paar Mal auf die Scheinausgabe.

«Was ist das denn nun?»

Sie hatte laut und deutlich gesprochen, sodass niemandem in

der Nähe ihre Gereiztheit entgehen konnte. Sie drückte noch mehrmals auf den Knopf, seufzte vernehmlich und schaute sich um. Ein Mann hinter der Gepäckaufbewahrungstheke sah sie an. Sie trat auf ihn zu.

«Gibt es Probleme?», fragte er.

«Der funktioniert nicht. Er hat meinen Hunderter eingezogen, aber es kam kein Wechselgeld heraus, und in acht Minuten geht mein Zug ...»

Der Mann drückte auf eine Registrierkasse und deren Geldfach schoss heraus.

«Der hat schon öfter Schwierigkeiten gemacht.»

So ein Glück!

Er zählte zehn Zehner ab und legte sie in ihre ausgestreckte Hand.

«So. Jetzt schaffen Sie es noch.»

Sie lächelte und steckte das Geld in ihre Handtasche.

«Herzlichen Dank.»

Der Schließfachschlüssel war zum Glück in ihrer Jackentasche und nicht in der im *Grand* zurückgelassenen Aktentasche.

Nachdem sie ihren Rucksack geholt hatte, ging sie zur Damentoilette, und ein paar Minuten später trug sie Jeans und Anorak und wusste, was sie tun würde.

Sie würde eine Nacht bei Johanssons verbringen.

Auf dem Weg zur Kleingartenkolonie in Eriksdal kaufte sie sich eine Dose weiße Bohnen, Brot, zwei Äpfel, Cola und eine frische Tomate. In dem Moment, in dem sie die Eriksdalsgatan überquerte, trafen sie die ersten Regentropfen. Der Himmel war in den vergangenen Tagen bleigrau gewesen, und dieser Tag bildete keine Ausnahme.

Die Häuschen auf dem Areal wirkten verlassen, und Sibylla war dankbar, dass der trübe Märztag offensichtlich keine Kleingartenbesitzer zur Gartenarbeit herausgelockt hatte. Vielleicht war es ja noch zu früh. Auch wenn schon lange kein Schnee mehr lag, war der Boden wohl noch nicht frostfrei.

Sie war noch nie so mitten am Tag hierher gekommen und es war eindeutig riskant, aber sie war müde und schlapp und brauchte ihre Ruhe. Sie war sich jetzt sicher, dass sie Fieber hatte.

Der Schlüssel lag wie immer in der Ampel. Die Geranie, die im Sommer darin geprangt hatte, war weg, aber der Schlüssel hatte in seinem Versteck bleiben dürfen. An dieser Stelle hatte sie sich als Erstes umgetan, als sie dieses Häuschen zum ersten Mal aufgesucht hatte. Das war jetzt wohl fast fünf Jahre her.

Auf dem Papier gehörte die Parzelle Kurt und Brigitte Johansson und die beiden hatten keine Ahnung, dass sie ihr Häuschen mit Sibylla teilten. Sie verließ es stets im gleichen Zustand, wie sie es vorgefunden hatte, und achtete peinlich darauf, nichts kaputtzumachen. Dass sie sich dieses Häuschen ausgesucht hatte, lag einerseits am Schlüssel, aber auch an den ungewöhnlich dicken Polstern für die Gartenmöbel, auf denen man ausgezeichnet schlief, und daran, dass Johanssons darüber hinaus so umsichtig waren, in ihrem kleinen Freizeittraum einen Petroleumofen mit Kochplatte zu verwahren. Sibylla kannte die Gewohnheiten der beiden. Sie waren vor allem im Sommer hier. Wenn ihr das Glück hold bliebe, würde sie für eine Weile ihre Ruhe haben.

In dem Häuschen war es unbehaglich und feucht. Es hatte lediglich einen Raum von vielleicht zehn Quadratmetern, war aber trotzdem eines der größeren auf dem Areal. An der einen Wand standen ein Küchenschrank und ein kleines verzinktes Spülbecken. Sie öffnete den Unterschrank, um nachzusehen, ob der Eimer auf seinem Platz unter dem abgeschnittenen Abflussrohr stand.

Am Fenster standen ein kleiner Tisch für zwei Personen, von

dem der Lack abgeblättert war, und rechts und links davon zwei ungleiche Stühle. Die geblümten Gardinen waren von Fliegenschiss gesprenkelt. Sibylla zog sie zu, nahm einen Messingleuchter aus dem Regal und zündete die Kerze an. Fröstelnd zog sie den Reißverschluss ihres Anoraks bis zum Kinn hoch und ging zu dem Petroleumofen. Der Tank war fast leer, und im Lauf des Nachmittags würde sie zur Tankstelle gehen und noch Brennstoff kaufen müssen. Nachdem sie den Ofen eingeheizt hatte, nahm sie eine Porzellanschale aus dem Schrank, legte die Äpfel und die Tomate darauf und stellte sie auf den Tisch. Das Leben hatte sie die kleinen Dinge des Daseins schätzen gelehrt, und deshalb machte sie es sich so schön wie möglich. Sie nahm ihren Schlafsack aus dem Rucksack und verteilte die dicken Polster auf dem Fußboden. Sie waren klamm, und deshalb breitete sie, bevor sie sich hinlegte, ihre Isomatte darüber.

Die Arme unter dem Kopf studierte sie die Paneele an der Decke und beschloss, das *Grand Hôtel* zu vergessen. Niemand wusste, dass sie dort gewesen war, und es war unwahrscheinlich, dass sie herausbekommen würden, wer sie war.

In dieser Gewissheit geborgen und ohne eine einzige böse Vorahnung, sank sie langsam immer tiefer in den Schlaf.

Schon als sie dieses effiziente Klopfen an der Klassenzimmertür hörte, wusste sie, wer auf der anderen Seite stand. Sie war in der sechsten Klasse, sie hatten gerade Erdkunde und aller Augen richteten sich auf die geschlossene Tür.

«Herein!»

Die Lehrerin seufzte und ließ das Buch sinken, das sie in der Hand hielt. Beatrice Forsenström öffnete die Tür und trat ein.

Sibylla schloss die Augen.

Sie wusste, dass die Lehrerin die unangemeldeten Besuche ihrer Mutter genauso wenig mochte wie sie. Kleine Stippvisiten, die die Konzentration störten und stets in der Forderung nach einer Sonderbehandlung für Sibylla endeten.

Diesmal ging es um den Verkauf von Weihnachtsgarben. Einige Eltern hatten sich an einem Donnerstagabend getroffen, um Garben und Kränze zu binden, und die Schülerinnen und Schüler sollten nun damit von Tür zu Tür gehen, um Geld für die Klassenfahrt im Frühling zusammenzubekommen.

Beatrice Forsenström hatte nicht mitgemacht.

Kollektiver Elterneinsatz war nichts für sie, und einen ganzen Donnerstagabend herumzusitzen und sich mit bäuerlichen Albernheiten zu beschäftigen war weit unter ihrer Würde, und das galt für ihre Tochter wahrlich auch. Dass diese wie eine hergelaufene Bettlerin herumrennen und an fremde Türen klopfen sollte, das war völlig ausgeschlossen. Sie hatte den Zettel, den Sibylla aus der Schule mit nach Hause gebracht hatte, zusammengeknüllt und in den Papierkorb geworfen.

«Wie viel wird denn jede Schülerin voraussichtlich bei diesem Verkauf an der Haustür einnehmen?»

Die Gereiztheit in Beatrice Forsenströms Stimme konnte niemand im Raum überhören.

Die Lehrerin stellte sich hinters Pult.

«Nun, das kommt darauf an», sagte sie. «Ich weiß nicht genau, wie viel wir erwarten können.»

«Sobald Sie es wissen, wäre ich Ihnen dankbar, wenn Sie mich informieren könnten. Meine Tochter wird an dem Verkauf nicht teilnehmen.»

Die Lehrerin sah Sibylla an. Diese senkte den Blick und sah in ihr Erdkundebuch, das aufgeschlagen auf der Bank lag: Niskan, Ätran, Nissan, Lagan.

«Ich glaube aber, dass die Kinder es spannend finden», hörte sie die Lehrerin sagen.

«Das ist schon möglich. Aber für Sibylla trifft das nicht zu. Sie bekommen das Geld von mir, sobald ich weiß, um welche Summe es sich handelt.»

«Aber wir haben diese Initiative doch gerade ergriffen, damit die Eltern für die Klassenfahrt nicht extra Geld ausgeben müssen.»

Beatrice Forsenström blickte plötzlich zufrieden drein. Sibylla begriff, dass ihre Mutter die Lehrerin dazu gebracht hatte, genau die Worte zu sagen, auf die sie gehofft hatte, denn nun hatte sie einen Anlass, das auszusprechen, was sie von alldem wirklich hielt.

Sibylla schloss die Augen.

«Ich finde es bemerkenswert, muss ich sagen, dass die Schule solche Beschlüsse fasst, ohne dass alle Eltern ihre Meinung dazu äußern konnten. Es ist schon möglich, dass bestimmte Eltern diese Aktion für eine gute Notlösung halten, doch ich ziehe es vor, für mein Kind zu bezahlen, wenn es nötig ist. In Zukunft möchten ich und mein Mann gefragt werden, bevor Sie solche kollektiven Beschlüsse fassen.»

Die Lehrerin sagte nichts mehr.

Sibylla hörte, wie sich ihre Mutter umdrehte und ging.

Dabei hätte sie mit Erika gehen sollen. Die Lehrerin hatte sie paarweise eingeteilt, damit niemand abseits stehen musste. Sie hatte sich schon eine ganze Woche darauf gefreut.

Kaum war die Tür ins Schloss gefallen, als auch schon der erste Einwand kam.

«Fräulein, ich finde es ungerecht, wenn Sibban nicht verkaufen muss.»

«Darf ich dann mit Susanne und Eva gehen?»

Erika klang hoffnungsvoll.

Torbjörn, der in der Bank vor Sibylla saß, drehte sich zu ihr um.

«Wenn du schon so reich bist, dann könnt ihr doch die ganze Klassenfahrt bezahlen?»

Sie spürte, dass es hinter ihren Lidern brannte. Nichts hasste sie so sehr, wie plötzlich alle Blicke auf sich gerichtet zu wissen.

«Hört her. Ich finde, wir machen jetzt Pause.»

Ein Gerappel scharrender Stühle. Als Sibylla das nächste Mal aufsah, befand sie sich allein im Klassenzimmer. Nur die Lehrerin stand noch hinter ihrem Pult.

Sie lächelte Sibylla sanft an und seufzte.

Sibylla spürte, wie ihr etwas aus der Nase lief, und sie musste hochziehen, damit nichts auf die Bank tropfte.

«Es tut mir Leid, Sibylla, aber da kann ich wohl nichts machen.»

Sibylla nickte und senkte wieder den Kopf. Das Bild der Festung von Varberg bekam zwei Blasen, als ihr die Augen überliefen.

Die Lehrerin kam zu ihr und legte ihr die Hand auf die Schulter.

«Wenn du willst, kannst du in dieser Pause hier drinnen bleiben.»

Als sie aufwachte, war sie matt. Sie musste etwas Unangenehmes geträumt haben. Ihr Hals fühlte sich zugeschwollen an und das Schlucken tat weh.

Der Ofen war ausgegangen und sie beschloss, Petroleum kaufen zu gehen. Ihre Jacke hatte sie bereits an und sie griff nach ihren Stiefeln. Die waren eisig und ihr kroch die feuchte Kälte an den Beinen hinauf. Sie hob den Rand der Gardine ein wenig und schaute hinaus. Die Häuschen ringsum schienen noch immer leer zu stehen. Auf dem Weg nach draußen schnappte sie sich einen Apfel und öffnete die Tür. Es regnete nicht mehr, aber der Himmel war so grau, dass man sich fragte, wie da überhaupt

Licht durchzudringen vermochte. Sie trat auf die Treppe hinaus und zog die Tür hinter sich zu.

Der kleine Garten war gut auf den Winter vorbereitet worden. Man hatte keine Mühe gescheut, die Empfehlungen der Gartenbücher zu befolgen. Die welken Blumen waren alle zurückgeschnitten und auf dem Komposthaufen neben dem Zaun gelandet, und das Beet war teilweise mit Tannenreisern abgedeckt. Dort hatten wohl die empfindlichsten Schösslinge des Paares Johansson überwintert.

«Suchen Sie jemanden?»

Sie zuckte zusammen und drehte sich um. Er stand in der Richtung, in die man vom Fenster ihres Häuschens aus nicht sehen konnte, auf der anderen Seite des Zauns und hielt ein paar Zweige in der Hand.

«Hallo. Oje, Sie haben mich vielleicht erschreckt!»

Er sah sie misstrauisch an. Sie wusste aus Erfahrung, dass sich im Eriksdalspark regelmäßig Süchtige aufhielten, und deshalb machte sie ihm keinen Vorwurf.

«Kurt und Birgit haben mich nur gebeten, für ein paar Wochen nach ihrem Häuschen zu sehen. Sie sind auf die Kanarischen Inseln gefahren.»

Sie trat auf ihn zu und reichte ihm die Hand über den Zaun. Die Kanarischen Inseln waren vielleicht etwas hoch gegriffen? Aber jetzt war es zu spät, um es sich noch anders zu überlegen.

«Ich heiße Monika. Ich bin Birgits Nichte.»

Er ergriff ihre Hand und grüßte.

«Uno Hjelm. Entschuldigung, aber wir halten hier die Augen füreinander offen. Es treiben sich so viele merkwürdige Gestalten herum.»

«Ja, ich weiß. Darum haben sie mich auch gebeten, ein bisschen nach dem Rechten zu sehen.»

Er nickte. Sie sah, dass ihre Lüge auf fruchtbarem Boden gelandet war.

«Auf die Kanarischen Inseln sind sie also? Donnerwetter! Davon haben sie vorige Woche gar nichts gesagt.»

Nein, das glaube ich.

«Das kam ganz plötzlich. Sie haben eine billige Last-Minute-Reise erwischt.»

Er sah zum Himmel.

«Na, man kann nur hoffen, dass sie da unten besseres Wetter haben als hier. Nicht dumm, sich für ein Weilchen aus dem Staub zu machen.»

«Nein. Wahrlich nicht.»

Er versank in Reiseträume und sie nahm die Gelegenheit wahr, das Plauderstündchen zu beenden.

«Ich mache einen kleinen Spaziergang, komme aber bald wieder.»

«Ja, gut. Mal sehen, ob ich dann noch da bin. Ich denke, dass ich bald aufhören werde. Ich wollte nur herkommen und ein bisschen nach dem Rechten sehen.»

Sie nickte und ging auf die kleine Gartenpforte zu. Hoffentlich tauchten Kurt und Birgit während ihres Spaziergangs zu Statoil nicht auf.

Es könnte Herrn Hjelm verwirren.

Sie ging so schnell wie möglich. Auf dem Etikett des Schlafsacks stand, dass er bis zu fünfzehn Grad minus tauge, seit dem Nickerchen fröstelte sie aber trotzdem. Sie wünschte, sie hätte ein paar Paracetamol für ihren Hals. Vielleicht sollte sie zur Stadtmission gehen und um Tabletten bitten?

Sie war schon fast bei der Tankstelle, als es wieder zu regnen anfing. Es war mühsam, nasse Klamotten trocken zu kriegen, und das letzte Stück bis unters Dach legte sie im Laufschritt zurück. Sie wünschte, sie hätte für den Rückweg einen Regenschirm gehabt. Die Stadtmission musste bei diesem Wetter eben warten.

Neben den Türen der Tankstelle hingen die Nachmittagszeitungen aus, und sie warf im Vorbeigehen einen Blick darauf. Einer der Schlagzeilenaushänge war gelb und bestand aus neun Wörtern, die auf zwei Zeilen verteilt waren.

Sie bleib stehen.

Das Opfer des bestialischen Mordes.
Polizei sucht mysteriöse Frau.

Unter der Schlagzeile war ein Bild, und es bestand kein Zweifel, wen es darstellte.

Es war Jörgen Grundberg.

Musst du gerade jetzt damit anfangen?», fragte Beatrice Forsenström. «Zieh lieber dein Kleid an.»

Sibylla saß in Unterwäsche auf dem Bett. Sie hatte sich ein Herz gefasst und die Gelegenheit mit Sorgfalt gewählt. Sollte es je einen Moment geben, in dem ihre Mutter möglicherweise nachgeben würde, dann unmittelbar bevor sie sich zur alljährlichen Weihnachtsfeier aufmachten. Da war sie immer guter Laune. Erwartungsvoll und aufgedreht rauschte sie durchs Haus, damit alle perfekt würden. Es war eine der Gelegenheiten im Jahr, da sie ihren Status wirklich herzeigen und genießen konnte, und das war in dem kleinen Hultaryd nicht immer so leicht.

«Bitte, Mama, darf ich nicht doch bei dem Verkauf mitmachen? Wenigstens an einem Tag.» Sie legte den Kopf schräg, um besonders flehentlich auszusehen. Vielleicht würde es ihre Mutter dazu bewegen, in diesem erwartungsfrohen Moment Gnade vor Recht ergehen zu lassen und ihren Wunsch zu erhören.

«Zieh die schwarzen Schuhe an», erwiderte sie und ging zur Tür.

Sibylla schluckte. Sie musste es noch einmal versuchen.

«Liebe ...?»

Beatrice Forsenström blieb auf dem Weg zur Tür stehen und drehte sich um. Sie hatte die Stirn gerunzelt und sah ihre Tochter an.

«Hast du nicht gehört, was ich gesagt habe? Meine Tochter hat es nicht nötig, herumzurennen und zu betteln, um an einer Klassenfahrt teilnehmen zu können. Falls du an dieser Klassenfahrt überhaupt teilnehmen möchtest, dann bezahlen ich und Vater für dich. Und da finde ich wahrlich, dass du lieber ein wenig Dankbarkeit zeigen solltest, statt ausgerechnet dann einen Auftritt zu inszenieren, wenn wir uns auf den Weg zu Vaters Weihnachtsfeier machen wollen.»

Sibylla blickte zu Boden und ihre Mutter verließ das Zimmer.

Das bedeutete, dass die Diskussion beendet war. Ein für alle Mal. Als ob es je eine gegeben hätte. Dass sie die Entscheidung ihrer Mutter überhaupt in Frage gestellt hatte, war schon reichlich aufmüpfig gewesen und sie wusste, dass sie dafür im Laufe des Abends noch würde büßen müssen. Jetzt hatte sie es geschafft, ihrer Mutter die gute Laune zu verderben, und das tat man nicht ungestraft.

Das verhieß nichts Gutes. Es war schon schlimm genug, so wie es war.

Die alljährliche Weihnachtsfeier bei *Forsenströms Metall & Schmiede* war ein Ereignis, das von Sibylla ebenso heiß ersehnt wurde wie eine bevorstehende Wurzelbehandlung. Es war die Gelegenheit für Direktor Forsenström und seine Frau, ihre Güte zu zeigen, indem sie für das Personal und dessen Familien eine Feier ausrichteten. Dass Sibylla dabei sein würde, war selbstverständlich, und ebenso selbstverständlich hatte sie einen Platz an der Ehrentafel auf dem kleinen Podest im Versammlungssaal der Gemeinde. Dort durften keine Kinder sitzen, außer ihr natürlich.

Alle anderen Kinder und Jugendlichen hatten einen eigenen Tisch – und bei den Weihnachtsfeiern war der Abstand zwischen ihnen und ihr größer denn je.

Das Kleid lag wie ein Hohn auf dem Bett. Ihre Großmutter hatte es in irgendeinem feinen Geschäft in Stockholm gekauft, und darum zu bitten, es zu der Weihnachtsfeier nicht anziehen zu müssen, war Sibylla gar nicht erst in den Sinn gekommen. Dass sie zwölf war und alle anderen Mädchen Jeans und Fruit-of-the-Loom-Pullis mit V-Ausschnitt tragen würden, darauf konnte man nun wirklich keine Rücksicht nehmen. Sie würde neben ihren Eltern dort auf ihrem Podest sitzen und über die Leute hinwegblicken.

Sie zog sich das Kleid über den Kopf und betrachtete sich im Spiegel. Ihre Brust, die endlich zu wachsen begonnen hatte, wurde gehörig platt gedrückt.

Der Abend würde furchtbar werden.

«Und außerdem nimmst du die blauen Haarspangen», rief ihre Mutter. «Gun-Britt kann dir helfen, sie ins Haar zu stecken.»

Akkurat steckten die beiden Haarspangen in ihrem Haar, als sie eine Stunde später auf ihrem Platz zwischen dem Verkaufschef und seiner übel riechenden Frau saß. Sie schielte zum Jugendtisch hinüber, während sie artig die schmeichlerischen Fragen ihrer Tischnachbarn, wie es ihr in der Schule gehe, beantwortete. Sie merkte, dass ihre Mutter in regelmäßigen Abständen zu ihr hersah, und sie fragte sich, auf welche Weise diese ihre Missbilligung über die Aufsässigkeit zum Ausdruck bringen würde.

Sie musste bis zum Dessert warten, um es zu erfahren.

«Sibylla. Du singst uns doch etwas vor?»

Unter ihrem Stuhl tat sich ein Loch auf.

«Aber Mama, muss ich wirklich …»

«Nun. Nimm doch eins von den vielen Weihnachtsliedern, die du kannst.»

Der Verkaufschef lächelte ermunternd.

«Ein Weihnachtslied wäre wirklich schön. Kannst du *Glanz über See und Strand*?»

Sie wusste, dass sie in der Falle saß. Da war nichts zu machen. Sie sah sich am Tisch um. Aller Augen waren erwartungsvoll auf sie gerichtet. Irgendjemand klatschte in die Hände, und rasch verbreitete sich die Information im Saal, dass Sibylla Forsenström singen werde. Alle Gesichter am Jugendtisch wandten sich zu dem kleinen Podest um, und es erhob sich ein spontaner Sprechchor, der sie dazu bewegen sollte, sich zu erheben.

«Sibylla! Sibylla! Sibylla!»

«Müssen wir dich noch mehr drängen?», fragte ihre Mutter. «Du siehst doch, alle warten.»

Sie schob langsam ihren Stuhl zurück und stellte sich hin. Das Gemurmel im Saal legte sich und sie holte Luft, um es hinter sich zu bringen.

«Wir sehen nichts», rief jemand am Jugendtisch. «Stell dich auf den Stuhl!»

Flehentlich sah sie ihre Mutter an, aber die winkte nur leicht mit der Hand, zum Zeichen, dass sie damit einverstanden war.

Ihr schlotterten die Knie und sie fürchtete, das Gleichgewicht zu verlieren. Sie sah zum Jugendtisch hinüber und über das höhnische Grinsen dort gab es kein Vertun. Dies würde der Höhepunkt der Feier werden.

Sie holte noch einmal Luft und begann mit zitternder Stimme zu singen. Schon nach der ersten Zeile merkte sie, dass sie viel zu hoch angefangen hatte. Die hohen Töne am Ende würde sie unmöglich treffen. Und so war es auch. Ihr versagte die Stimme, und das Gekicher im Saal traf sie wie Peitschenhiebe. Mit blutrotem Kopf setzte sie sich wieder auf den Stuhl, und nach kurzem Zögern begann der Verkaufschef zu applaudieren. Schließlich gelang es ihm nach einem gewissen Schwanken, auch die anderen mitzuziehen. Sibylla fing über den Tisch den Blick ihrer Mutter auf und sie sah, dass die Bestrafung zu Ende war.

Jetzt würde sie in Ruhe gelassen werden.

Auf dem Heimweg war ihr Vater glücklich und zufrieden über die gelungene Veranstaltung. Seine Frau nickte ermunternd und hakte sich bei ihm ein. Sibylla ging ein paar Schritte hinter ihnen und war gerade stehen geblieben, um einen schönen Stein aufzuheben. Ihre Mutter drehte sich um.

«Es war doch wirklich gut, zum Schluss noch zu singen.»

Der eigentliche Sinn dieser Worte war ihnen beiden klar.

Die Mutter beendete ihre Zurechtweisung.

«Schade nur, dass es am Ende nicht mehr so ganz klappte.»

Sibylla ließ den schönen Stein liegen.

Verdammter Mist, das war das Erste, was ihr durchs Hirn schoss. Dabei hatte er doch so einen perfekten Eindruck gemacht. Jetzt wurde ihr klar, dass sie auf einer Zeitbombe saß. Selbstverständlich interessierte sich die Polizei ganz besonders für die Frau, mit der er gegessen und der er dann so gentlemanlike zu einem Hotelzimmer verholfen hatte. Dass diese mysteriöse Frau, hinter der die Polizei her war, eine andere als sie sein sollte, war genauso wahrscheinlich wie der Fall, dass ihr jemand auf der Straße nachgelaufen käme und sie fragte, ob sie im Schärengarten von Stockholm ein Häuschen mit weißen Ecken übernehmen wolle.

Ihre erste Empfindung war Wut. Ohne zu zögern betrat sie die Tankstelle, riss eine der Zeitungen an sich und schlug den Mittelteil auf.

Mörder schändete sein Opfer.

Vier Wörter in schwarzen Lettern. Die eine Seite wurde von

einem Bild Jörgen Grundbergs eingenommen, der breit in die Kamera lächelte.

Unbestätigten Angaben zufolge hat der Mörder den Leib des Opfers aufgeschnitten und innere Organe entnommen. Außerdem soll am Tatort ein religiöses Symbol hinterlegt worden sein. Die Polizei vermutet deshalb, dass es sich um einen Ritualmord handelt.

«Scheußlich, was?»

Sibylla sah auf. Der Mann hinter der Kasse nickte in Richtung Zeitung, um deutlich zu machen, was er meinte. Sie nickte.

«Acht Kronen ... Oder darf es sonst noch was sein?»

Sie zögerte. Acht Kronen waren viel Geld für ein wenig Papier. Sie zählte die Münzen in ihrer Tasche durch.

«Petroleum.»

Der Mann zeigte auf ein Regal, und sie folgte seinem Zeigefinger und holte eine Flasche.

Nach dem Bezahlen hatte sie noch neunzehn Kronen übrig.

Hjelm war fort, als sie zurückkam. Sie knallte die Tür hinter sich zu und schlug die Zeitung auf. Nach nur vier Zeilen wusste sie, dass sie die Gesuchte war.

Wer war die mysteriöse Frau, mit der Jörgen Grundberg am gestrigen Abend im Französischen Saal gesehen worden war und die heute Morgen die Absperrungen der Polizei durchbrechen konnte? Sachdienliche Hinweise nehme die Fahndungszentrale der Polizei entgegen. Die Nummer war gewissenhaft angegeben.

Sie bekam ein scheußliches Gefühl im Bauch und brauchte nur wenige Sekunden, um es zu identifizieren.

Sie fühlte sich bedroht.

Was sollte sie machen? Vielleicht wäre es das Einfachste, unter dieser Nummer anzurufen und zu sagen, dass sie mit der Sache nichts zu tun habe, aber dann müsste sie sich zu erkennen geben und das wäre nicht gut. Sie brauchten nur ihre Personennummer in den nächstbesten Computer einzugeben, um herauszufinden, dass sie kaum existierte. Es wäre die beste Art, deren Neugier zu wecken, und das Einzige, was sie im Leben wollte, war, ihre Ruhe zu haben. Und selbst für sich zu sorgen. Das hatte sie jetzt fast fünfzehn Jahre lang getan, und bisher hatte niemand nach ihr gefragt.

Ihre kleinen Gesetzesübertretungen wollte sie ebenfalls für sich behalten. Sie hatten selten jemand Armes getroffen, und sie war kein schlechter Mensch. Sie war lediglich eine, die noch nie in die allgemein akzeptierten Normen gepasst hatte und nun schon so lange außerhalb dieser Normen lebte, dass sich daran nichts mehr ändern ließ.

Sie hatte keinen Platz im System.

Sie versuchte lediglich zu überleben. Unter ihren eigenen Bedingungen. Das, was die Zeitungen aus ihrer Lebensgeschichte machen könnten, übertraf alles, was sie sich auszumalen vermochte. Sie war nicht gerade stolz darauf, aber der Teufel sollte denjenigen holen, der darüber irgendwie urteilen oder sich da einmischen wollte. Niemand, der nicht dabei gewesen war, würde verstehen, warum alles so gekommen war, wie es eben gekommen war. Aber es war nun einmal so, und jetzt galt es, aus der Situation das Beste zu machen. Wer könnte das schon verstehen? Schließlich war sie doch mit einem goldenen Löffel im Mund zur Welt gekommen!

«Aber Henry, ich kann sie nicht dorthin mitnehmen. Du weißt doch, wie es das vorige Mal war.»

Beatrice Forsenström wollte ihre Mutter und die Tanten in Stockholm besuchen. Direktor Forsenström hatte nicht viel für diese Damen übrig, und das beruhte auf Gegenseitigkeit, deshalb fuhr Sibyllas Mutter normalerweise allein. Vielleicht hatte sie ihren Vater wirklich aus Liebe geheiratet. Jedenfalls aber gegen den Willen ihrer Eltern. *Forsenströms Metall & Schmiede* in zweiter Generation war der Familie Hall, wie sie da auf Östermalm residierte, nicht fein genug. Neureicher bleibt Neureicher, und das, was zählte, waren Ahnen. Solches Blut wollte man in der Familie haben. Und was, um alles in der Welt, sollte ihre Tochter in Hultaryd anfangen! Diesem Nest im småländischen Hochland. Aber mach, was du willst. Komm nur nicht und beklage dich, wenn wir Recht behalten!

All das war Sibylla klar geworden, als sie bei ihrer Großmutter in Stockholm mit am Tisch gesessen und diese mit ihrer Tochter hatte sprechen hören. Sie hatte überdies begriffen, dass die Großmutter missvergnügt, wenn auch nicht besonders verwundert darüber war, dass Beatrice und ihr Mann so lange gebraucht hatten, ein Kind in die Welt zu setzen. Und überhaupt, wie sah das eigentlich aus? Beatrice war bereits sechsunddreißig, als Sibylla geboren wurde!

Ihre Großmutter hatte die unübertreffliche Fähigkeit besessen, mit Hilfe versteckter Anklagen und Unterstellungen ihren Standpunkt deutlich zu machen. Eine Gabe, die sich in direkter Linie weitervererbt hatte. Als Erwachsene hatte Sibylla sich schon manchmal gefragt, ob sie diese Fähigkeit wohl auch besitze und nur noch nie die Gelegenheit gehabt habe, sie zu nutzen.

Jetzt war sie elf Jahre alt, saß unbemerkt auf der Treppe und belauschte das Gespräch ihrer Eltern.

«Die Cousinen und Cousins verstehen kaum, was sie sagt. Sie lachen über sie. Dem kann ich sie nicht aussetzen.»

Henry Forsenström sagte nichts darauf.

Womöglich las er gerade in seinen Papieren.

«Sie spricht ja einen breiteren Dialekt als das schlimmste Arbeitergör!», fuhr ihre Mutter fort.

Sie hörte ihren Vater seufzen.

«Das ist doch nicht verwunderlich», erwiderte er in noch breiterem Småländisch. «Sie ist schließlich hier aufgewachsen.»

Beatrice Forsenström schwieg eine Weile. Obwohl Sibylla sie nicht sehen konnte, wusste sie genau, wie ihre Mutter in diesem Moment aussah.

«Ich halte es jedenfalls für das Beste, wenn sie zu Hause bleibt... Da kann ich auch die Gelegenheit wahrnehmen und ein wenig ausgehen. Mama hat gesagt, am nächsten Freitag sei Premiere von *La Traviata.*»

«Natürlich. Mach nur, was du willst.»

Und das tat ihre Mutter auch.

Sibylla hatte nie wieder nach Stockholm reisen dürfen, und als sie das nächste Mal dorthin kam, geschah es unter völlig anderen Umständen.

Als sie am nächsten Morgen aufwachte, spürte sie im ganzen Körper, dass etwas nicht stimmte. Sie fühlte sich in dem Häuschen eingeschlossen und wollte weg. Der Ofen war ausgegangen und sie fror, aber zum Glück ging es ihrem Hals etwas besser. Am Abend zuvor hatte sie schon befürchtet, dass sie eine Mandelentzündung bekommen haben könnte, eine Mandelentzündung, die mit Penizillin behandelt werden müsste. Es war nicht leicht, ohne Patientenkärtchen zum Arzt zu gehen, und sie wäre dankbar, wenn es sich vermeiden ließe.

Besonders jetzt, da sie womöglich nach ihr suchten.

Außerdem war sie hungrig. Sie aß ihr letztes Brot, hatte aber nichts zu trinken. Die Cola hatte sie zum Abendessen ausgetrunken. Die Tomate und der letzte Apfel durften das Frühstück abrunden.

Sie machte sich daran, ihre Sachen zusammenzupacken. Sorgfältig räumte sie den Messingleuchter und die Schale weg, in die sie ihre Früchte gelegt hatte. Nachdem sie die Polster weggepackt hatte, sah sie sich um, ob alles seine Ordnung hatte, schwang sich den Rucksack auf die Schultern und öffnete die Tür. Die Hand noch auf der Klinke, zögerte sie.

Angst war ein Gefühl, das sie schon sehr lange nicht mehr empfunden hatte.

Der Rucksack glitt ihr wieder von den Schultern und sie machte die Tür zu.

Verdammt nochmal. Reiß dich jetzt zusammen!

Sie zog einen der Sprossenstühle heran, sank darauf nieder und barg den Kopf in den Händen. Weinen, damit hatte sie aufgehört. Vor langem schon hatte sie eingesehen, dass es nichts half. Ließ man sie nur in Ruhe und ließ man sie nur für sich selbst sorgen, glaubte sie nicht einmal einen Grund dafür zu haben. Nur einen einzigen. Aber der war so tief in ihrer Seele verborgen, dass der Schmerz selten nach außen drang. Das Essen für den Tag war es, was ihre Gedanken beschäftigte. Und wo sie die nächste Nacht verbringen würde. Alles andere musste hintanstehen.

Und dann hatte sie ja das Geld.

Sie legte die Hand auf die Brust, wo, unter ihrer Kleidung verborgen, 29385 geheiligte Kronen in einem Brustbeutel steckten.

Bald hatte sie genügend beisammen. Sie würde damit einmal das Ziel erreichen, für das sie in den vergangenen fünf Jahren gekämpft hatte und das ihr die Kraft zum Weitermachen gegeben hatte. Der Entschluss, einen ernsthaften Versuch zu unternehmen, ihr Leben zu verändern. Weiterzukommen. Ein Häuschen mit weißen Ecken. Irgendwo ein eigenes Heim, wo sie ihre Ruhe hätte und so leben könnte, wie sie es wollte. Vielleicht Gemüse anbauen. Ein paar Hühner haben. Wasser könnte sie aus dem Brunnen holen. Es war kein Luxus, wovon sie träumte, bloß eigene vier Wände, zu denen außer ihr niemand Zutritt hätte.

Einfach Ruhe.

Sie hatte gesehen, dass 40 000 reichten, wenn man sich vorstellen konnte, irgendwo auf dem Lande abseits der großen Straßen und ohne Strom und fließendes Wasser zu leben.

Und von genau solch einem Ort träumte sie.

In Norrland oben wäre es sicherlich möglich, noch billiger wegzukommen, aber sie fürchtete, mit den langen Wintern nicht zurechtzukommen. Lieber kämpfte sie noch ein bisschen weiter.

In den vergangenen fünf Jahren hatte sie von dem Gnadengeschenk ihrer Mutter jeden Monat so viel wie möglich beiseite gelegt. Und war das Geld erst in dem Brustbeutel gelandet, dann existierte es nicht mehr. Mochte sie noch so hungrig sein.

Noch ein paar Jahre, dann hätte sie genügend beisammen.

Sie holte die Scheine hervor und legte sie sternförmig vor sich auf den Tisch. Sie ging immer zur Bank und tauschte die neu hinzugekommenen gegen frische und glatte ein.

Die ihre Mutter noch nicht angefasst hatte.

Nachdem sie die Scheine ein Weilchen betrachtet hatte, fühlte sie sich wieder besser. Es half wie gewöhnlich. Der nächste Schritt, ihren Kampfgeist wiederzugewinnen, war ein Besuch bei der Schwedischen Immobilienvermittlung. Man musste über die Immobilienpreise schließlich auf dem Laufenden bleiben.

Sie sammelte ihr Geld wieder ein, steckte es in den Brustbeutel zurück, schob, den Rucksack geschultert, den Stuhl unter den Tisch und trat leichteren Schrittes aus der Tür.

Sie kam bis zur Ringstraße. Als sie am Zeitungskiosk den aktuellen Aushang sah, fiel wieder alle Hoffnung von ihr ab.

Jetzt galt es nicht mehr, nur den Tag zu überleben.

Jetzt galt es zu fliehen.

**Frau wegen bestialischen Mordes
per Haftbefehl gesucht**

Das war die Schlagzeile.

Unter dem Text aber war ein Bild. Und ein Name.

Sibylla Forsenström, 32.

«Liebe Sibylla, nun guck doch nicht so! Kannst du nicht wenigstens versuchen zu lächeln?»

Wohl erzogen, wie sie damals war, hatte sie es versucht, allerdings mit einem verheerenden Ergebnis. Wie immer sie in der Sekunde zuvor geguckt haben mochte, dies hier musste eine Verschlechterung gewesen sein. Das musste auch ihre Mutter so empfunden haben, denn sie konnte sich nicht erinnern, das Foto jemals gesehen zu haben. Der Pony war am Mittelscheitel mit einem Lockenstab gewellt worden und lief an den Schläfen in kleinen Spitzen aus. Ihr eingeschüchterter Blick sprach Bände.

Ihr war jetzt schlecht.

Neunzehn Kronen hatte sie noch. Die Zeitung kostete acht.

Der Polizei ist bei ihren Ermittlungen im Fall des bestialischen Mordes an dem 51-jährigen Jörgen Grundberg gestern Nacht im *Grand Hôtel* ein Durchbruch gelungen. Unter Verdacht steht die 32-jährige Sibylla Forsenström, die Frau, die – *Expressen* berichtete darüber – am Donnerstagabend mit dem 51-Jährigen zusammen gesehen wurde. Gegen sie wurde nun in Abwesenheit Haftbefehl erlassen. Der Portier, der am Donnerstag im *Grand Hôtel* Nachtdienst hatte, teilte der Polizei erst jetzt mit, dass der 51-Jährige das Zimmer der Frau persönlich gebucht hatte, und zwar unter einem falschen Namen, wie sich bei einer Kontrolle herausstellte. Der 32-Jährigen war es am Freitagmorgen gelungen, die polizeilichen Absperrungen zu umgehen, sie ließ aber einiges Beweismaterial zurück. Wie aus zuverlässiger Quelle verlautet, trug sie an dem Abend eine Perücke, die im Hotelzimmer sichergestellt wurde. Ferner hat die Polizei eine Aktentasche gefunden, die derselben Quelle zufolge eventuell die Mordwaffe enthält. Zur Art der Waffe möchte die Polizei keine Angaben machen.

Mit Hilfe der Fingerabdrücke auf der Aktentasche gelang es der Polizei, Sibylla Forsenström zu identifizieren. Ihre Fingerabdrücke befanden sich auch auf der Schlüsselkarte des Opfers, ferner entdeckte man in ihrem Zimmer ein Glas mit Jörgen Grundbergs Fingerabdrücken.

Die 32-Jährige gibt der Polizei Rätsel auf. 1985 ist sie aus einem Krankenhaus in Südschweden entlaufen, in dem sie wegen psychischer Probleme behandelt wurde. Seitdem hat sie mit keiner Behörde mehr in Kontakt gestanden. Wo sie sich in den vergangenen vierzehn Jahren aufgehalten hat, ist zum gegenwärtigen Zeitpunkt nicht bekannt. Ihre Fingerabdrücke waren nach einem Autodiebstahl und Fahrens ohne Führerschein im Jahre 1984 von der Polizei erfasst worden.

Die 32-Jährige wuchs in einem wohlhabenden Elternhaus in einem kleineren Hüttenindustrieort im östlichen Småland auf. Seit '85 ist die Frau ohne festen Wohnsitz, und die Polizei richtet deshalb an die Bevölkerung die dringende Bitte, Informationen bezüglich ihres Aufenthaltsortes weiterzugeben. Gleichzeitig erlässt die Polizei eine Warnung vor der Frau, da zu befürchten ist, dass sie verwirrt und gewaltbereit sein könnte. In der zurückgelassenen Aktentasche befand sich ein Kalender, der zurzeit von den Kriminalpsychologen der Polizei ausgewertet wird. Die unzusammenhängenden Eintragungen in dem Buch scheinen den Angaben zufolge den verwirrten Zustand der Frau zu bestätigen. Die Polizei möchte ferner darauf hinweisen, dass das veröffentlichte Foto von Sibylla Forsenström sechzehn Jahre alt ist. Der Kellner, der die 32-Jährige und das Opfer am Donnerstagabend bedient hat, beschreibt die Frau als gut und korrekt gekleidet, sie habe ein gepflegtes Äußeres. Mit seiner Hilfe wird nun ein aktuelles Bild der Verdächtigen erstellt. Alle die Frau betreffenden Beobachtungen oder Informationen nimmt die Polizei unter der Telefonnummer 08/401 00 40 oder die nächste Polizeidienststelle entgegen.

Sie spürte den Geschmack im Mund. Er kam von irgendwo unten aus dem Magen; da war etwas, was bereits eingesehen hatte, was ihr Gehirn sich zu akzeptieren weigerte.

Sie waren dabei, die Kontrolle über sie zu übernehmen.

Schon wieder.

Die Beklemmung stieg in ihr hoch, eine gefürchtete Bekannte

aus vergangenen Tagen. Sie hatte sich in einem Versteck verborgen gehalten und auf den rechten Moment gewartet, und jetzt war es so weit, dass es sich erneut nützlich machte. Es kam alles wieder. Alles, was sie so zielstrebig hatte vergessen können. Alles, was sie erfolgreich hinter sich gelassen hatte.

Jetzt konnte sie in der Zeitung darüber lesen.

Sie und alle anderen, die dazu Lust hatten.

Haben wir es nicht gesagt? Sibylla. Sibylla. Gesicht wie ein Gorilla. Wir wussten doch, dass aus der nie was werden würde.

Sie ballte die Faust in der Tasche.

War es denn ihre Schuld, dass sie nicht zu ihnen passte? Noch nie zu ihnen gepasst hatte. Sie war doch zurechtgekommen. Was wollten sie denn noch? Sie hatte überlebt. War eine, die *trotz allem* zurechtgekommen war.

Nun hatten sie ihr großes Werk zerbröselt. Ihre Stärke zu Verrücktheit degradiert. Ihr anspruchsloses Dasein zum Elend einer Einzelgängerin.

Das wollte sie ihnen nicht erlauben.

Unter keinen Umständen wollte sie ihnen das erlauben.

Jetzt nicht.

Ich war das nicht.»

Sie stand in einer Telefonzelle auf dem Stockholmer Hauptbahnhof. Im Hörer wurde es still, darum wiederholte sie, was sie gesagt hatte.

«Ich war das nicht, ich habe ihn nicht umgebracht.»

«Wen denn?»

«Jörgen Grundberg.»

Kurze Pause.

«Verzeihung, aber mit wem spreche ich denn?»

Sie sah sich um. Es war Samstag und die große Halle war voller Menschen. Auf dem Weg nach Hause oder fort, um Abschied zu nehmen oder sich zu begrüßen.

«Ich bin es, Sibylla, nach der Sie suchen. Ich war es nicht, ich habe ihn nicht umgebracht.»

Ein Mann mit einer Aktentasche blieb ein paar Meter von ihr entfernt stehen. Er sah auf seine Armbanduhr und dann auf sie, um deutlich zu machen, dass er es eilig habe und gerne wolle, dass sie ihr Gespräch beende. Es gab jede Menge Telefone um sie herum, aber wie sie selbst eben festgestellt hatte, war dies hier das einzige, für das man keine Telefonkarte brauchte.

Sie kehrte ihm den Rücken zu.

«Wo sind Sie denn?»

«Das spielt keine Rolle. Ich möchte nur, dass Sie wissen, dass nicht ich es war, die ...»

Sie verstummte und drehte den Kopf. Der Mann stand immer noch da und sah sie gereizt an. Sie wandte sich wieder um und senkte die Stimme.

» ... das getan hat. Ansonsten habe ich nichts zu sagen.»

«Warten Sie.»

Sie wollte auflegen, zögerte aber noch. Sie konnte hören, wie die Frau am anderen Ende ihre Worte abwog.

«Woher weiß ich denn, dass ich tatsächlich mit Sibylla spreche?»

«Wie?»

«Können Sie mir Ihre Personennummer angeben?»

Sibylla lachte fast auf. Was, zum Henker, wollte die eigentlich?

«Meine Personennummer?»

«Ja. Hier haben heute schon andere angerufen und sich Sibylla genannt. Woher sollen wir wissen, dass ausgerechnet Sie die Wahrheit sagen?»

Ihr blieb vor Verwunderung der Mund offen stehen.

«Weil ich es bin, die Sibylla Forsenström heißt. Meine Personennummer habe ich schon eine ganze Weile nicht mehr gebraucht, ich habe sie vergessen und ich rufe an, um Sie zu bitten, doch zur Hölle zu fahren und mich in Ruhe zu lassen!»

Den Mann hinter sich hatte sie vergessen. Sie drehte sich um und sah ihn wieder. Er tat jetzt so, als bemerke er sie nicht mehr.

«Wo sind Sie denn?»

Sibylla schnaubte und betrachtete den Hörer.

«Das kann Ihnen schnurzegal sein.»

Sie drückte auf die Gabel und beendete damit das Gespräch. Der Mann warf ihr einen ängstlichen Blick zu. Sie reichte ihm den Hörer.

«Sie sind dran.»

Er winkte abwehrend mit der Hand.

«Nein, danke.»

«Nein, danke? Eben war's doch noch so dringend.»

Aus seiner Manteltasche ragte *Expressen.* Sie konnte ihr Auge und ein Stück dieses fürchterlichen Ponys sehen.

«Dann eben nicht.»

Sie hängte den Hörer ein. Der Mann lächelte betreten und ging. Sie musste jetzt weg von hier. Lieber ärgerlich als ängstlich, aber sie durfte nicht übermütig werden.

Von nun an würde sie nie wissen, wer ihren Namen kannte und warum.

Wie, zum Henker, hatten sie sie bloß Sibylla taufen können?

Es war nicht schwierig gewesen, dorthin zu finden. In der Zeitung war so ausführlich über Jörgen Grundbergs Leben berichtet worden, dass sie fast seine Memoiren hätte schreiben können.

Die Bahnfahrt nach Eskilstuna hatte nicht lange gedauert. Den größten Teil davon hatte sie auf der Toilette verbracht. Nachdem der Schaffner alle Fahrkarten kontrolliert und die Tür aufgeschlossen hatte, war sie hinausgetreten und hatte sich in ein Abteil gesetzt. Ihr unvermutetes Eintreten schien niemand zu beachten. Seit sie entdeckt hatte, dass einer der Aufsätze ihrer Lockenbürste wie geschaffen dafür war, verschlossene Toilettentüren in Zügen zu öffnen, hatte sie sich ab und zu einen kleinen Ausflug gegönnt. Solange der Zug noch auf dem Stockholmer Hauptbahnhof stand, schlich sie sich hinein und versteckte sich auf der Toilette. Erst ein einziges Mal hatte ein Schaffner sie entdeckt und in Hallsberg hinausgeworfen. An dem Ort war aber weiter nichts auszusetzen gewesen.

Aus irgendeinem Grund ging es ihr schon viel besser. Vielleicht weil sie beschlossen hatte, die Situation unter Kontrolle zu bekommen. Vielleicht weil sie ihre letzten Kronen für einen Hamburger ausgegeben hatte.

Grundbergs Haus war groß und von einer meterhohen Mauer aus den gleichen weißen Betonsteinen umgeben, mit dem auch die Fassade des Hauses verkleidet war. Der Gartenweg war von zierlichen Außenleuchten gesäumt und führte zu einer mahagonifarbenen Haustür, die sich von den schwarz gebeizten Fensterrahmen abhob. Auf dem Dach saß eine der größten Parabolantennen, die sie je gesehen hatte.

Das ganze Anwesen posaunte den Neureichtum nur so heraus.

Sie stand lange vor der Mauer und zögerte. Um keine Aufmerksamkeit zu erregen, drehte sie ein paar Runden um das Viertel, und dieser Spaziergang brachte sie dazu, einen Entschluss zu fassen. Sie war nun bis hierher gefahren. Also konnte sie genauso gut hineingehen und sich Klarheit verschaffen. Mit dem Kopf war der Entschluss jedoch leichter gefasst als mit den Beinen, besonders wenn man sich auf der anderen Seite des Viertels befand. Vor der großen Villa verließ sie der Mut nämlich wieder. Die dunklen Scheiben in den schwarzen Fensterrahmen. Wie feindliche Augen starrten die sie an, sahen sie dort stehen und zögern.

Die Haustür ging auf.

«Sind sie von der Presse?»

Sibylla schluckte.

«Nein.»

Sie öffnete die Gartenpforte und ging den Weg entlang, ohne die Frau in der offenen Tür anzusehen. Auf halbem Weg zur Außentreppe kam sie an einem meterbreiten Teich mit einer römischen Marmorfrau in der Mitte vorbei. Vermutlich verspritzte sie Wasser, wenn die Jahreszeit es zuließ. Im Moment schien sie eher zu frieren.

Sibylla ging die letzten Schritte bis zum Haus und blieb unten an der Treppe stehen, die zur Tür führte. Sie schluckte erst einmal, bevor sie den Blick hob und die Frau vor sich ansah.

«Ja?»

Sie wirkte ungeduldig.

«Entschuldigen Sie bitte die Störung, aber ich suche Lena Grundberg.»

Die Frau verlagerte das Gewicht von einem Fuß auf den anderen. Sie war so um die vierzig und sah Aufsehen erregend gut aus.

«Das bin ich.»

Sibylla wurde unsicher. Sie wusste nicht, was sie eigentlich erwartet hatte. Sie hatte gedacht, vielleicht die Seelsorgerin vom

Dienst abgeben oder von einer Krisengruppe oder etwas Ähnlichem sein zu können, darüber hatte sie in der Zeitung gelesen, und einfach zu der trauernden Witwe zu gehen und ihr Trost zu spenden. Diese Frau hier wirkte jedoch ebenso gefasst wie die Marmorfrau in dem Springbrunnen.

«Worum geht es?»

Ihr Ton war leicht gereizt. Ungeduldig. So als wäre sie mitten aus einem spannenden Spielfilm herausgerissen worden. Sibylla musterte die Frau und nahm eine rasche Einschätzung vor. Hier versuchte man sich besser von unten her einzuschleichen.

«Ich heiße Berit Svensson. Ich weiß, dass ich ungelegen komme aber … ich komme, weil ich Sie um Hilfe bitten möchte.»

Sie senkte schüchtern den Blick, und als sie wieder aufsah, hatte die Frau die Brauen zusammengezogen. Sibylla fuhr fort.

«Ich konnte ja nicht umhin, die Zeitung zu lesen und ich … ich wohne gleich da drüben. Ich habe vor einem halben Jahr ebenfalls meinen Mann verloren und würde so gern mit jemandem, der wirklich weiß, wie das ist, ein Weilchen darüber reden.»

Die Frau sah so aus, als würde sie die Vor- und Nachteile gegeneinander abwägen. Sie wirkte nicht besonders wohlwollend. Sibylla setzte noch eins obendrauf.

«Sie scheinen ein ganz unglaublich starker Mensch zu sein», fuhr sie fort. «Ich würde wirklich viel darum geben, wenn ich ein Weilchen reinkommen und mit Ihnen reden dürfte.»

Das Letzte war nicht einmal gelogen, und vielleicht hatte diese Nuance bewirkt, dass das Kompliment verfing. Die Frau trat einen Schritt in die Diele zurück und bat sie herein.

«Kommen Sie herein. Wir können uns ins Wohnzimmer setzen.»

Sibylla nahm die Treppe mit einem Schritt und trat in die Diele. Sie beugte sich hinunter, um ihre Schuhe auszuziehen, und stand auf etwas, was wie ein echter Teppich aussah. Neben ihr stand ein bombastischer Schirmständer aus dunkelgrünem Metall.

In der Wand zwischen der Diele und dem Wohnzimmer war ein bogenförmiger Durchbruch gemacht worden. Lena Grundberg war vorgegangen und Sibylla sah sich um, während sie ihr folgte. Sie bereute es, dass sie sich im Zug geschminkt hatte, und fuhr sich mit der Hand über die Lippen, um möglichst viel von ihrem Lippenstift zu entfernen. Die Frau vor ihr hatte ein tadelloses Make-up, und Sibylla merkte instinktiv, dass es besser wäre, wenn sich Frau Grundberg ihrem ungebetenen Gast gegenüber überlegen fühlen könnte.

Sie war diesem Typ Frau schon früher begegnet.

Das Wohnzimmer war so geschmacklos, dass sie sich verzweifelt nach etwas umsehen musste, was sie loben könnte. Sie entdeckte den einzigen Gegenstand, der nicht direkt abstoßend war.

«Was für ein schöner Kachelofen!»

«Danke», entgegnete Lena Grundberg und setzte sich in einen ochsenblutfarbenen Ledersessel. «Bitte, nehmen Sie Platz.»

Sibylla ließ sich auf das riesige Ledersofa nieder. Sie betrachtete verwundert den Glastisch vor sich. Das Gestell bestand aus einer weiteren Marmorfrau, sie lag auf dem Rücken und balancierte die Glasplatte auf ihren hochgereckten Knien und Händen.

«Jörgen importierte Marmor», erklärte Lena Grundberg. «Unter anderem», fügte sie hinzu.

Bereits Vergangenheit. Ohne mit der Wimper zu zucken.

Frau Grundberg schien ihre Gedanken erraten zu haben.

«Ich kann gleich vorweg sagen, dass unsere Ehe nicht besonders glücklich war. Wir waren im Begriff, uns scheiden zu lassen.»

Sibylla ließ das auf sich wirken.

«Wie bedauerlich!»

«Auf meine Initiative hin.»

«Ach so. Aha.»

Es wurde still im Zimmer. Sibylla war ein wenig verwirrt. Was hatte sie hier eigentlich erreichen wollen? Das wollte ihr im Moment einfach nicht einfallen.

«Wie lange sind Sie schon verwitwet?»

Die Frage kam so plötzlich, dass Sibylla zusammenzuckte. Aus irgendeinem Grund sah sie auf die Uhr. Die war wieder stehen geblieben.

«Sechs Monate und vier Tage», brachte sie schließlich hervor.

«Und woran ist er gestorben?»

«An Krebs. Es ist sehr schnell gegangen.»

Lena Grundberg nickte.

«Waren Sie glücklich zusammen?»

Sibylla senkte den Blick und betrachtete ihre Hände. Sie war froh, dass sie sich die Nägel nicht lackiert hatte.

«Ja, sehr», antwortete sie leise.

Es war ein Weilchen still.

«Das ist schon ziemlich komisch», sagte Frau Grundberg. «Vor gut einem Jahr erst wäre Jörgen beinahe an Nierenversagen gestorben. Er lag mehrere Monate lang im Krankenhaus. Jetzt hatten sie endlich festgestellt, dass alles in Ordnung war, er musste nur regelmäßig seine Medikamente einnehmen. Im Großen und Ganzen war er aber gesundgeschrieben.»

Sie schüttelte den Kopf.

«Und dann wird er umgebracht! Nach all den Beschwerlichkeiten. Es klingt vielleicht zynisch, aber das ist wirklich typisch für ihn.»

Sibylla konnte nur mit Mühe ihre Verwunderung verbergen.

«Wie meinen Sie denn das?»

Frau Grundberg schnaubte.

«Er konnte nie seine Finger zurückhalten. Wie dumm muss man eigentlich sein, dass man eine unbekannte Frau mit aufs Zimmer nimmt! Hässlich war sie obendrein. Wenn man sich ihr Foto anschaut, ist doch schon von weitem zu erkennen, dass die nicht bei Sinnen ist.»

Ganz ruhig jetzt.

«Sie scheinen verbittert zu sein?»

Sibylla versuchte neutral zu klingen.

«Ach was! Ich finde nur, er hätte einen etwas besseren Geschmack an den Tag legen können. Es wäre in der Tat ein besseres Gefühl gewesen, wenn er sich eine Frau ausgesucht hätte, die ...»

Plötzlich versagte ihr die Stimme. Sie schlug die Hand vors Gesicht und fing an zu schluchzen.

Sieh an! Von diesen Marmorschwestern hatte zumindest eine ein paar Gefühle. Man brauchte bloß ein bisschen am Make-up zu kratzen.

Sie sann über das nach, was Frau Grundberg gesagt hatte. Fast bereute sie es, dass sie Herrn Grundberg nicht mit aufs Zimmer hatte kommen lassen. Aus purer Menschenfreundlichkeit.

«Eine Frau, die sich mit Ihnen messen könnte?»

Sie musste sich zusammenreißen, um ihre Gereiztheit nicht zu zeigen. Lena Grundberg hatte ihren neuen Tonfall bemerkt und schien sich sammeln zu wollen. Sie hatte den Mund aufgerissen und tupfte sich unter den Augen vorsichtig die Tränen ab, sodass sie ihr Make-up nicht ruinierte.

«Ja. Das wäre in der Tat ein besseres Gefühl gewesen.»

Sibylla betrachtete die Frau. Die war von einem Schlag, der ihr bisher noch nicht begegnet war.

«Warum denn?»

Sie war jetzt wirklich neugierig.

«Sie waren es doch, die sich scheiden lassen wollte», fuhr sie fort.

Frau Grundberg hatte sich wieder gefangen und lehnte sich in dem hässlichen Sessel zurück.

«Ich verstehe, es mag selbstsüchtig wirken, aber es ist erniedrigend, von der Erstbesten ersetzt werden zu können. Sogar von einer hässlichen Hure in einem Hotel. Wie fürchterlich geschmacklos von ihm.»

Sieh dich doch hier um, Mensch! Mein Rucksack ist, weiß Gott, noch geschmackvoller eingerichtet als dieses blöde Zimmer. Sitz bloß nicht da und erzähl was von gutem Geschmack!

Sibylla schluckte zweimal.

«Woher wissen Sie, dass sie eine Hure war?»

Frau Grundberg schnaubte.

«Das sieht man ihr doch an! Schauen Sie nur!»

Sie hob eine Abendzeitung vom Fußboden auf und hielt sie Sibylla hin, die einen raschen Blick auf ihr Gesicht warf. Das Einzige, was noch genauso aussah, war die Nase.

«Woher weiß die Polizei so sicher, dass es diese Frau war, die ihn umgebracht hat?»

Lena Grundberg ließ die Zeitung wieder auf den Fußboden fallen.

«Sie waren von der Rezeption aus zusammen nach oben gegangen, und am Morgen hatte sie sich durch die Absperrungen schleichen können. Das ist doch Beweis genug, sollte man meinen. Außerdem fanden sich mal hier, mal dort ihre Fingerabdrücke. Auf Jörgens Zimmerschlüssel zum Beispiel.»

«Wenn sie es aber nicht war? Sind Sie sicher, dass er keine ...»

Sie hielt in letzter Sekunde an sich, indem sie einen Hustenanfall vorschützte.

... Feinde in Lettland oder Litauen hat?

Sie hustete noch eine geraume Weile, um ihren Fehlgriff zu vertuschen. Lena Grundberg erhob sich und holte ein Glas Wasser. Sibylla trank es dankbar.

«Danke», sagte sie schließlich. «Sie müssen schon entschuldigen, aber ich leide an Asthma.»

Frau Grundberg nickte und setzte sich wieder in ihren Sessel.

«Keine was hat?»

«Was?»

«Ob ich mir sicher bin, dass er keine was hat?»

«Feinde ... Oder so.»

Lena Grundberg betrachtete sie. Es war wohl Zeit zu gehen. Sie hatte schon einen Ansatz gemacht, sich zu erheben, als die Frau ihr gegenüber aufschnaubte.

«Sibylla!»

Sie sagte es voller Verachtung, und Sibylla zuckte zusammen, als ob sie eine Ohrfeige bekommen hätte. Ihre Blicke begegneten sich. Sibylla blieb sitzen und schluckte.

«Das hört man doch schon am Namen, dass sie es gewesen sein muss», rief Frau Grundberg aus. «Welcher normale Mensch hat schon einen solchen Namen?»

Sibylla versuchte ein Schnaufen zu verbergen. Für einen kurzen Moment hatte sie Angst gehabt.

«Ja, das kann man sich wirklich fragen», sagte sie kriecherisch lächelnd. «Der einzige Trost ist wohl, dass sie ihn hoffentlich nicht selber gewählt hat.»

Lena Grundberg schnaubte erneut.

Sibylla wollte weg von hier. Frau Grundberg war keine angenehme Gesellschaft, aber da sie sich nun schon so viel Mühe gemacht hatte, hierher zu kommen, wäre es idiotisch, wenn sie nicht versuchte, noch mehr Informationen zu bekommen.

«Wie ist er denn gestorben?»

Die andere Frau räusperte sich.

«Ihm wurde die Kehle durchgeschnitten. Dann hat sie ihm den Bauch aufgeschlitzt und die Eingeweide auf dem Boden verstreut.»

Sie hätte genauso gut ein Kuchenrezept hersagen können.

Sibylla brauchte Luft. Übelkeit durchwogte sie. Sie stand auf.

«Ich muss jetzt gehen.»

Die Witwe Grundberg blieb in ihrem Sessel sitzen.

«Ich gehe wohl nicht fehl in der Annahme, dass ich nicht Ihren Erwartungen entsprochen habe?»

Ausnahmsweise log sie einmal nicht:

«Nein. Nicht ganz.»

Frau Grundberg nickte und senkte den Blick.

«Wir gehen alle auf unterschiedliche Weise mit den Dingen um.»

Sibylla nickte.

«Ja. Sicher … Danke, dass ich ein Weilchen hereinkommen durfte.»

Sie ging in die Diele und zog sich ihre Schuhe an. Lena Grundberg saß nach wie vor in ihrem Sessel, und ohne dass eine von ihnen noch etwas sagte, öffnete Sibylla die Tür und verließ das Haus.

Die Spaziergänge, die retteten sie. Sie lieferten ihr einen Grund, das Haus zu verlassen, und halfen ihr, mit all den dumpfen Teenagergrübeleien aufzuräumen. Sie lief durch die Randbezirke des Ortes und mied gewissenhaft die Imbissbude im Zentrum. Hultaryds natürlichen Treffpunkt für alle, die jemanden treffen wollten. Sibylla wollte das nicht. Wenn es nicht unbedingt nötig war, wollte sie schon lange niemandem mehr aus ihrer Klasse begegnen. In der Schule ließ es sich nicht vermeiden und das war mehr als genug.

Am Ortsrand lag auch der Vereinshof des VMIJ. Des Vereins motorinteressierter Jugendlicher. Ein ziemlich heruntergekommenes zweigeschossiges Haus mit einer Autowerkstatt im Parterre. Die Lage des Vereinshauses entsprach auch der sozialen Stellung des Vereins in Hultaryd, woran die Mitglieder selbst nicht ganz unschuldig waren.

Vielleicht wäre er ihr nie aufgefallen, wenn er sich nicht genau in dem Moment, als sie vorbeiging, über den Motor eines bunt lackierten Straßenkreuzers gebeugt und daran herumgebastelt hätte. Sie war ungefähr zehn Meter von ihm entfernt stehen geblieben und bewunderte das Kunstwerk. Das Auto war erbsengrün und auf die hinteren Kotflügel züngelten Flammen zu. Sie hatte noch nie im Leben so etwas gesehen.

Nachdem sie eine Weile unbemerkt geguckt hatte, richtete er sich auf und entdeckte sie.

«Toll, was?»

Er wischte sich mit einem Lumpen seine öligen Hände ab.

Sie nickte.

«De Soto Firedome. Neunundfünfzig. Hab ihn gerade erst aus der Autolackiererei zurückgekriegt.»

Sie sagte nichts. Was gab es da auch zu sagen? Am meisten wunderte sie, dass es in Hultaryd jemanden gab, der so schöne Flammen malen konnte.

«Willst mal Probe sitzen?»

Als sie nicht antwortete, schlug er die Motorhaube zu und machte ihr ein Zeichen, dass sie kommen solle.

«Guck mal. Das sind Lederbezüge.»

Sie trat näher. Er wollte ihr tatsächlich sein Auto zeigen. Er wirkte nicht besonders gefährlich, und sie hatte noch nie in einem Straßenkreuzer gesessen. Der Typ war um einiges älter als sie, bestimmt mindestens vier Jahre, und sie konnte sich nicht erinnern, ihn schon einmal gesehen zu haben.

Er warf den Lumpen hin, wischte sich aber sicherheitshalber die Hand noch an seiner Arbeitshose ab, bevor er auf der Beifahrerseite die Tür öffnete und Sibylla aufforderte einzusteigen. Sie zögerte nur wenige Sekunden, und dann tat sie, was er sagte. Sie sank wie in einen Sessel ein.

«Geil, was? Ein V8 mit dreihundertfünf PS.»

Sie lächelte ihn ein wenig an.

«Ui. Toll!»

Er ging um den Wagen herum und öffnete die Tür auf der Fahrerseite.

«Kommst du an die Decke auf dem Rücksitz ran?»

Sibylla drehte sich um und guckte. Sie nahm die braun karierte Decke, reichte sie ihm und er breitete sie über den Fahrersitz, bevor er hineinsprang.

«Wollen wir eine Spritztour machen?»

Sie starrte ihn an. Er hatte schon den Schlüssel herumgedreht.

«Ich weiß nicht ... Ich glaube, ich muss jetzt nach Hause.»

Der Motor brummte. Der Typ drückte auf einen Knopf und ihr Fenster glitt herunter.

«Elektrisch. Willst mal probieren?»

Sie drückte auf den Knopf und das Fenster ging wieder zu. Als sie ihn wieder ansah, hatte er zwei Lachgrübchen auf den Wangen. Er legte einen Gang ein und ließ seinen Arm auf ihrer Rückenlehne ruhen. Ihr klopfte das Herz. Selbst wenn dieser Arm hinter ihrem Kopf nur da lag, weil es praktisch war, empfand sie diese Geste als irgendwie intim. Den Blick zur Heckscheibe hinausgerichtet, setzte er rückwärts auf die Straße.

Wie war sie hierher gekommen? In einen Straßenkreuzer mit einem wildfremden Menschen.

Wenn nun jemand sie sah?

«Ich kann dich nach Hause fahren. Wo wohnst du?»

Sibylla schluckte.

«Nein», erwiderte sie rasch. «Wir machen eine kleine Spritztour.»

Sie fuhren in den Ort. Sibylla sah den Typen verstohlen an. Er hatte Öl im Gesicht.

«Ich heiße übrigens Micke. Wir geben uns vielleicht nicht die Hand. Wenn du dich nicht ölig machen willst.»

«Sibylla», sagte sie leise.

Er sah sie an.

«Ah ja. Forsenströms Tochter. Bist du das?»

«Ja.»

Er war in die Tullgatan eingebogen. Bald würden sie an der Imbissbude vorbeikommen.

«Hör mal? Läuft doch toll, oder?»

Sibylla nickte. Wirklich toll. Ungefähr so wie Gun-Britts Renault.

Wie immer waren an der Imbissbude eine Menge Leute. Sibylla duckte sich, als sie dort vorbeifuhren.

«Das sind doch deine Kumpel, oder?»

Sie erwiderte zuerst nichts darauf. Er warf ihr einen Blick zu und fuhr fort:

«Ich meine, weil sie immer an deiner Bude herumhängen.»

Er lachte über seinen Witz. Sibylla nicht. Als er ihre Reaktion bemerkte, versuchte er wieder ernst zu sein.

«Das war doch nur ein Scherz, verstehst du. Komm schon!»

Sie sah ihn an. Es war wirklich nur ein Scherz gewesen. Er hatte sich nicht auf ihre Kosten lustig gemacht. Der Unterschied war ganz deutlich. Sie verzog den Mund zu einem kleinen Lächeln.

«Nein. Das sind nicht meine Kumpel.»

Sie hatten bei diesem ersten Mal nicht viel mehr gesagt. Er hatte sie zum VMIJ-Hof zurückgebracht und sie hatte sich für die Fahrt bedankt. Sie stieg aus und er zog an einem Hebel, um die Motorhaube wieder aufzumachen.

Als sie ein Stück weit entfernt war, drehte sie sich nach ihm um. Er hatte den Kopf schon wieder über den Motor gebeugt.

Innerlich fühlte sie sich jetzt anders. Erwartungsvoll. Sie war sich beinahe sicher, dass es etwas Wichtiges war, was sie erlebt hatte. Etwas Gutes. Etwas, was Bedeutung bekommen würde.

Und das sollte es auch.

Sie konnte allerdings nicht wissen, was geschehen wäre, wenn dieses Auto nicht an ebendiesem Tag geliefert worden wäre, wenn der Lack nur eine Stunde später getrocknet wäre, wenn Micke noch nicht draußen gewesen wäre und angefangen hätte, daran herumzubasteln, wenn sie in eine andere Richtung gegangen wäre, wenn, wenn, wenn …

Ihr Leben wäre dann ganz anders verlaufen.

An ebendiesem Nachmittag war sie an einen dieser bedeutenden Scheidewege gelangt, aus denen das Leben bestand. Man wusste aber immer erst viel später, dass man sie passiert hatte.

Und sie musste noch ein beträchtliches Stück weitergehen, bevor ihr das aufging.

Erst als alles schon längst zu spät war, sollte sie einsehen, dass sie an ebendiesem Nachmittag die verkehrte Richtung eingeschlagen hatte.

Sie schlief in dieser Nacht vor der Dachbodentür eines Mietshauses. Zunächst einmal hatte sie sich ein gutes Stück von Lena Grundbergs entzückender Villengegend entfernt, in Richtung Zentrum. Die Eingangstür war nicht abgeschlossen gewesen. Einer der größten Vorteile, wenn man Stockholm verließ. Dort musste man sich an bekannte Adressen halten, an Eingänge, wo man den Dreh heraushatte.

Ein schreiendes Kind weiter unten im Treppenhaus weckte sie. Sie hörte eine Tür aufgehen und eine gereizte Frauenstimme klarstellen, dass sie es gern auch lassen könnten hinauszugehen, wenn er nur so plärren würde. Die Haustür schlug zu und es war wieder still. Sibylla sah auf die Uhr. Die stand immer noch. Uhren waren teuer, aber sie brauchte wirklich eine neue.

Als sie sich von ihrer Isomatte erhob, wurde ihr schwarz vor Augen und sie musste sich eine Weile an der Wand abstützen, bis der Schwindel sich legte.

Sie brauchte etwas zu essen.

Der Bahnhof war nur ein paar Häuserblocks von ihrer Nachtherberge entfernt. Sie ging auf die Damentoilette und machte sich frisch, schminkte sich Augen und Lippen und kämmte sich durchs Haar. Das grüne Kostüm war knittrig geworden im Rucksack, das war nicht zu ändern. Ohne das Kostüm würde es kein Frühstück geben. Als sie es anhatte, befeuchtete sie sich die Hände und strich damit über den Stoff. Auf diese Weise ließen sich normalerweise die schlimmsten Falten glätten.

Den Rucksack gab sie bei der Gepäckaufbewahrung ab. Woher sie die Mittel nehmen würde, um ihn wieder auszulösen, war eine Frage für später.

Jetzt ging es darum, etwas zu essen.

Sie trat aus der Bahnhofstür und blieb auf der Treppe stehen. Ein Stück vom Bahnhof entfernt lag das *City Hotel.* Sie beschleunigte ihren Schritt und schwebte ins Foyer. Sofort tauchte hinter der Theke aus einem angrenzenden Raum ein Mann auf und sie trat auf ihn zu.

«Puh, wie kalt es heute ist», sagte sie bibbernd.

Er lächelte sie an. Auf seinem vergoldeten Namensschild stand *Henrik.*

«Ich war nur mal eben am Bahnhof drüben, um nach den Abfahrtszeiten zu sehen, aber ich hätte mir wohl meine Jacke anziehen sollen.»

«Das nächste Mal können Sie uns auch hier in der Rezeption fragen. Wir haben die Abfahrtszeiten alle hier.»

Sie lehnte sich leicht über die Theke.

»Um die Wahrheit zu sagen, ich habe die Gelegenheit genutzt, eine zu rauchen, verraten sie aber nichts.»

Er nickte wohlwollend, um zu versichern, dass sich ihr Geheimnis in guten Händen befinde. Der Gast hat immer Recht.

Das war gut.

Der Schlüsselhaken für Zimmer 213 war leer, aber 214 hing an seinem Platz. Sie sah auf die Uhr.

«Würden Sie bitte Zimmer zweihundertvierzehn für mich anrufen?»

«Aber gewiss.»

Er reichte ihr den Hörer und tippte eine Nummer ein.

«Danke.»

Am anderen Ende läutete es. Es nahm niemand ab. Der Mann mit Namen Henrik drehte sich um und sah auf die Schlüsselhaken.

«Der Schlüssel hängt hier. Vielleicht ist der Gast schon im Frühstücksraum?»

Er nickte zu einem Flur hin.

«Ja, es ist eigentlich nicht seine Art, Erster zu sein. Aber irgendwann muss es wohl ein erstes Mal geben? ... Danke. Haben Sie eine Morgenzeitung?»

Sie bekam eine *Dagens Nyheter* und ging den Flur entlang, der offensichtlich zum Frühstücksraum führte.

Er war nicht schwer zu finden.

Eine halbe Stunde später lehnte sie sich, satt und recht zufrieden, auf ihrem Stuhl zurück. In dem Raum saßen noch vier weitere Gäste, jeder war an seinem Tisch in eine Morgenzeitung vertieft. In *Dagens Nyheter* fand sich in einer linken Spalte lediglich die Notiz, dass die Polizei Informationen über die Frau suche, die die Absperrungen im *Grand Hôtel* umgangen habe.

Sie ging zu dem reichhaltigen Frühstücksbüfett, um sich nochmals Kaffee zu holen, und sie konnte dabei unbemerkt ein paar Brötchen und drei Bananen in ihre Handtasche gleiten lassen. Sie setzte sich wieder.

Okay. Was machte sie eigentlich in Eskilstuna? Was, hatte sie geglaubt, würde dieser Ausflug bringen? Und was hatte er ihr, abgesehen davon, dass sie von Jörgen Grundbergs Witwe beleidigt worden war, tatsächlich gebracht?

Sie trank einen Schluck Kaffee und sah aus dem Fenster. Eigentlich wusste sie sehr gut, was sie hier machte. Sie hatte geglaubt, eine Erklärung für die ganze Geschichte zu finden, in die sie da hineingezogen worden war, wenn sie ein paar Informationen aus erster Hand erhielte, wenn sie jemanden treffen könnte, der oder die Jörgen Grundberg gekannt hatte. Das Missverständnis würde aus der Welt geschafft. Und sie könnte die ganze Sache hinter sich lassen.

Stattdessen war es gerade umgekehrt. Alle hatten sich in den Kopf gesetzt, dass wirklich sie den Kerl umgebracht habe. Das war das Einzige, was ihr ihre Fahrt hierher bewiesen hatte. Was sollte sie jetzt also tun?

Es wäre nicht weiter schwierig, sich zu entziehen. Das war ihr jetzt schon fast fünfzehn Jahre lang geglückt. Niemand würde sie auf diesem Bild in der Zeitung erkennen und eine neuere Aufnahme gab es nicht. Ihr Name war natürlich ein Problem, wie üblich. Es gab Leute, die wussten, wo sie sich normalerweise aufhielt, aber diese Menschen waren selten gut Freund mit der Polizei.

Wenn sie gewisse Plätze eine Zeit lang miede, bis sie den richtigen Mörder festgenommen hätten, dann würde sich schon alles einrenken.

Und alles würde wieder werden wie vorher.

Nie im Leben hätte sie sich in ihrer wildesten Phantasie ausmalen können, dass ausgerechnet das einmal ein Ziel sein könnte.

Sie nahm einen Schluck Kaffee und begriff, was sie eigentlich so ungeheuer störte.

Die Demütigung.

Sie wollte sich nie mehr derart behandeln lassen.

Nichts mehr einstecken.

Sie konnte ihre Mutter vor sich sehen. Rasend darüber, dass sie wieder einmal den guten Familiennamen entehrt hatte. Wie konnte sie ihnen das antun?

Und zugleich dieser ererbte Ausdruck in den Augen: Habe ich es nicht gesagt?

Und das Getratsche, das ganz Hultaryd durchsickerte.

Forsenströms Tochter. Habt ihr gehört, dass sie eine Mörderin ist?

Und ihr Vater ... Nein. Sie konnte sich einfach nicht vorstellen, was er empfand. Das hatte sie nie gekonnt.

Und jetzt interessierte sie es nicht mehr.

Sie stand auf und ging zur Rezeption zurück. Der Mann mit Namen Henrik telefonierte gerade, und sie gab ihm zu verstehen, dass sie wieder hinausgehen und heimlich rauchen werde.

Er winkte, als sie ging.

Es war keine Schwierigkeit, den Rucksack auszulösen. Die Gepäckaufbewahrungstheke war nicht besetzt, und sie trat einfach dahinter und holte ihn heraus.

Niemand sah sie.

Sie ging noch einmal zur Damentoilette und zog sich wieder Jeans und Pullover an. Es wäre dumm, das Kostüm zu verschleißen. Es musste chemisch gereinigt werden, und das war ein nicht zu rechtfertigender Luxus.

Der Zug nach Stockholm Hauptbahnhof ging um 10.48 Uhr. Sie setzte sich auf eine Bank und wartete.

Im selben Moment, in dem sie an jenem Nachmittag über die Schwelle trat, merkte sie, dass etwas nicht stimmte. Niemand erwiderte ihren Gruß.

Sie ging weiter in die Diele und sah den Rücken ihrer Mutter, die auf dem Sofa saß und las.

«Ich bin wieder da.»

Keine Antwort.

Sie bekam Herzklopfen.

Was hatte sie getan?

Sie hängte ihre Jacke auf und ging langsam ins Wohnzimmer. Obwohl sie das Gesicht ihrer Mutter nicht sehen konnte, wusste sie, wie diese in dem Moment dreinsah.

Böse.

Böse und enttäuscht.

Sibylla spürte den Kloß im Magen wachsen. Sie ging um das Sofa herum. Beatrice Forsenström hob nicht den Blick von ihrem Buch.

Sibylla nahm Anlauf.

«Was ist denn?», fragte sie leise.

Ihre Mutter antwortete nicht. Sie las weiter, so als ob Sibylla gar nicht im Zimmer wäre. Geschweige denn, sie angesprochen hätte.

«Warum bist du böse?»

Keine Antwort.

Der Kloß im Magen bereitete ihr Übelkeit. Wie hatte sie es erfahren? Wer hatte sie gesehen? Sie war doch so vorsichtig gewesen!

Sie schluckte.

«Was habe ich getan?»

Keine Reaktion. Beatrice Forsenström blätterte um. Sibylla sah den Teppich an. Das orientalische Muster zerfloss und sie versuchte, die Tränen auf den Boden tropfen zu lassen, damit sie auf ihren Wangen keine Spuren hinterließen. Ihr brummten die Ohren.

Scham.

Sie ging zurück in die Diele und stieg die Treppe hinauf. Sie wusste, was sie erwartete. Stunden der Unruhe in Erwartung der Explosion. Stunden der Schuld, der Scham, der Reue und des Verlangens danach, dass ihr verziehen werde. Lieber, gütiger Gott, mach, dass sie bald kommt und sagt, was los ist, damit ich um Verzeihung bitten kann. Aber lass sie nicht dahinter gekommen sein. Lieber, gütiger Gott, nimm mir das nicht weg!

Aber Gott ist nicht immer gütig. Als die Glocke unten zum Essen rief, hatte sich Beatrice Forsenström noch immer nicht in Sibyllas Zimmer sehen lassen.

Ihr war schlecht. Als sie die Bratkartoffeln roch, wollte sie sich übergeben.

Sie wusste, was sie erwartete. Sie würde bitten und betteln müssen, um zu erfahren, was sie falsch gemacht hatte.

Und wenn Beatrice Forsenström meinte, dass sie ausreichend gebettelt habe, dann würde sie es erfahren.

Auf der Uhr im Stockholmer Hauptbahnhof war es fünf vor halb eins, als sie zurückkam. Ein Schimpanse, der einige Jahre seines Lebens in Schweden verbracht hatte, war in seinem Tierpark in Thailand in einen zu kleinen Käfig gesperrt worden. Das hatte offenbar einen kleineren Proteststurm hervorgerufen, und deswegen hatte der Mord im *Grand* auf den Aushängen am Zeitungskiosk vorübergehend zurücktreten müssen. Sie fuhr mit der Rolltreppe nach oben, trat auf den Klarabergsviadukten hinaus und ging in Richtung Sergels Torg. Normalerweise verbrachte sie viel Zeit im Lesesaal des Kulturhauses, aber heute hatte sie keine Lust, Zeitungen zu lesen.

Affen hatten sie eigentlich noch nie interessiert, und mit dem Mord im *Grand* wollte sie am liebsten so wenig wie möglich zu tun haben. Trotzdem fand sie sich eine Weile später auf einer Bank an der Strömkaje wieder. Den Rücken zum Wasser und die Fassade des *Grand* direkt vor der Nase.

Die Absperrungen waren weg. Es sah genauso aus wie drei Tage zuvor, als sie nichts Böses ahnend durch die Türen gegangen war. Vor dem Hotel parkte eine Limousine, und der Pförtner und der Chauffeur standen da und unterhielten sich miteinander.

«Da sitzt du also und sinnst über deine Sünden nach.»

Sie fuhr zusammen, als ob jemand sie geschlagen hätte. Hinter ihr stand Heino mit seiner gesamten Habe im Schlepp. Irgendwo unter all den Plastiktüten mit leeren Dosen, wusste sie, versteckte sich ein rotbrauner Kinderwagen, sie war selbst dabei gewesen, als er ihn sich besorgt hatte, aber alles, was man im Moment davon sah, waren die Räder.

«Mensch, hast du mich erschreckt!»

Er grinste leicht und setzte sich neben sie. Der Mief nach altem Schmutz siegte sofort über alle anderen Gerüche in der Umgebung. Sie rückte ein wenig von ihm ab, doch nur so viel, dass er es nicht merkte.

Er sah zur Fassade des *Grand Hôtel* hinauf.

«Bist du das gewesen, die das getan hat?»

Sibylla sah ihn an. Das Gerücht verbreitete sich schnell. Sie konnte sich nämlich nicht vorstellen, dass Heino selber Zeitung gelesen hatte.

«Nein.»

Heino nickte. Damit war dieses Thema offenbar erledigt.

«Hast du was?»

Sie schüttelte den Kopf.

«Nichts zu trinken. Aber ein Brötchen kannst du haben.»

Er rieb sich die schwarzen Handflächen und lächelte sie erwartungsvoll an.

«Ein Brötchen. Nicht zu verachten.»

Sie öffnete ihren Rucksack, in den sie ihren Frühstücksvorrat gesteckt hatte. Er aß gierig.

«Dazu ein kleines Schlückchen und man käme sich vor wie ein Prinz.»

Sie lächelte ihn ein wenig an. Das Brötchen bot den wenigen Zähnen, die er noch im Mund hatte, heftigen Widerstand. Sie wünschte, sie hätte etwas zu trinken gehabt für ihn.

Zwei Damen aus Östermalm näherten sich mit einem rattenähnlichen Hund, der in einem Umhang mit Schottenkaro steckte. Die eine Dame flüsterte ihrer Freundin etwas ins Ohr, als sie Heino erblickten, und sie beschleunigten ihren Schritt. Heino sah die beiden an, und in dem Moment, als sie vorbeigingen, stand er auf.

«Mahlzeit! Darf's ein Haps sein?»

Er streckte ihnen sein nunmehr halbes Brötchen hin. Sie taten so, als ob sie ihn nicht hörten, und waren ganz außer sich vor Eifer, dort wegzukommen, ohne sich zu demütigen, indem sie rannten.

Sibylla lächelte. Heino setzte sich wieder.

«Passen Sie auf», rief er ihnen nach. «Ihnen ist eine Ratte auf den Fersen!»

Die Damen eilten weiter bis zur Treppe des Nationalmuseums, wo sie stehen blieben, um sich zu versichern, dass sie nicht verfolgt wurden. Jetzt sprachen sie aufgeregt miteinander. Über die Brücke von Skeppsholmen kam ein Streifenwagen gefahren. Sibylla merkte der Körpersprache der Tussis an, dass sie ihn anzuhalten gedachten. Ihr schlug das Herz schneller in der Brust.

«Heino. Ich muss dich um einen Gefallen bitten», sagte sie rasch.

Das Auto hatte angehalten und die Damen zeigten nun auf ihre Bank.

«Du kennst mich nicht.»

Heino sah sie an. Der Streifenwagen fuhr wieder los.

«Aber klar doch. Und ob ich das tu. Sibylla, die Königin von Småland.»

Sibylla blickte geradeaus, als sie fortfuhr:

«Nicht jetzt. Lieber Heino. Tu so, als würdest du mich nicht kennen.»

Der Streifenwagen hielt direkt vor ihnen und die beiden Polizisten stiegen aus. Ein Mann und eine Frau. Den Motor ließen sie laufen. Heino sah sie an und steckte sich den letzten Bissen seines Brötchens in den Mund.

«Hallo, Heino. Du bist doch nicht etwa unmanierlich zu den Damen?»

Heino wandte den Kopf ein wenig und glotzte den Tussis

nach, die noch immer vor dem Nationalmuseum standen. Sibylla schaute in ihren Rucksack, in der Hoffnung, dem Blick der Polizisten nicht begegnen zu müssen.

«Nein. Ich esse ein Brötchen.»

Um das zu beweisen, riss er den Mund auf und zeigte her, was sich darin befand.

«Das ist gut, Heino. Mach nur weiter damit.»

Heino machte den Mund zu und kaute weiter. Er schnaubte.

«Das sagt ihr so leicht.»

Sibylla kramte in einem Außenfach.

«Er hat Sie doch hoffentlich nicht belästigt?»

Sibylla begriff, dass sie mit ihr sprachen. Sie sah hoch, tat aber so, als sei ihr etwas ins Auge geraten.

«Mich? Nein. Ganz und gar nicht.»

Sie öffnete ein anderes Außenfach ihres Rucksacks und suchte dort weiter.

«Ich belästige keine Königinnen», sagte Heino nachdrücklich. «Und schon gar nicht die Königin von Småland.»

Sibylla schloss die Augen, beugte den Kopf aber nach wie vor über den Rucksack.

«So ist es gut, Heino», sagte die Polizistin. «Das hören wir gern.»

Erleichtert hörte Sibylla, dass sie sich umdrehten und zu ihrem Auto zurückgingen. Sie hob den Blick und sah, wie der Polizist die Hand auf den Türgriff legte.

«Ankommen und über ehrliche Menschen herfallen, die in aller Ruhe auf einer Bank sitzen und Brötchen essen. Kann ich was dafür, dass diese Weiber so eine blöde Ratte Gassi führen? Was? Ist das meine Schuld?»

«Halt sofort die Schnauze!», zischte Sibylla.

Aber Heino geriet jetzt in Harnisch. Die Polizisten waren stehen geblieben und hatten sich umgedreht.

«Nein, jetzt werde ich euch mal was sagen. Am dreiundzwanzigsten September zum Beispiel, achtzehnhundertfünfundachtzig, da hättet ihr mal herkommen und euch nützlich machen können.»

Der Polizist näherte sich wieder. Die Frau war auf der Beifahrerseite des Autos eingestiegen. Sibylla machte ihren Rucksack zu. Es war höchste Zeit, Leine zu ziehen. Heino stand auf und zeigte auf die Fassade des *Grand Hôtel.*

«Da stand sie, da auf dem Balkon.»

Sibylla hielt inne.

«Hier unten und bis rüber zum Kungsträdgården drängten sich die Leute, die sie singen hören wollten.»

Sibylla starrte ihn an. Der Polizist blickte neugierig drein.

«Wer hat auf dem Balkon gesungen?»

Heino seufzte und reckte seine schwarzen Handflächen vor.

«Christina Nilsson natürlich. Die småländische Nachtigall.»

Heino legte eine Kunstpause ein. Die Frau im Auto wurde allmählich ungeduldig, lehnte sich über den Fahrersitz und kurbelte die Scheibe herunter.

«Janne!»

«Warte mal eben!»

Heino nickte. Er war jetzt in seinem Element.

«Mehr als vierzigtausend Kerle und Weiber hatten sich hier versammelt, um sie singen zu hören. Es war total schwarz vor Leuten. Sie waren auf Masten und Wagen geklettert, aber trotzdem war es absolut mucksmäuschenstill. Wisst ihr, dass man sie bis zur Skeppsbron hat singen hören? Ehrlich. Die Leute damals wussten, wie man die Klappe hält.»

«Janne! Komm jetzt.»

Heino genoss jetzt seine ganze Aufmerksamkeit. Das Beste, was Sibylla tun konnte, war, still zu sitzen und alles laufen zu lassen. Sie schielte zum Nationalmuseum hinüber und sah, dass die Tussis wieder verschwunden waren. Heino reckte einen Finger in die Luft. Durch diese Bewegung entwich seinem zerschlissenen

Überzieher eine neue Welle Mief. Sibylla versuchte den Atem anzuhalten.

«Aber sie hatte kaum fertig gesungen, da klatschten alle wie besessen in die Hände und jemand schrie, dass das Gerüst am Palmgren'schen Haus zusammenbrechen würde. Ja, das wurde damals gerade gebaut. Da kam Schwung in den Pöbel! Sechzehn Weiber und zwei Kinder sind dabei niedergetrampelt worden und gestorben. Und an die hundert haben sie ins Krankenhaus bringen müssen.»

Heino nickte.

«Da hättet ihr mal hier sein sollen. Dann wären sie jetzt vielleicht noch am Leben. Anstatt mich anzumachen, wo ich nur ein Brötchen esse.»

Der Polizist mit Namen Janne nickte und lächelte.

«Ja freilich, Heino. Da hast du Recht. Pass auf dich auf!»

Diesmal gelang es ihm, ins Auto einzusteigen und loszufahren, bevor Heino noch mehr einfiel.

Sibylla starrte ihn an und schüttelte den Kopf.

«Woher weißt du das alles?»

Heino schnaubte.

«Man ist schließlich gebildet. Ein bisschen dreckig vielleicht, aber gebildet.»

Er hatte sich erhoben und wendete sein großes Gefährt, um zum Kungsträdgården zurückzugehen und seine Jagd nach Pfanddosen fortzusetzen.

«Danke für das Brötchen.»

Sibylla lächelte ein wenig und nickte. Heino ging. Sie sah zu dem Balkon hinauf, auf dem Christina Nilsson vor hundertfünfzehn Jahren gestanden hatte. In dem Lärm, der heutzutage den städtischen Raum beherrschte, hätte sie keine Chance gehabt.

Sibylla wandte den Kopf und sah Heino über die Kungsträdgårdsgatan verschwinden. Einen Moment lang überkam sie die

Lust aufzustehen und ihm nachzurennen. Um für ein Weilchen nicht allein sein zu müssen. Aber das ging nicht.

Sie blieb sitzen.

Bis sich die größte Aufregung gelegt hatte, war es am besten, wenn sie für sich blieb.

Wie üblich.

Nach jener ersten Spritztour verbrachte sie fast jeden Nachmittag ein Weilchen bei Micke auf dem Hof des VMIJ. Diese Weilchen wurden länger und länger, und schließlich pfiff sie ganz auf den Spaziergang und ging direkt dorthin. Sie traf auch die anderen Mitglieder des Vereins, alles Jungs in Mickes Alter, und zum ersten Mal fühlte sie sich von einer Gruppe akzeptiert. Micke hatte sie mitgebracht und deshalb wurde sie ohne weitere Überprüfungen zugelassen. Sie schienen sich nicht einmal darum zu scheren, dass sie Forsenströms Tochter war.

Am allerbesten aber war es, wenn sie allein in der Werkstatt waren. Dann war Micke anders und brachte ihr alles bei, was er über Motoren und Autos wusste. Manchmal nahm er sie auf eine Spritztour mit, und wenn er richtig guter Laune war, ließ er sie ein Stück einen Waldweg entlangfahren. Das erste Mal hatte sie dabei auf seinem Schoß gesessen. Sie hatte seine Schenkel unter den ihren und seinen Bauch an ihrem Po gespürt. Ein ganz komisches Gefühl im Körper war das gewesen. Warm und kribbelig zugleich. Seine Hände am Lenkrad auf den ihren.

Danach hatte sie seinen Namen unter ihren Schreibtischstuhl in ihrem Zimmer geschrieben. Ihr Geheimnis. Ein Geheimnis, das ihr eine so wunderbare Kraft verlieh. Womöglich merkte man ihr das an, oder aber es war sie, die nichts mehr hörte, denn in der Schule wurde ihr weniger hinterhergerufen, und das Dasein wurde leichter.

Der ganze Tag war ein einziges langes Warten darauf, ihn wieder sehen zu können. Sein Duft, wenn er nahe bei ihr stand und ihr ein Detail unter der Motorhaube zeigte. Die Bewunderung über sein enormes Wissen. Zu sehen, wie sich seine Hände geschickt über die Motorteile bewegten.

Die Sehnsucht danach, sich einfach im selben Raum zu befinden.

Wie er.

Nach dem Sommer kam sie in die erste Gymnasialklasse und musste nach Vetlanda zur Schule fahren. Wenn sie selbst hätte wählen dürfen, wäre sie in die fahrzeugtechnische Klasse gegangen, aber sie war klug genug gewesen, das niemandem außer Micke gegenüber zu erwähnen. Vor allem zu Beatrice Forsenström hatte sie nichts davon gesagt. Sibyllas Mutter meinte, sie solle den dreijährigen Wirtschaftszweig besuchen, damit sie später im Familienbetrieb mithelfen könne. Außerdem hatte das Status.

Selbstverständlich wurde es so gemacht, wie ihre Mutter es wollte.

Manchmal, wenn er in der Stadt etwas zu erledigen hatte, holte Micke sie nach der Schule ab. Sie blieb heimlich zurück, sodass sie den Schulbus versäumte, und ging von der Schule aus ein paar Straßen weiter, um voller Eifer und Stolz in den De Soto zu schlüpfen. Glücklich im Beifahrersitz versunken, ließ sie sich die vierzig Kilometer bis Hultaryd chauffieren, aber nie nach Hause. Nie in Sichtweite.

Einmal, auf einer dieser Fahrten, war er gleich hinter Vetlanda in einen Waldweg eingebogen. Sie sah ihn an, aber er hielt die Augen auf den Weg gerichtet. Keiner von ihnen sagte etwas.

Irgendetwas in ihr wusste, was passieren würde. Sie hatte darauf gewartet.

Er hielt an, sie stiegen aus und sahen sich an. Mit einem Gefühl totaler Verzückung und Zusammengehörigkeit umarmte sie ihn.

Sie war auserwählt.

Ganz behutsam war er auf der braun karierten Decke in sie eingedrungen.

Nur sein. Nur ihr.

Sie schaute verstohlen auf sein Gesicht und wunderte sich über den Genuss, den sie ihm bereiten konnte. Er war wie verschlungen von ihr. All seine Gedanken in ihr gesammelt. Sein Körper in Verzückung über den ihren. Für sie.

Sie beide, zusammengekettet.

Zusammen.

Was auch immer für eine Sekunde dieser Nähe.

Was auch immer.

Die Bratkartoffel wuchs im Mund. Ihre Eltern aßen schweigend.

Die Pein vor dem Ausbruch.

Kann nicht schlucken.

Zwei Gabeln in der Hand. Drei.

Der Tisch wogt.

Muss schlucken.

Der Schreck im Magen will nach oben.

Schluck, in Gottes Namen. Schluck! Mach es nicht schlimmer, als es ist.

Verzeiht mir. Verzeiht. Sagt, was ich machen soll, damit mir verziehen wird. Lasst mich nur nicht länger warten.

Ich mache alles, damit ihr mir verzeiht.

Alles.

Beatrice Forsenström legte ihr Besteck hin. Sie sah Sibylla noch immer nicht an, als sie mit einer einzigen Bemerkung den Abgrund aufriss.

«Ich habe gehört, dass du mit Straßenkreuzern fährst.»

Eine Frau mit einer Bulldogge, die rettete sie. Sibylla sah sie schon von weitem allein am Ende der Gräsgatan stehen, wo der Fußweg zur Laubenkolonie von Eriksdal begann, und gestikulieren. Erst als sie näher kam, entdeckte sie in ihrem Ohr den kleinen schwarzen Kopfhörer sowie das Kabel zu einem Mobiltelefon. Nach den neuesten Erkenntnissen sollte so etwas die Benutzer solcher Geräte vor der Verstrahlung wichtiger Teile ihres Gehirns bewahren. Das hatte sie in der Zeitung gelesen.

«Ich bin stinksauer!»

Sibylla wurde langsamer und hörte neugierig zu. Die Bulldogge hatte sich hingesetzt und betrachtete mit Interesse ihr erregtes Frauchen.

«Verdammt nochmal, wir leben doch hier in keinem Polizeistaat ... Das ist mir scheißegal, nach wem ihr sucht. Wenn ich in Schweden spazieren gehe, dann setze ich voraus, dass ich nicht plötzlich eine Pistole ins Gesicht gedrückt bekomme. Mensch, das ist doch nicht normal!»

Sibylla blieb stehen.

«Nein, ich denke nicht daran, mich zu beruhigen! Ich werde Anzeige erstatten. Nicht einmal entschuldigt haben die sich. Die haben mich gezwungen mich auszuweisen, bevor ich weitergehen durfte ... Ich bin stinksauer!»

Die Frau verstummte und hörte jemandem am anderen Ende der Leitung zu. Sie warf Sibylla einen Blick zu und die sah sofort in eine andere Richtung.

«Ja ... Nein, das werde ich nicht tun. Und wenn Sie meine Anzeige nicht entgegennehmen, werde ich bei einer anderen Dienststelle anrufen.»

Die Frau beendete das Gespräch und steckte das Telefon in die Tasche. Der Hund stand auf.

«Komm, Kajsa!»

Die Frau und der Hund überquerten die Straße. Sibylla blieb auf der anderen Seite stehen.

«Gehen Sie bloß nicht da runter.»

Sibylla lächelte.

«Wie? Warum?»

«Da unten wimmelt es von Polizei. Man bemerkt sie aber erst, wenn einem schon eine Pistole ins Gesicht gehalten wird. Keine Ahnung, was die da treiben. Ich bin stinksauer!»

Sibylla nickte.

«Danke! Dann nehme ich wohl lieber einen anderen Weg.»

Die Frau und der Hund gingen weiter. Sibylla holte tief Luft.

Uno Hjelm. Der kleine Judas des Kleingartenvereins. Der Teufel sollte ihn holen!

Sie musste jetzt weg hier. Schleunigst.

Wie lange würde sie diesen Zustand aushalten?

Überleben, das war eine Sache. Das konnte sie hinkriegen. Aber fliehen ...?

Sie beschleunigte ihren Schritt. Sie bildete sich ein, sie hätten sie bereits entdeckt und wären ihr auf den Fersen.

Woher hatte Hjelm wissen können, dass sie das war? Auf dem Bild in der Zeitung konnte er sie nicht erkannt haben. Das war doch schlicht unmöglich? Wenn er sie darauf erkannt hatte, war sie verloren. Dann konnte sie sich nirgends mehr sicher fühlen.

Sie musste sich eine neue Frisur zulegen.

Sie näherte sich der Ringstraße. Es waren viele Menschen unterwegs und sie tat ihr Bestes, um in der Menge zu verschwinden.

Sahen die Leute sie nicht komisch an? Der Kerl, der da auf dem Gehsteig ankam. Warum starrte er sie so an? Ihr Herz klopfte heftig. Den Blick auf den Boden. Der Mann ging vorbei.

Wenn sie sagte, wie es gewesen war, sie würden ihr doch bestimmt glauben? Sie würden doch bestimmt verstehen, dass sie ausnahmsweise mal in einem Bett schlafen wollte? Sie hatte es zurückzahlen wollen. Ganz bestimmt! Sie hatte bloß ihre Brieftasche verloren. Und das war in der Tat so.

Die Treppe zur U-Bahn hinunter war voller Leute.

Sie ging weiter.

Doch wohin sollte sie gehen?

Von der Renstiernas Gata aus stieg sie die Treppen zum Vitabergspark hinauf. Die Sofienkirche thronte wie eine Burg über ihr. Mächtig und sicher. Sie war müde und wollte sich ein Weilchen setzen. Sie drehte sich um. Der Fußweg zur Straße hinunter war leer. Ihr war niemand gefolgt.

Die Stille in der Kirche war kompakt. Ein älterer Mann saß rechts neben der Tür in einem Glaskasten und nickte ihr würdevoll zu, als sie eintrat. Sie nickte zurück und nahm ihren Rucksack ab.

Ein Mann mit Pferdeschwanz saß schlafend in der Bank unter der Kanzel, ansonsten war die Kirche leer. Sie kannte ihn. Sie hatte ihn ein paar Mal bei der Stadtmission gesehen. Jetzt schlief er, das Kinn auf der Brust.

Sie stellte den Rucksack an der hinteren Bank ab und setzte sich.

Schloss die Augen.

Einfach Ruhe.

Ein einziger Wunsch.

Der Mann in dem Glaskasten hustete, und das Geräusch rollte zwischen den Wänden dahin. Dann senkte sich wieder die Stille herab.

Gott hört ein Gebet.

Das hatte sie auf einem Plakat gleich neben der Tür gelesen.

Sie öffnete die Augen und betrachtete das riesige Altarbild vor sich. So viele Menschen, die seit Jahrhunderten ihr Leben in seine Hände gelegt, diese gewaltigen Gebäude errichtet und sich mit ihren Gebeten an ihn gewandt hatten. Auch sie. Als sie noch klein war. Jeden Abend das gleiche Gebet. *Gott, er liebt die Kinderlein* und *Lieber Gott, die Eltern mein, lass sie noch nicht sterben.*

Womöglich hatte er sie ja doch gehört? So viel sie wusste, lebten sie und waren bei guter Gesundheit. Aber *Sieh auf mich, ich bin so klein* ist unterwegs bestimmt verloren gegangen. Oder war er auch auf deren Seite?

Der anderen. Derer, die sich einfügten.

Aber Stinsen, der im vorigen Monat nach vier misslungenen Entgiftungsversuchen von der Västerbron sprang? Seine Gebete, wo waren die gelandet? Oder Lena, die mit dem Bus der Heilsarmee immer Kaffee brachte und plötzlich erfuhr, dass sie einen Gehirntumor hatte, der nicht zu operieren war, was hatte sie getan, um so was zu verdienen? Oder Tova und Jönsson und Smirre? Alle waren sie jetzt tot, nachdem sie jahrelang in einer Hölle gelebt hatten, ohne dass ihre Gebete erhört worden wären.

Nein, Du, Gott.

Und Jörgen Grundberg? Was immer er getan haben mag, mich brauchtest Du doch nicht mit da reinziehen.

Oder willst Du auch mich strafen? Und wenn das so ist, WANN bin ich genug gestraft?

Sie erhob sich und schnallte sich den Rucksack auf den Rücken. Hier gab es keinen Frieden.

Ohne den Mann im Glaskasten anzusehen, verließ sie die Kirche.

Als sie hinauskam, ging bereits die Sonne unter. Sibylla trat ein Stück von der Tür zurück, um die Kirchturmuhr sehen zu können. Viertel nach fünf.

In dieser Nacht würde sie wirklich gern in einem Bett schlafen. Aber ein Hotel war zu riskant, und zum Asyl im Klaragården traute sie sich nicht zu gehen. Die Schlafplätze waren knapp, und jemand, der keinen abbekam, hatte bei den Bullen, die eine Gegenleistung verlangten, womöglich noch eine Rechnung zu begleichen.

Sie legte die Hand auf ihren Brustbeutel. Zum ersten Mal, seit sie sich entschlossen hatte zu kämpfen, überkam sie die Lust, etwas von ihrem Schatz abzuzwacken. Ein ordentliches Besäufnis, um für ein Weilchen zu entkommen.

Verfluchte Scheiße!

Sie schlug den Fußweg zur Skånegatan ein. Nach nur etwa zehn Metern kam sie an einer grünen Tür in einem falunroten Bretterzaun vorbei. Ein Stück Kulturgeschichte. Rechts von der Tür war ein brauner Giebel, der zu einem kleinen, verwohnten Holzhaus gehörte. Sie blieb stehen. In dem braunen Giebel befand sich in Bodenhöhe eine vernagelte Klappe, aber einen Meter darüber war noch eine, die lediglich mit einem Holzpflock verriegelt war.

Sie sah sich um.

Der Park war leer.

Sie nahm geschwind ihren Rucksack ab, öffnete die Klappe und kletterte hinein.

Die Donnerstage gehörten uns. Da kam er zu mir. Wenn ich die Augen schließe, sehe ich ihn vor mir, wie er unten an der Straße die Gartenpforte öffnet und den Kiesweg heraufkommt. Die Wärme in der Brust. Er trat sich sorgfältig die Schuhe am Türvorleger ab. Dann war er da. Seine starken Arme. Das war keine Sünde, Herr, das war Liebe, eine solche Liebe, wie Du sie uns empfinden gelehrt hast. Ich danke Dir, dass ich das erleben durfte.

Ich habe es uns hier zu Hause immer so schön gemacht. Ich wollte, dass er spürte, wie sehr ich mich nach ihm gesehnt hatte. Jedes Mal hoffte ich, er würde für immer bleiben, aber spätestens um vier Uhr musste er gehen. Dann wusste ich, es dauerte sieben lange Tage und sieben lange Nächte voller Sehnsucht, bis ich ihn wiedersähe. Und jetzt ein ganzes Leben lang.

Dennoch danke ich Dir, Herr, danke, dass Du mich leitest. Dass Du mir gezeigt hast, wie ich ihm helfen kann, in Dein Reich zu kommen. Sodass ich weiß, er wartet auf mich, wenn ich komme. Danke, Herr, dass Du mich Deinen Bundesgenossen sein lässt, dass Du mich Dir helfen lässt, die frevelhaften Fehler der Menschen zu korrigieren.

Siehe, ich sage euch ein Geheimnis: Wir werden nicht alle entschlafen, wir werden aber alle verwandelt werden; und dasselbe plötzlich, in einem Augenblick, zur Zeit der letzten Posaune. Denn es wird die Posaune schallen, und die Toten werden auferstehen unverweslich, und wir werden verwandelt werden. Denn dies Verwesliche muss anziehen die Unverweslichkeit, und dies Sterbliche muss anziehen die Unsterblichkeit.

Wenn aber dies Verwesliche wird anziehen die Unverweslichkeit und dies Sterbliche wird anziehen die Unsterblichkeit, dann wird erfüllt werden das Wort, das geschrieben steht:

«Der Tod ist verschlungen in den Sieg.»

Tod, wo ist dein Stachel?

Aber der Stachel des Todes ist die Sünde; die Kraft aber der Sünde ist das Gesetz. Gott aber sei Dank, der uns den Sieg gibt durch unsern Herrn Jesus Christus!

Ich will Dir auch danken, Herr, dass Du mich beschützt. Dass Du mich nicht allein lässt mit meinem Werk, sondern mir eine Frau als Beistand gesandt hast. Dass Du sie, zu heiligen Zwecken, ihre Sünden sühnen lässt.

Dafür danke ich Dir, Herr.

Amen.

Als sie aufwachte, hatte sie keine Ahnung, wo sie sich befand. Das war an sich nicht ungewöhnlich, aber an diesem Morgen brauchte sie besonders lange sich zu orientieren. Das Licht sickerte durch die Ritzen in der Wand und fiel auf das Gerümpel rings um sie, aber wo sie war, daran erinnerte sie sich erst, als es von der Sofienkirche her siebenmal schlug.

Sie setzte sich auf und holte die letzte Banane aus dem Rucksack hervor.

Der Fußboden ringsum bestand aus Sägespänen, und sie hatte am Abend vorher ein paar Bretter quer über die Bodenbalken gelegt, um ihre Isomatte ausrollen zu können. Die Halsschmerzen waren jetzt völlig verschwunden. Während sie aß, beobachtete sie den Staub, der im Licht, das durch die Ritzen fiel, umherwirbelte. Nach dieser Nacht müsste sie eigentlich unbedingt duschen. Sie wagte es aber nicht, zum Hauptbahnhof zu gehen. Und auch nicht zum Klaragården.

Seit sie ihren Kalender im *Grand Hôtel* vergessen hatte, fehlte ihr die rechte Kontrolle über die Tage, aber wenn sie sich nicht verzählt hatte, war heute das Gnadengeschenk eingetroffen. Als Allererstes jedoch musste sie etwas mit ihrem Haar unternehmen. Wenn sie sich aus ihrem Brustbeutel ein wenig für ein Haarfärbemittel borgte, könnte sie hinterher zur Drottninggatan gehen und das Geld abholen.

Der 76er würde sie nach Ropsten bringen. Sie vermied es normalerweise Bus zu fahren. Die U-Bahnsperren waren leichter zu passieren. Sie zog einen Zwanziger aus dem Brustbeutel, ging zur Renstiernas Gata hinunter und stellte sich an die Haltestelle.

Zum ersten Mal seit sechs Jahren hatte sie aus dem Brustbeutel Geld genommen.

Der Teufel soll sie holen!

Anfangs war sie allein an der Haltestelle, aber nach ein paar Minuten bekam sie Gesellschaft. Niemand beachtete sie, trotzdem versuchte sie, den Blicken der Leute auszuweichen.

Als der Bus kam, gab es genügend Plätze, obwohl es mitten in der Hauptverkehrszeit war. Vierzehn Kronen für eine Fahrt. Ein ganzes Vermögen.

Sie setzte sich ganz nach hinten und stellte den Rucksack auf den Sitz neben sich. Erst bei Slussen waren alle Plätze besetzt, und eine Frau sah gereizt auf ihren Rucksack. Normalerweise hätte das keine Rolle gespielt, aber jetzt wollte sie auf keinen Fall, dass irgendjemand sie ansah.

Sie nahm ihr Gepäck auf den Schoß; die Frau setzte sich neben sie und holte eine Zeitung aus ihrer Aktentasche.

Sibylla schaute aus dem Fenster. Sie waren jetzt an der Skeppsbron. Sie kamen an einem Tabakladen vorbei und der Bus blieb direkt davor an einer roten Ampel stehen. Der Tabakwarenhändler brachte gerade die Aushänge des Tages an, und in dem Moment, in dem sie anfuhren, trat er zur Seite, sodass der Text zu sehen war.

Ihre Augen lasen ganz von allein und gaben die Information unaufgefordert ans Gehirn weiter.

Das konnte nicht wahr sein!

Lange Zeit saß sie einfach nur da und starrte vor sich hin. Angst und Verwirrung pulsierten durch ihren Körper. So als ob langsam eine Schlinge um ihren Hals zugezogen würde.

Ein Gesicht im Bus war ihr zugewandt und löste ihre Erstarrung. Instinktiv schob sie den Rucksack hoch und benutzte ihn als Barriere. Nun konnte sie auch die aufgeschlagene Zeitung auf dem Schoß der Frau neben sich sehen.

Sie wollte sie gar nicht sehen, aber ihre Augen führten schon wieder ein Eigenleben.

Allein schon von der Schlagzeile wurde ihr schlecht.

Mehr vermochte sie nicht zu lesen. Den Rest der Fahrt starrte sie unverwandt auf ihren Rucksack, und erst als die Frau ihre Zeitung zuschlug und ausstieg, wagte sie sich wieder zu rühren.

An der Endstation war sie die Einzige im Bus. Als sie sich erhob, um auszusteigen, sah sie, dass die Frau die Zeitung auf dem Sitz hatte liegen lassen.

Sie wollte es nicht.

Aber sie wusste, dass sie es tun musste.

Der Teufel soll sie holen!

Sie stieg aus und steckte die Zeitung in den Rucksack.

Auf dem Weg zur Nimrodsgatan ging sie zum Konsum und kaufte sich eine Packung Casting Schwarz. Sie öffnete den Brustbeutel zum zweiten Mal und zwackte etwas von ihrem Schatz ab. Sobald sie bei der Post ihr Almosen abgeholt hätte, würde sie alles zurückzahlen.

Das Mietshaus in der Nimrodsgatan war ein Ort von unschätzbarem Wert für sie und etliche andere in ihrer Situation. Über ein solches Kleinod schwieg man in ihren Kreisen, und sie hatte für die Auskunft einst teuer bezahlen müssen.

Aber nicht mit Geld.

Die Eingangstür war Tag und Nacht offen. Die Wohnungen in dem Haus hatten keine Dusche, und deshalb gab es im Keller mehrere gut ausgestattete Duschräume. Schön gekachelt, unbegrenzte Mengen warmen Wassers, Toiletten mit Toilettenpapier.

Und Schlösser.

Sie war eine der Eingeweihten, die wussten, wo der Reserveschlüssel lag. Vom Erdgeschoss aus ging man eine halbe Treppe tiefer, und gleich vor der Kellertür, der Pforte zu all der Herrlichkeit, war eine alte Eisenklappe. Dahinter verwahrten die Mieter einen Extraschlüssel, der an einem halbmeterlangen Holzstück befestigt war, damit es niemandem einfiele, ihn in die Tasche zu stecken.

Dieser Schlüssel war sein Gewicht in Gold wert. Wenn nicht mehr.

Und war man erst einmal drinnen, dann konnte man hinter sich abschließen.

Von innen.

Zuerst füllte sie das Waschbecken auf der Toilette mit Wasser und weichte ihre Unterhosen ein. Ein paar Tropfen Shampoo mussten als Waschmittel herhalten. Dann zog sie sich ganz aus und drehte das warme Wasser in der Dusche auf. Sie hatte Glück. Irgendjemand hatte eine Flasche Duschgel vergessen.

Sie schloss die Augen, aber das Einzige, was sie vor sich sah, war das Bild in der Zeitung, das sie im Bus gesehen hatte.

Wann würde es ein Ende haben?

Wann würden die Albträume vorüber sein?

Frau aus dem *Grand* mordet wieder. Weiterer Ritualmord in Västervik.

Wie lange geht das schon so?»

Es war ausnahmsweise ihr Vater, der mit ihr sprach. Sibylla schluckte. Der Tisch vor ihr wogte noch immer.

«Was denn?»

Beatrice Forsenström schnaubte.

«Stell dich nicht dumm, Sibylla. Du weißt genau, was wir meinen.»

Sibylla wusste es. Irgendjemand hatte sie in Mickes Auto gesehen.

«Wir haben uns im Frühjahr kennen gelernt.»

Ihre Eltern blickten sich über den Tisch hinweg an. Es sah aus, als ob zwischen ihnen elastische Drähte gespannt wären.

«Wie heißt er.» Wieder war es ihr Vater, der fragte.

«Mikael. Mikael Persson.»

«Kennen wir seine Eltern?»

«Ich glaube nicht. Sie wohnen in Värnamo.»

Es war ein Weilchen still. Sibylla versuchte in diesem Augenblick Ruhe zu finden.

«Wovon lebt er hier in Hultaryd? Ich nehme doch an, dass er eine Arbeit hat.»

Sibylla nickte. «Er ist Automechaniker. Er weiß alles über Autos.»

«Aha, sag an.»

Ihre Eltern sahen sich wieder an. Immer mehr Drähte spannten sich zwischen ihnen. Schwingende grüne und rote Drähte. Die Eltern hatten jetzt keine Gesichter mehr. Sibylla senkte den Blick und sah auf den Tisch.

«Wir möchten nicht, dass unsere Tochter mit Straßenkreuzern fährt.»

Es ist ein De Soto Firedome neunundfünfzig.

«Und überhaupt möchten wir nicht, dass du in diesen Kreisen verkehrst.»

Ihr Kopf fühlte sich wie ein Bleiklumpen an. Er kippte zur Seite und sie konnte ihn nicht mehr aufrichten.

«Das sind meine Freunde.»

«Sitz ordentlich, wenn wir mit dir sprechen!»

Ihr Kopf schnellte automatisch in die Höhe, aber ihr Hals vermochte ihn nicht aufrecht zu halten. Er fiel nach hinten und schlug gegen die hohe Rückenlehne des Stuhls.

«Was ist mit dir? Sibylla! Was machst du denn?»

Ihre Mutter hatte sich vom Stuhl erhoben, und Sibylla sah aus den Augenwinkeln, dass sie sich näherte. Ihr Kopf saß an der Rückenlehne fest. Dann, in dem Augenblick, als ihre Mutter bei ihr war, merkte sie, wie er auf die Seite glitt und ihr Körper ihm auf den Boden folgte.

«Sibylla. Wie geht es dir, Sibylla?»

Es war weich, wo sie lag, und es war die Stimme ihrer Mutter, die im Zimmer zu hören war. Etwas Kaltes und Nasses lag auf ihrer Stirn und Sibylla öffnete die Augen. Sie lag auf ihrem Bett und ihre Mutter saß auf der Bettkante. Ihr Vater stand mitten im Zimmer.

«Herzchen, wie hast du uns erschreckt!»

Sibylla sah ihre Mutter an.

«Verzeiht.»

«Wir sprechen später darüber.»

Henry Forsenström trat ans Bett.

«Wie fühlst du dich? Soll ich Doktor Wallgren rufen?»

Sibylla schüttelte den Kopf. Ihr Vater bestätigte ihre Antwort mit einem Nicken und verließ das Zimmer. Sibylla sah ihre Mutter an.

«Ich meine, verzeiht, dass ich ohnmächtig geworden bin.»

Beatrice nahm ihr das nasse Taschentuch von der Stirn.

«Dagegen kann man nichts machen, Sibylla. Dafür braucht man sich nicht zu entschuldigen. Was jedoch die andere Sache betrifft, über die wir gesprochen haben, da wird getan, was Vater und ich beschlossen haben. Du gehst nicht mehr dorthin.»

Sibylla merkte, dass sie den Tränen nahe war.

«Bitte, Mutter.»

«Es hat keinen Zweck, eine Szene zu machen. Es ist zu deinem Besten, das weißt du.»

«Aber das sind meine einzigen Freunde.»

Die Mutter straffte den Rücken. Sibylla merkte, dass sie sich der Geduldsgrenze ihrer Mutter näherte. Die Diskussion war nun beendet.

Genau wie alles andere.

Eine lange, ungestörte Dusche war normalerweise eine Trumpfkarte, wenn es die Lebenslust wiederzugewinnen galt.

Diesmal half es nicht die Bohne.

Als Sibylla aus der Dusche stieg und sich abtrocknete, fühlte sie sich noch verzagter als zuvor. Als ob die Hoffnung mit dem Abwasser weggeschwemmt worden wäre.

Sie wand die gewaschenen Unterhosen aus und ging in die Waschküche auf der anderen Seite des Kellerflurs. Der Schlüssel passte auch dort. Während Unterhosen und Handtuch im Trockner waren, schloss sie sich wieder im Duschraum ein, um sich an ihre neue Frisur zu machen.

Das schulterlange Haar fiel zu Boden. Hinten im Nacken war es mühsam zu schneiden, und je mehr sie abschnitt, umso bewusster wurde ihr, dass es schwierig würde, sich künftig kostenlose Hotelnächte zu erflirten.

Aber diese Möglichkeit war ihr ja ohnehin genommen.

Sie befolgte gewissenhaft die beigefügte Gebrauchsanweisung und färbte ihre übrig gebliebenen Strähnen schwarz. Als sie fertig war, sah sie wie eine überalterte Punkerin aus.

Jetzt würde nicht einmal Uno Hjelm sie erkennen.

Sie machte gründlich sauber hinter sich. Das war Ehrensache unter den Erwählten, die diese geheime Luxuseinrichtung kannten, weil auch nur das geringste Zeichen ihrer Anwesenheit die Mieter dazu veranlassen könnte, den Schlüssel woanders zu verstecken.

Als sie fertig und wieder angezogen war, setzte sie sich auf die Toilette, um darauf zu warten, dass die Wäsche trocken würde. Die Zeitung lag mit der Rückseite nach oben auf dem Boden vor der Toilettentür. Sie hatte es noch nicht fertig gebracht, sie zu lesen, und alles getan, um die Lektüre aufzuschieben, aber jetzt war die Zeit reif. Sie holte tief Atem, beugte sich vor und schnappte sich das Blatt.

Seite 6, 7, 8 und in der Mitte.

Die 32-jährige Sibylla Forsenström, gegen die vorgestern wegen Mordes an dem 51-jährigen Jörgen Grundberg im *Grand Hôtel* in Abwesenheit Haftbefehl erlassen wurde, beging gestern Nachmittag erneut einen brutalen Mord. Am Sonntagnachmittag gegen fünfzehn Uhr wurde in seinem Sommersitz unmittelbar nördlich von Västervik ein 63-jähriger Mann umgebracht. Der Mann, der sich zufällig allein in dem Haus befand, schlief vermutlich, als die Frau zuschlug. Die Vorgehensweise ist identisch mit der bei dem Mord im *Grand Hôtel*, aus ermittlungstechnischen Gründen will die Polizei jedoch nicht bekannt geben, wie das Opfer umgebracht wurde. Die Morde werden als reine Hinrichtungen bezeichnet. Beide Opfer wurden grob geschändet, wobei den Leichen Körperteile abgetrennt wurden. Die Polizei will allerdings keine Angaben dazu machen, welcher oder welche Körperteile fehlen. Die Frau wird aufgrund der Umstände des Mordes und der Störung des Totenfriedens verdächtigt. Die Polizei hat bisher kein Motiv für die Morde gefunden und befürchtet, dass die Opfer willkürlich gewählt wurden.

Mehr konnte sie einfach nicht lesen, sie blätterte weiter. Das Erste, worauf ihr Blick fiel, war ein gezeichnetes Phantombild, das ihr beunruhigend ähnlich war. Der Kellner musste ein gutes Gedächtnis haben, und Hjelm hatte wohl etwas zum Thema Haar beitragen können.

Davon hatte er nun nicht mehr viel.

Verfluchte Scheiße.

Wie konnte das passieren?

Die Polizei hat noch immer keine heiße Spur der 32-jährigen Sibylla Forsenström, und man versucht nun, Hilfe aus der so genannten Stockholmer Unterwelt zu bekommen. Es sind mehrfach Hinweise eingegangen und Zeugen gaben an, die Frau u. a. auf dem Stockholmer Hauptbahnhof sowie in einer Kleingartenkolonie auf Södermalm gesehen zu haben. Nach dem Mord in Västervik wurde landesweit Alarmbereitschaft angeordnet. Unbestätigten Quellen zufolge hinterließ die Frau am Tatort ein Schreiben religiösen Inhalts, in dem sie sich auch an diesem Mord schuldig bekennt. Ein Motiv konnte nicht ermittelt werden.

Sie stand auf und übergab sich ins Waschbecken.

Wie, zum Teufel, konnte ihr denn eine Flasche Haarfärbemittel helfen, wenn das gesamte Polizeikorps Schwedens auf den Beinen war und nach ihr suchte und sie im Verdacht hatte, eine verrückte Ritualmörderin zu sein?

Ihr Körper wollte sich noch mehr übergeben und wurde von Konvulsionen geschüttelt, aber im Moment hatte ihr Magen nicht mehr zu bieten.

Sie wollte etwas Wasser trinken. In dem Moment klopfte es an der Tür.

«Hallo. Bist du bald fertig da drinnen?»

Sie betrachtete sich im Spiegel. Ihr Gesicht war aschgrau und die schwarzen Haarsträhnen standen ab. Sie hatte noch nie derart einem Junkie geglichen.

«Ich stehe unter der Dusche.»

Sie schloss die Augen und betete still zu Gott, dass die Person da draußen zu einem anderen Duschraum gehen möge. Aber warum sollte Er gerade jetzt auf sie hören?

«Beeil dich bitte ein bisschen. Die andere Dusche ist auch besetzt.»

«Ja, sicher.»

Draußen wurde es still. Sie nahm ihr Schminktäschchen aus dem Rucksack, legte etwas Rouge auf die Wangen und schminkte sich die Lippen. Das machte es nicht unbedingt besser, aber zumindest merkte man, dass sie sich Mühe gegeben hatte.

Sie riss ein Stück Toilettenpapier ab und wischte die Bananenreste aus dem Waschbecken. Dann legte sie das Ohr an die Tür und horchte. Das Einzige, was sie hören konnte, war das Geräusch des Trockners in der Waschküche gegenüber.

Was hatte sie für eine Wahl? Je beschämter sie dreinsah, desto verdächtiger wirkte sie. Mit einer energischen Bewegung ließ sie das Schloss aufspringen und öffnete die Tür.

«Ui. Das ging aber schnell. So eilig war es auch wieder nicht.»

Er saß draußen auf dem Fußboden und las in einem Buch. Als sie die Tür öffnete, stand er auf. Sibylla versuchte zu lächeln. Er sah verwundert ihren Rucksack an und sie folgte seinem Blick.

«Die Wäsche», erklärte sie.

Er nickte. Sie hielt den halbmeterlangen Schlüsselanhänger in der Hand und ging zur Waschküchentür. Ihre Hand zitterte und sie hatte Mühe, den Schlüssel ins Schloss zu stecken.

«Bist du gerade eingezogen?»

Endlich ging die Tür auf. Sie trat an den Trockner, um den Blick des Typen nicht erwidern zu müssen.

«Ja.»

«Toll. Willkommen!»

Geh jetzt rein und dusch dich, verdammt nochmal, bevor ich dir eins reinhaue.

Sie öffnete den Trockner und nahm ihre Unterhosen und das Handtuch heraus. Aus dem Augenwinkel sah sie, wie der Typ kehrtmachte und einen Schritt in den Duschraum tat. So schnell sie konnte, schmiss sie die halb trockene Wäsche in den Rucksack und schnallte ihn sich auf den Rücken. Als sie sich umdrehte und gehen wollte, hatte auch er sich wieder umgedreht und sah sie an. In der linken Hand hielt er die Zeitung. Sie erstarrte so plötzlich, als ob sie mitten im Schritt im Betonfußboden stecken geblieben wäre.

Einen Moment lang sah er verwirrt aus. Er streckte ihr die Zeitung hin.

«Bleib locker! Du hast nur das hier vergessen.»

Die alljährliche Weihnachtsfeier.
Siebzehn Jahre.
Die Ehrentafel.

Sie hatte darum gebeten, zu Hause bleiben zu dürfen. Ihre Mutter hatte vor Verwunderung gestutzt.

«Es ist doch toll für dich, ein bisschen rauszukommen. Du sitzt doch nun schon monatelang zu Hause herum.»

Ja. Natürlich tat sie das. Dreiundsechzig Tage und neun Stunden waren vergangen, seit sie Micke zuletzt gesehen hatte. Gun-Britt holte sie mit dem Renault jeden Tag in Vetlanda von der Schule ab, und die Spaziergänge waren aufgrund verspielten Vertrauens gestrichen worden.

«Ich will nicht.»

Ihre Mutter ging schweigend zum Ankleideraum und öffnete die Tür, um für ihre Tochter eine passende Kreation herauszusuchen.

«Was sind das für Dummheiten? Es ist ganz klar, dass du mitkommst.»

Sibylla setzte sich aufs Bett und schaute ihrer Mutter dabei zu, wie sie die Kleider durchging.

«Ich komme nur mit, wenn ich am Jugendtisch sitzen darf.»

Beatrice Forsenström verschlug es angesichts dieses unerhörten Ultimatums zunächst die Sprache.

«Und aus welchem Grund solltest du denn dort sitzen, wenn ich fragen darf?»

«Weil sie dort zufällig in meinem Alter sind.»

Ihre Mutter hatte einen ungewöhnlichen Gesichtsausdruck, als sie sich umdrehte und sie betrachtete. Sibylla spürte ihr Herz heftig klopfen. Sie hatte sich entschlossen. Sie hatte jetzt Micke, zu dem sie flüchten konnte. Sie war nicht mehr allein. In sieben Monaten würde sie achtzehn werden, und dann konnte sie machen, was sie wollte. Bis dahin, hatte sie beschlossen, würde sie Krieg führen.

«Wenn ich nicht dort sitzen darf, bleibe ich zu Hause.»

Ihre Stimme hatte nicht einmal gezittert. Die Mutter traute ihren Ohren nicht. Sie selbst auch kaum. Beunruhigend war freilich, dass sie den Gesichtsausdruck ihrer Mutter nicht deuten konnte. Ihr kroch ein Anflug von Unsicherheit unter die Haut. Eine leise Ahnung von Furcht.

«Du weißt, dass dieses für mich und Vater der wichtigste Abend im Jahr ist, und dann machst du so etwas. Warum kannst du immer nur an dich und nie an andere denken?»

Das Pendel schlug voll aus.

Sie war drauf und dran, ein Erdbeben auszulösen, und es bestand nicht der geringste Zweifel daran, wer davon getroffen würde. Sibylla war plötzlich vor Schreck gelähmt. Wahrscheinlich war ihr ihre Angst anzusehen, denn Beatrice Forsenström ergriff die Gelegenheit, das Gespräch zu beenden.

«Wir werden uns darüber unterhalten, wenn wir nach Hause kommen.»

Mit diesen Worten verließ ihre Mutter das Zimmer.

Wieder hatte sie ihren Willen gebrochen.

Der Verkaufschef zur Linken.

Direktor Forsenström auf dem Ehrenplatz.

Sibylla war komisch zumute, wie sie da in ihrem Kleid an der Ehrentafel saß. Der Raum drehte sich gleichsam. Die Geräusche kamen schubweise, und sie konnte nur die Worte derer verstehen, die ihr am nächsten saßen. Die Zorneswogen ihrer Mutter schräg gegenüber trafen sie wie Stromstöße, und sie wunderte sich, dass diese Kraft die Gläser zwischen ihnen nicht zum Umkippen brachte. Das Essen hatte Sibylla nicht angerührt. Die anderen waren fast fertig. Ihre Mutter lächelte und prostete allen rund um den Tisch zu, aber jedes Mal, wenn sich ihre Blicke begegneten, sanken ihr die Mundwinkel herab, als ob sie der Schwerkraft nicht widerstehen könnten.

Da, in eben diesem Moment, in dem sie dasaß und darauf wartete, dass eine ausgeklügelte Bestrafung erfolgte, spürte Sibylla, dass es genug war. Ein ersehnter Zorn erfüllte sie mit unglaublicher Kraft. Diese Frau, die ihr schräg gegenübersaß und sie wie eine Gefangene in ihrem eigenen Dasein hielt, verwandelte sich plötzlich in ein absurdes Monster. Sie war aus ihrem

Leib geboren worden. Na und? Sie hatte sich das nicht ausgesucht. Warum Gott diese Frau ein Kind hatte zur Welt bringen lassen, war ein Mysterium. Alles, was ihre Mutter eigentlich hatte haben wollen, war ein Symbol für die Vortrefflichkeit der Forsenström'schen Familie. Dafür, dass alles so war, wie es sein sollte. Aber es war nichts so, wie es sein sollte. Sibylla wurde plötzlich klar, dass ihre Mutter das ausgefuchste Spiel aus Gehorsam-Züchtigung-Strafe genoss, das sie in ihrem Hause zum Leitstern erkoren hatte. Dass sie es genoss, sie zu besitzen. Ihren Gemütszustand beeinflussen zu können. Über ihre Angst zu herrschen.

«Wie geht es denn jetzt so in der Schule?»

Der Verkaufschef stellte seine alljährliche Frage, an deren Beantwortung er eigentlich genauso interessiert war wie an dem Dreck unter seinen Schuhen.

«Danke», antwortete sie laut und deutlich. «Wir saufen und vögeln meistens.»

Zuerst nickte er wohlwollend, im nächsten Moment aber rutschte die Antwort in seinem kleinen Kopf an die richtige Stelle. Er sah sich verwirrt um. Um die erhöhte Ehrentafel herum wurde es totenstill. Ihr Vater sah sie an, als ob er nicht wüsste, was Vögeln bedeutete, und die Gesichtsfarbe ihrer Mutter wechselte ins Lila. Sibylla war völlig ruhig. Lediglich die Umgebung drehte sich. Vor ihr stand das eben nachgefüllte Schnapsglas des Verkaufschefs, das nahm sie und erhob es, um ihrer Mutter zuzutrinken.

«Zum Wohl, Mama! Du möchtest dich vielleicht gern auf einen Stuhl stellen und für uns ein Weihnachtsliedchen singen. Das wäre doch reizend, finden Sie nicht auch?»

Sie stürzte den Schnaps hinunter. Im Saal war es jetzt absolut still. Sie stellte sich hin.

«Was meinen Sie? Wäre es nicht reizend, wenn die kleine Beatrice für uns ein Liedchen singen würde?»

Im ganzen Saal gab es kein einziges Augenpaar, das nicht auf sie gerichtet war.

«Willst du nicht? Aber Liebes, das spielt doch keine Rolle. Du kannst doch dieses unflätige Lied vortragen, das du abends in der Küche immer singst.»

Jetzt löste sich ihr Vater aus seiner Erstarrung und seine Donnerstimme hallte durch den Saal.

«Du setzt sich sofort hin, mein Kind!»

Sie wandte ihm das Gesicht zu.

«Sprichst du mit mir? Ach ja, du bist wohl mein Vater, oder? Mir ist doch so, als hätte ich dich schon einmal zu Hause bei Tisch gesehen. Ich bin Sibylla.»

Er riss den Mund auf und starrte sie an.

«Na. Wenn das hier nicht mehr amüsanter wird, dann werde ich jetzt wohl gehen. Ich hoffe, ihr habt noch einen schönen Abend.»

Sechsundsiebzig Augenpaare folgten ihr, wie sie von der Bühne herab und zwischen den Tischen hindurch hinaus in die Freiheit ging.

Als sie die Tür hinter sich schloss, hatte sie das Gefühl, den ersten reinen Atemzug ihres Lebens zu tun.

Die Zeitung hatte sie in der U-Bahnstation Ropsten in den erstbesten Papierkorb geworfen. Da sie fürchtete, Aufmerksamkeit zu erregen, hatte sie es nicht riskiert, sich über den Bahnsteig des Lidingözuges hineinzuschleichen, sondern ihrem Brustbeutel noch einen geheiligten Zwanziger entnommen.

An diesem Tag hatten die Stockholmer Verkehrsbetriebe mehr an ihr verdient als in insgesamt fast fünfzehn Jahren.

Es war halb zwölf und in dem Wagen waren recht wenige Leute. Nachdem der Zug in den Tunnel eingefahren war, betrachtete sie ihr fremdes Spiegelbild in der Fensterscheibe. Dies Aussehen würde ihr hoffentlich einen kleinen Aufschub verschaffen. Wenigstens bis ihr eingefallen wäre, was sie machen sollte.

Als Erstes würde sie auf jeden Fall das Geld aus ihrem Postfach holen. Jedes Öre, das sie von ihren Ersparnissen genommen hatte, musste wieder in den Beutel zurück. Den würden sie ihr jedenfalls nicht nehmen können.

Ihr Postfach.

Verfluchte Scheiße.

Die Einsicht durchfuhr sie wie ein Schlag. Sie war drauf und dran, direkt in die Falle zu laufen. Wie um alles in der Welt hatte sie nur so dumm sein und daran nicht denken können? Die Wahrscheinlichkeit, dass die Polizei ihren einzigen Fixpunkt im Dasein bis jetzt noch nicht kannte, war minimal. Ihr Postfach, es war in dem einzigen Register aufgeführt, in dem sie ihren Namen finden konnten. Natürlich hatten sie es entdeckt.

Als ihr aufging, was es bedeutete, dass sie künftig ihr Geld nicht mehr holen könnte, überkam sie eine unbändige Wut.

Sie ballte die Fäuste und fühlte die Angst dahinschwinden. Das konnten sie nicht mit ihr machen! Ihren Namen einfach so an die Zeitungen zu geben, musste allein schon gegen alle Regeln verstoßen. Wäre sie eine respektable Person gewesen, die den anerkannten Normen gemäß lebte, wäre sie niemals auf diese Weise angeprangert worden.

Sie hatte nie etwas von der Gesellschaft verlangt und gedachte das auch in Zukunft nicht zu tun.

Jetzt würde sie nichts mehr einstecken.

Jetzt war Krieg.

Thomas' Boot lag unten bei Mälarvarvet auf Långholmen. Sie war bei Hornstull aus der U-Bahn gestiegen und befand sich jetzt auf der Brücke über den Pålsundet. Thomas war der Einzige, dem sie so weit traute, dass sie ihn um Hilfe bitten mochte. Vor zehn Jahren, bevor er das Boot erbte, hatten sie unten im Industriegebiet von Lugnet zusammen in einem Wohnwagen gehaust. Wenn die Polizei in regelmäßigen Abständen mit einem Räumungsbefehl kam und sie vertreiben wollte, hatten sie den Wagen eigenhändig ein paar Meter weitergeschoben und den nächsten Räumungsbeschluss abgewartet. Im Großen und Ganzen hatte man sie aber in Ruhe gelassen.

Um Liebe war es dabei vielleicht nie gegangen, eher um das Verlangen nach Nähe und Gesellschaft. Das war das Einzige, was sie einander geben konnten, und damals hatte das auch ausgereicht.

Zuerst konnte sie sein Boot nirgends sehen. Es war mehrere Jahre her, seit sie zuletzt hier gewesen war, aber als sie kehrtmachte und zurückging, entdeckte sie es an der Seeseite eines grauen Militärbootes. Am Kai herrschte offensichtlich Platzmangel.

Sie nahm den Rucksack ab und stellte ihn auf ein paar Holzpaletten, damit er am Boden nicht nass wurde.

Plötzlich wurde sie unschlüssig.

Jetzt, da sie hier war, war sie sich gar nicht mehr so sicher. Thomas war zuverlässig, das wusste sie, allerdings nur, solange er nüchtern war. Hatte er Alkohol intus, war er ein ganz anderer Mensch. Sie trug selbst mehrere Spuren, die das bezeugten. Sie holte tief Luft und ballte die Fäuste, um zu versuchen, die Kraft wiederzuerlangen, die sie vorhin in der U-Bahn verspürt hatte.

«Thomas!»

Sie sah sich um. Der Kai lag verlassen da.

«Thomas! Ich bin es, Sylla.»

Über der Reling des Militärbootes tauchte ein Kopf auf. Zuerst erkannte sie ihn kaum wieder. Er hatte seit dem letzten Mal seinen Bart gestutzt. Im ersten Moment wirkte er konfus, aber dann erhellte ein Lächeln sein Gesicht.

«Manno! Läufst du immer noch frei rum?»

Sie konnte nicht umhin, sein Lächeln zu erwidern.

«Bist du allein?»

«Ja, Mensch.»

Er machte keine Anstalten, sie hineinzubitten. Aber er war nüchtern. So gut kannte sie ihn.

«Darf ich reinkommen?»

Er antwortete nicht gleich, sah sie aber an und lächelte.

«Kann man das wirklich wagen?»

«Hör auf! Du weißt genau, dass ich das nicht war.»

Sein Lächeln wurde breiter.

«Komm schon. Aber du musst alle spitzen Gegenstände oben auf Deck ablegen.»

Das Gesicht verschwand hinter der Reling und sie nahm ihren Rucksack. Thomas war ein Freund. Womöglich ihr einziger. Im Moment bedeutete das mehr denn je.

Er hatte die Luke offen gelassen, und sie reichte ihm den Rucksack hinunter, bevor sie die Stufen hinabstieg.

Unter Deck gab es nur einen einzigen alten Laderaum, der jetzt sowohl als Schreinerwerkstatt als auch zum Wohnen diente. Der Fußboden war mit Sägespänen und Holzabschnitten bedeckt und machte nicht den Eindruck, in diesem Jahrhundert schon einmal sauber gemacht worden zu sein.

Das ließ darauf schließen, dass er zurzeit wenigstens mit niemandem zusammenlebte.

Und das war gut.

Er folgte ihrem Blick und sah sich um.

«Ja. Es sieht wohl in etwa so aus wie damals, als du zuletzt hier warst.»

«Nein, da war nicht frisch geputzt.»

Er grinste und ging in dem Teil, der den Küchenteil darstellen sollte, an die Kaffeemaschine. Ein Tisch, drei ungleiche Stühle, ein Kühlschrank und ein Mikrowellenherd. Leere Flaschen konnte sie allerdings nicht entdecken. Auch das war gut.

«Einen Schluck Kaffee?»

Sie nickte und er leerte die paar Tropfen, die noch in der Kanne waren, in einen Eimer. Die Kanne war schon so schwarz, dass er sich das hätte schenken können. Sibylla setzte sich auf den Küchenstuhl, der am heilsten aussah. Thomas schüttete aus einem Plastikkanister Wasser in die Maschine.

«In welcher Scheiße bist du da gelandet?»

Sibylla seufzte.

«Das kannst du laut sagen. Ich habe wirklich keine Ahnung.»

Er wandte sich um und sah sie an.

«Was hast du mit deinen Haaren gemacht?»

Sie antwortete nicht. Er zeigte auf *Aftonbladet*, das aus einem Papierkorb ragte.

«Das hat dir besser gestanden», sagte er, während er den alten Melittafilter darüber kippte. Die Hälfte des Kaffeesatzes landete auf dem Fußboden.

«Ich wollte dich um Hilfe bitten.»

«Aha. Brauchst du ein Alibi?»

Sie wurde plötzlich ärgerlich. Sie wusste, dass er scherzte, weil er nervös war. Das hatte er immer schon so gemacht. Normalerweise wusste er aber, wo die Grenze war, und jetzt war es nicht mehr lustig.

«Ich war tatsächlich im *Grand.* Und wie du weißt, fällt es mir ein bisschen schwer, den Bullen zu erklären, warum.»

Er setzte sich ihr gegenüber. Hinter ihm begann die Kaffeemaschine zu gurgeln, und die ersten Tropfen landeten irgendwo im Dunkel der Kanne.

Vielleicht hatte er den neuen Ton in ihrer Stimme bemerkt, denn mit einem Mal sah er ernst drein.

«Du hast dir also eine Gratisnacht genehmigt?»

Sie nickte.

«Und es war dieser Typ, der sie bezahlen durfte?»

Er zeigte auf den Papierkorb. Sie nickte wieder.

«So ein Pech aber auch. Und Västervik?»

Sie legte den Kopf zurück und schloss die Augen.

«Keine Ahnung. Ich war noch nie in meinem Leben in Västervik. Ich weiß nicht, was eigentlich abläuft.»

Sie sah ihn wieder an. Er schüttelte den Kopf.

«So eine beschissene Sache.»

«Ja. Das kann man wohl sagen.»

Er kratzte sich den Bart und schüttelte noch einmal den Kopf.

«Na ja. Und wobei brauchst du nun Hilfe?»

«Mutters Geld abholen. Ich traue mich nicht zu meinem Postfach.»

Sie sahen sich über den Tisch hinweg an. Mutters Geld war auch für ihn ein bekanntes Phänomen. Während der Jahre im Wohnwagen hatte er ihr geholfen, jedes Öre davon zu versaufen. Er stand auf, um den Kaffee zu holen, und auf dem Rückweg schnappte er sich einen Becher. Der Henkel fehlte und der Becher schien seit seinem ersten Gebrauch nicht mehr abgespült worden zu sein.

«Hast du denn heute schon etwas zu beißen gehabt?»

«Nein.»

«Im Kühlschrank sind Brot und Schmierkäse.»

Sie stand auf, um sich das Essen zu holen. Sie war nicht mehr besonders hungrig, aber es wäre dumm gewesen, die Gelegenheit nicht wahrzunehmen. Als sie an den Tisch zurückkam, hatte er ihr Kaffee eingeschenkt. Er kratzte sich wieder den Bart. Sie legte den Brotlaib und die Tube mit dem Schmierkäse auf den Tisch.

«Ich würde dich nicht darum bitten, wenn es nicht absolut notwendig wäre. Ich komme ohne dieses Geld nicht klar.»

Er nickte.

«Okay …»

Bevor er fortfuhr, trank er einen Schluck Kaffee.

«… Ich gehe hin und versuche es. Aus alter Freundschaft.»

Sie sahen sich über den Tisch hinweg an. Solange er nüchtern blieb, war seine Freundschaft für sie von unschätzbarem Wert. Ihr einzig zuverlässiger Kontakt zur Umwelt.

Finge er aber zu trinken an, würde er verlangen, dass sie es ihm zurückzahlte.

Aus alter Freundschaft.

Sobald sie den Versammlungssaal verlassen hatte, war sie zum VMIJ-Hof gegangen. Niemand hatte sie aufzuhalten versucht. Wahrscheinlich war ihre Mutter nun dabei, von der Stimmung der alljährlichen Weihnachtsfeier zu retten, was noch zu retten war.

Sie war nicht dazu gekommen, sich ihre Jacke anzuziehen, und draußen war es kalt, aber was machte das schon? Leichte Schneeflocken schwebten wie schimmerndes Konfetti vom Himmel herab, und sie legte den Kopf zurück und versuchte, sie mit dem Mund aufzufangen.

In ihrem Inneren war alles gut. Als ob es auf der ganzen Welt keine Unruhe mehr gäbe. Nichts spielte mehr eine Rolle. Nichts, außer dass sie auf dem Weg zu Micke war. Jetzt gehörte alles ihr.

Am Straßenrand standen weiß gekleidete Menschen und winkten. Jubelten. Genau wie in dem Film, den sie am Samstag im Fernsehen gesehen hatte. Sie ging in einem Lichtschein dahin. Ein Lichtkegel, der vom Himmel herabfiel und jeden ihrer Schritte begleitete. Sie winkte den jubelnden Menschen zu und wirbelte zwischen den Schneeflocken herum.

Der De Soto parkte vor der Werkstatt. Der Gedanke, dass Micke gar nicht da sein könnte, war ihr überhaupt nicht gekommen.

Jetzt hatte sie die Kontrolle übernommen.

Es war ganz klar, dass er da sein würde.

Sie verneigte sich vor ihrem Publikum, das ihren Weg gesäumt hatte, öffnete die Tür und ging hinein. Sie atmete den ersehnten Geruch nach Motorenöl ein und spürte, wie sich in ihrem Körper die Freude ausbreitete.

«Micke!»

Hinter den Reifenstapeln rührte sich etwas. Der Lichtkegel begleitete sie noch immer, als sie nachsehen ging, was da war. Noch ehe sie dort hinkam, reckte Micke den Kopf in die Höhe.

«Hallo ... Was machst du denn hier?»

Irgendwo tief im Inneren merkte sie, dass er nicht erfreut klang. Eher irritiert. Sie lächelte ihn an.

«Jetzt bin ich da.»

Er sah auf etwas hinunter, was sie nicht sehen konnte, und hätte sie es nicht besser gewusst, dann hätte sie geglaubt, dass er gerade seine Hose zuknöpfte ...

«Sibylla, es passt gerade nicht so gut. Kannst du nicht vielleicht morgen wiederkommen?»

Morgen?

Was war das?

Sie ging zu ihm hin. Hinter dem Reifenstapel lag die braun karierte Decke. Und darunter Maria Johansson.

Das Licht um sie herum erlosch.

Auserwählt.

Nur sein. Nur ihr.

Sein Körper in Verzückung über den ihren. Für sie.

Sie beide, zusammengekettet.

Zusammen.

Alles für eine Sekunde dieser Nähe.

Alles.

Sie sah ihn an. Er hatte kein Gesicht mehr. Sie wich von ihm zurück.

«Sibylla ...»

Sie schlug mit dem Rücken gegen die Wand. Rechts die Tür. Die Klinke runterdrücken.

Die jubelnden Menschen waren verschwunden und hatten sie allein zurückgelassen. Direkt vor ihr ein De Soto Firedome. Dreihundertfünf PS. Vier Schritte bis zu der unabgeschlossenen Tür. Der Schlüssel steckte.

Fort. Fort. Fort.

Sie war fast zwei Stunden allein auf dem Boot gewesen, als er wiederkam. War die ganze Zeit über, zwischen Hoffnung und Verzweiflung, Besorgnis und Überzeugung pendelnd, wie ein unseliger Geist zwischen den Wänden des Rumpfes umhergewandert.

Wenn sie nun das Fach überwachten und Thomas nicht aufmerksam genug war? Wenn er sie nun geradewegs zu ihrem Versteck führte?

Aber er war schließlich nicht von gestern. Natürlich war er vorsichtig.

Wenn sie ihn nun festgenommen hatten? Blieb er deshalb so lange aus?

Obwohl sie mit jeder Faser ihres Körpers darauf wartete, war sie doch vor Schreck wie gelähmt, als sie die Schritte auf dem Blechdeck über ihrem Kopf vernahm.

Dann die Luke, die aufging.

Sie versteckte sich hinter der Sägemaschine und schloss die Augen. Wie eine Maus in der Falle.

Der Teufel soll sie holen!

Aber er war allein. Er kletterte die Stufen herab und sah sich um.

«Sylla?»

Sie stand auf.

«Warum hat das so lange gedauert?»

Er ging zur Kaffeemaschine, die noch immer eingeschaltet war. Die Neige in der Tasse schüttete er in den Papierkorb.

«Ich wollte sichergehen, dass mir niemand folgt.»

«Ist dir jemand gefolgt?»

Er schüttelte den Kopf und schenkte sich ein wenig frischen Kaffee ein.

«Nein. Es wirkte alles ganz ruhig da unten.»

Stumm fragend hielt er ihr die Kanne hin. Sie schüttelte den Kopf. Er holte tief Luft, was sich wie ein Seufzer anhörte, und fuhr dann fort:

«Sylla. Da war kein Geld.»

Sie starrte ihn an. Er stellte die Kanne zurück.

«Verdammt nochmal, was willst du damit sagen?»

Er breitete die Arme aus.

«Das Fach war leer.»

Er log sie an.

Fünfzehn Jahre lang waren spätestens am dreiundzwanzigsten jeden Monats eintausendfünfhundert Kronen im Postfach gelandet. Jeden Monat. Sie ging zum Papierkorb und zog die Zeitung heraus. Der alte Kaffeesatz landete auf dem Fußboden. Montag, der vierundzwanzigste März. Sie dreht sich um und sah ihn an.

«Der Teufel soll dich holen, Thomas! Ich habe mich auf dich verlassen.»

Er starrte sie an.

«Menschenskind, was willst du damit sagen?»

Sie kannte diesen Blick schon. So war er immer, wenn er im Rausch seine Wutausbrüche bekam, aber im Moment war sie einfach nicht imstande, sich zu fürchten.

«Das war mein Geld! Ich komme nicht klar ohne dieses Geld.»

Zuerst stand er nur still und sah sie an. Dann schmiss er den halb vollen Kaffeebecher an die Wand. Ein paar Werkzeuge, die dort hingen, krachten auf den Fußboden und der braune Kaffee rann hinterher.

Sie zuckte zusammen bei dem Krach, ließ Thomas aber nicht

aus den Augen. Er holte tief Luft, als ob er sich zu sammeln versuchte, trat an eines der Bullaugen und schaute hinaus. Er wandte ihr den Rücken zu, während er sprach.

«Ich weiß, dass ich schon Sachen gemacht habe, die nicht immer astrein waren. Wenn du mich aber beschuldigst, dein Geld genommen zu haben, dann bist du auf einem verdammt falschen Dampfer.»

Er drehte sich um.

«Bist du nie auf die Idee gekommen, dass deine Alte vielleicht keine Lust hat, einer Mörderin Geld zu schicken?»

Sie sah ihn an, und während ihr seine Worte in den Gehörgang und weiter bis ins Gehirn drangen, wurde ihr klar, dass es genau so war.

Es war Schluss mit den Almosen.

Beatrice Forsenström hielt ihre Schuld für abbezahlt.

Alles wurde leer.

Langsam ging sie zum Tisch, zog einen der Stühle heraus und setzte sich. Das Gesicht in den Händen, fing sie an zu weinen.

Nun war sie verloren.

Es war alles umsonst gewesen.

Es war schon immer beschlossen gewesen, dass sie es nicht schaffen sollte. Als sie sich trotzdem auf dem Weg dazu befand, hatte das Schicksal eingegriffen, um sie wieder umzuwerfen.

Einmal Verliererin, immer Verliererin. Sie hatte die Rangordnung herausgefordert und einen Platz einnehmen wollen, der nicht für sie vorgesehen war. Schäm dich, Sibylla Wilhelmina Beatrice Forsenström! Du hattest alles, aber du hattest nicht Verstand genug, damit zufrieden zu sein. Es war dir nicht gut genug. Du hättest nie hungern müssen, aber du hast die Wahl getroffen und deinen Platz geräumt.

Getauscht ist getauscht, ein für alle Male.

«Was ist?»

Sie spürte seine Hand auf ihrer Schulter.

«Verdammt, Sylla, das renkt sich irgendwie ein.»

«Sicher. Ich muss nur vorher eine lebenslängliche Gefängnisstrafe absitzen. Und dann, denke ich, ist es egal.»

«Du brauchst, glaube ich, einen hinter die Binde.»

Er versuchte fröhlich zu klingen.

Ja, warum nicht. Ein Rausch war das, wonach sie sich am meisten sehnte. Das Hirn betäuben. Für ein Weilchen entkommen.

Er hatte bereits eine große Flasche Koskenkorva aus einem Schapp genommen.

Sie sah die Flasche an und dann hoch in sein Gesicht. Er schien ihr wieder gut zu sein. Sie nickte.

«Ja, bitte. Warum nicht?»

Sie war schon fast in Vetlanda, als die Polizei sie stoppte. Auf dem Wagen vor ihr blinkte ein rotes Licht, sie fuhr an den Straßenrand und hielt an. Zwei Polizisten tauchten am Seitenfenster auf und sie drückte den automatischen Fensterheber. Einer der Polizisten beugte sich zu ihr herein, drehte den Zündschlüssel herum und zog ihn ab. Dann zog er seinen Oberkörper wieder zurück, beugte sich aber weiterhin herunter, sodass er ihr Gesicht sehen konnte.

«Na … was soll das denn nun?»

Sie hatte keine Angst. Sie hatte gar kein Gefühl.

«Willst du nicht mal aussteigen?»

Er öffnete die Tür und sie stieg aus. Hinter dem De Soto hielt ein Auto, und Micke sprang heraus und stürzte auf sie zu.

«Du verfluchte Schlampe! Wenn dem Wagen was zugestoßen ist, dann schlag ich dich tot!»

Maria Johansson war auf dem Beifahrersitz sitzen geblieben.

Der eine Polizist legte ihm die Hand auf die Schulter.

«Mach mal ein bisschen halblang, okay?»

Micke sprang auf den Fahrersitz, um sich davon zu überzeugen, dass alles in Ordnung war. Als er zufrieden gestellt war, stieg er wieder aus und der Polizist gab ihm die Autoschlüssel. Micke sah Sibylla angewidert an.

«Du hast ja nicht alle Tassen im Schrank, Mensch!»

Sie spürte, wie die Polizisten sie rechts und links am Arm nahmen und zu einem Streifenwagen führten. Die Hand auf ihrem Kopf, ließen sie sie auf dem Rücksitz Platz nehmen. Der eine setzte sich neben sie und der andere auf den Fahrersitz.

Niemand von ihnen sagte noch etwas.

«Sibylla Forsenström? Heißt du so?»

Warum roch es in dem Zimmer so komisch?

«Warum hast du das Auto genommen?»

Wenn das nun Gas war?

«Hast du einen Führerschein?»

Warum waren da hinten Risse in der Wand?

«Kannst du sprechen?»

Der Mann auf der anderen Seite des Tisches seufzte und begann in irgendwelchen Papieren zu blättern. Vier schwarz gekleidete Männer entstiegen der Wand und sahen sie an.

«Wir können in unseren Unterlagen nichts über dich finden. Hast du das zum ersten Mal getan?»

Die schwarz gekleideten Männer kamen näher. Einer von ihnen hielt einen glühenden Steckschlüssel in der Hand.

«Wir werden mit dem Sozialdienst Kontakt aufnehmen, aber als Erstes rufen wir deine Eltern an, damit sie dich abholen können.»

Sie würden sie auseinander schrauben. Die Teile entnehmen und sie für bessere Modelle verwenden. Der Mann mit dem Steckschlüssel bewegte den Mund, sie konnte aber nicht verstehen, was er sagte.

Sie sah den Mann hinter dem Schreibtisch an. Er hatte kein Gesicht mehr. Mitten durch seinen Kopf ging ein Loch. Nun sah sie überhaupt nichts mehr.

Warum lag sie auf dem Fußboden?

Das Geräusch eines Stuhles, der zurückgeschoben wurde. Jemand schrie.

«Lasse! Lasse, ich brauche Hilfe hier.»

Rasche Schritte über den Fußboden.

«Ich weiß nicht, was mit ihr los ist. Du musst einen Krankenwagen rufen.»

Sie wachte davon auf, dass sie einen Tritt in die Seite bekam. Keinen besonders festen, aber fest genug, um sie hellwach zu machen.

Thomas stand in Unterhosen neben ihr, und eine Sekunde später hatte sie zwei Dinge begriffen.

Er war voll und er hielt neunundzwanzigtausend Kronen in der Hand.

Instinktiv legte sie die Hand auf die Brust, wo ihr Geld hätte sein müssen, aber das Einzige, was sie dort spürte, war Haut. Sie war nackt.

Er lächelte höhnisch und hielt die andere Hand hoch. Darin hatte er den Brustbeutel.

«Ist es das, wonach du suchst?»

Sie schluckte. Ihr Mund war völlig ausgetrocknet. Sie hatte seit Jahren keine scharfen Sachen mehr getrunken. Soweit sie sich erinnern konnte, hatte sie gar nicht so viel getrunken, aber die Flasche auf dem Tisch war leer, wie sie jetzt entdeckte.

«Du verdammtes Miststück! Mich zur Post schicken und dann dasitzen und flennen, weil du ohne das Geld nicht klarkommst.»

Sie versuchte zu denken. Neben ihr lag ihr BH und sie streckte die Hand danach aus, aber Thomas war schneller. Eine rasche Bewegung mit dem Fuß und schon befand er sich außer Reichweite. Sie wollte sich mit dem Schlafsack bedecken.

«Lieber Thomas …»

Er schnitt eine Grimasse und äffte ihren Tonfall nach.

«Lieber Thomas.»

Seine Augen waren jetzt schmale Schlitze.

«Menschenskind, wie konntest du mich bloß dorthin schicken? Ist dir klar, dass sie mich hätten schnappen können? Und dabei liegst du mit einem ganzen Vermögen um den Hals hier rum.»

Er zerknüllte die Scheine in seiner Hand.

«Ich habe es gespart», sagte sie leise.

«Ja, ja, Mensch!»

«Für ein Haus.»

Zuerst sah er sie nur an, dann aber lehnte er sich zurück und lachte. Bei dieser schnellen Bewegung verlor er beinahe das Gleichgewicht und er musste nach den Stufen greifen, um sich auf den Beinen zu halten. Diese plötzliche Schwäche verärgerte ihn noch mehr. Bevor er irgendetwas sagen konnte, schlug sie ihren Schlafsack zurück.

«Thomas», sagte sie so sanft, wie sie nur konnte. «Wir wollen uns doch deswegen nicht streiten. Ich hatte dir das Geld noch zeigen wollen.»

Ihr war jetzt schlecht. Er hielt sich immer noch an den Stufen fest und hatte Mühe, gerade zu stehen.

«Eigentlich bin ich hergekommen, weil ich Sehnsucht nach dir hatte.»

Er sah ihre Brust an. Seine Blicke waren wie Hände und sie musste ein unwillkürliches Schaudern unterdrücken. Er ließ den Brustbeutel fallen. Sie versuchte zu lächeln. Mit einer lässigen Bewegung schnippte er ihre Hoffnung in die Luft, und die

Scheine segelten zu Boden und landeten zwischen den Sägespänen.

Im nächsten Moment war er über ihr und sie betete zu Gott, dass es schnell gehen möge.

Herr, gib mir Mut für all diese leeren Tage. Gib mir Kraft, die nächste Stunde zu überleben, den nächsten Tag, den Rest der unendlich leeren Zeit, die noch bleibt.

Irgendwo in dem weiten Jenseits wird er auf mich warten, wenn ich komme. Denn wo mein Schatz ist, da wird auch mein Herz sein.

Wahrlich, wahrlich, ich sage euch: Wer mein Wort hört und glaubet dem, der mich gesandt hat, der hat das ewige Leben und kommt nicht in das Gericht, sondern er ist vom Tode zum Leben hindurchgedrungen.

Denn es kommt die Stunde, in welcher alle, die in den Gräbern sind, werden seine Stimme hören, und werden hervorgehen, die da Gutes getan haben, zur Auferstehung des Lebens; die aber Übles getan haben, zur Auferstehung des Gerichts.

Ich kann nichts von mir selber tun. Wie ich höre, so richte ich, und mein Gericht ist recht; denn ich suche nicht meinen Willen, sondern den Willen des, der mich gesandt hat.

Gott erhörte sie auch diesmal nicht. Irgendwann hatte Thomas endlich genug bekommen und war wie eine erstickend schwere Decke auf ihr liegend eingeschlafen. Ganz, ganz vorsichtig und mit einer unendlich langsamen Bewegung war es ihr gelungen, ihn auf die Seite zu wälzen und aufzustehen.

Noch nackt sammelte sie ihre zerknüllten Scheine vom Fußboden auf. Sie versuchte sie auf ihrem Schenkel glatt zu streichen und steckte sie schnell in ihren Brustbeutel zurück.

Thomas lag mit offenem Mund auf der Seite. Aus dem Mundwinkel lief ihm ein dünner Speichelfaden, suchte sich einen Weg durch den struppigen Bart und wurde von der Matratze darunter aufgesogen. Sibylla war froh, dass sie nicht auf ihrer Isomatte gelegen hatte. Die hätte sie sonst nämlich dalassen müssen. Der Schlafsack war zur Seite gerutscht, und sie musste nur Thomas' Bein ein wenig anheben, um ihn loszubekommen.

Im Nu war sie angezogen. Sie sehnte sich nach einer Dusche, um sich seinen Blick abwaschen zu können.

Sie musste irgendwohin gehen, wo es fließendes Wasser gab, sonst hielt sie das nicht aus.

Im Nu hatte sie ihre Habseligkeiten gepackt und den Rucksack zugemacht. Die halb trockenen Unterhosen und das Handtuch, die sie vergessen hatte aufzuhängen, rochen säuerlich, und ihr würde nichts anderes übrig bleiben, als die Sachen noch einmal zu waschen.

Aber wo? Und wohin sollte sie gehen?

Sie wollte so schnell wie möglich von hier weg, aber der Durst machte sie unerschrocken genug, um noch zu bleiben und einen Schluck Wasser aus dem Plastikkanister zu trinken.

Und da sie nun schon dabei war, ließ sie das Wasser einfach laufen und nutzte die Gelegenheit, sich die Hände und das Gesicht zu waschen. An der Stelle, wo das Wasser auf dem Fußboden landete, bildete sich eine Drecklache. Aufgeweichte Sägespäne und Kaffeesatz. Thomas zog das Bein an, das sie kurz zuvor verschoben hatte, und sie stand ein Weilchen mucksmäuschenstill, um sich zu vergewissern, dass er schlief.

Schnell die Stufen hinauf. Die Luke geöffnet und hinaus in …

Ja. In was eigentlich? Freiheit wollte sie das nicht mehr nennen.

Der Teufel soll sie holen!

Draußen war es dunkel. Reflexartig sah sie auf ihre Armbanduhr, die noch immer stand. Beide Fahrspuren von Söder Mälarstrand waren leer, und an den Hausfassaden darüber brannte nur in einem Fenster Licht. Es war zu hoffen, dass noch nicht viele wach waren.

Das war gut. Je weniger Leute sie sahen, desto besser.

So leise wie möglich bewegte sie sich übers Deck und kletterte auf das Militärboot hinüber. Im Nu war sie auf dem Kai und ging in Richtung Brücke davon.

Ihre Beine liefen von selbst. Sie hatte keine Ahnung, wohin sie unterwegs war. Normalerweise war das nicht weiter merkwürdig. Eigentlich war das in ihrer Welt der Normalzustand. Gewöhnlicher Alltag. Manchmal fragte sie sich, ob ihre Schwierigkeit etwas zu planen mit der Krankheit zusammenhing, die sie als Kind gehabt hatte. Womöglich war an einem Planungsnerv ein Schaden zurückgeblieben. Das Einzige, was in ihrem Leben ein Gran Vorausschau erforderte, war, sich täglich ein bisschen Essen einzuverleiben und ein ausreichend abgeschirmtes Plätzchen zu finden, wo sie ihren Schlafsack ausrollen konnte. Stellte man keine hohen Ansprüche, war auch das kein größeres Problem. Die Sicherheit ihres unsteten Lebens war stets die Freiheit gewesen. Dass niemand über sie bestimmen konnte. Dass sie tun und lassen konnte, was sie wollte. Gehen konnte, wann sie Lust hatte.

Jetzt war nichts mehr wie gewöhnlich.

Jetzt wusste sie nicht einmal, wohin sie überhaupt gehen konnte.

Sie bog in die Heleneborgsgatan ein und durch den Skinnarvikspark weiter. Es wurde allmählich hell. Ein Mann betrachtete die Aussicht, während sein Hund neben ihm sein Geschäft verrichtete. Sie wandten sich beide um und sahen Sibylla an, als sie ihre Schritte auf dem Kiesweg hörten. Der Mann beugte sich pflichtschuldigst hinunter und hob mit einer Plastiktüte den Hundehaufen auf. So als ob er befürchtete, dass sie sonst Einwände erheben würde.

Sie ging weiter. Um die Ecke in der Hornsgatan stand vor einem Restaurant eine frisch angelieferte Einkaufstüte mit Brot. Einen der Laibe konnten sie sicherlich entbehren.

Was sie jetzt brauchte, war ein Ort, an den sie sich für ein paar Tage zurückziehen konnte. Wo sie wirklich ungestört wäre und niemand auf die Idee käme, nach ihr zu suchen. Sie war zermürbt von der Unruhe, die ihre ständige Begleiterin geworden war. Sie musste sich ausruhen. Wenn sie nicht ordentlich schlief, wusste sie aus Erfahrung, war es schwieriger, das Gehirn zum Funktionieren zu bringen, und wenn sie ihre Urteilsfähigkeit verlieren würde, wäre sie eine leichte Beute.

Sie ging in Gedanken alle ihre bisherigen Schlafplätze durch. Nur an wenigen war sie so unbehelligt gewesen, wie es in ihrer momentanen Situation notwendig war.

Jetzt waren schon mehr Autos unterwegs. Sie entschied sich, über den Buckel der Hornsgatan zu gehen, damit sie nicht zu sehr in den Verkehr kam. Rechter Hand lag die Marienkirche, und Sibylla schaute zur Uhr hinauf, um zu sehen, wie spät es war.

In diesem Augenblick fiel ihr ein, wo sie sich verstecken könnte.

Tag und Nacht. Dieselben gesichtslosen Menschen, die sie in einer fremden Sprache anredeten und die die Gefahr, die unter ihr lauerte, nicht zu begreifen schienen.

Menschen ohne Gesicht, die im Zimmer aus und ein gingen, die Hände nach ihr ausstreckten und sie zwangen, giftige Tabletten zu schlucken. Stimmen in der Heizung, die über sie hohnlachten. Unter dem Bett lag der Teufel und wartete darauf, dass sie die Füße auf den Fußboden setzte. Sobald sie den Boden berührte, würde er sie in das Loch darunter ziehen und in den Keller werfen, wo seine schwarzen Männer mit den glühenden Werkzeugen waren.

Sie wollte nicht einschlafen, traute sich nicht, aber die Pillen, mit denen sie sie vergifteten, brachten sie trotzdem dazu. Während sie schlief, wusste sie nicht, was sie mit ihr anstellten. Deshalb wollten sie ja, dass sie schlief.

Ein endloser Albtraum.

Als sie sich weigerte aufzustehen, steckten sie ihr etwas in den Unterleib, womit sie neues Gift in sie hineinpumpten. Dieses Gift war gelb und hing in einem Beutel neben dem Bett. Sodass es der Teufel bei Bedarf auffüllen konnte.

Als sie den Schlauch herauszureißen versuchte, banden sie ihr die Hände fest.

Der Mann in Weiß, der hereinkam und wollte, dass sie mit ihm sprach. Der so tat, als ob er nett wäre, damit sie ihm Geheimnisse verriet, die er dann an die Männer im Keller weitergeben konnte.

Dunkelheit und Licht in ständigem Wechsel. Keine Zeit, nur neue ausgestreckte Hände, die sie die weißen Giftpillen zu schlucken zwangen.

Dann der Tag, als sie plötzlich verstand, was sie zu ihr sagten. Sie sprachen freundlich und schienen zu wollen, dass es ihr gut gehe. Sie schienen sie schützen zu wollen. Jemand schob ihr Bett mitsamt ihr selbst beiseite, damit sie sehen konnte, dass darunter kein Loch war. Da willigte sie schließlich ein, das Bett zu verlassen und zur Toilette zu gehen. Ihr wurde der Schlauch aus dem Unterleib gezogen und neben dem Bett wurde der Giftbeutel entfernt.

Am nächsten Tag hatten alle, die zu ihr hereinkamen, das Gesicht zurückerhalten. Sie lächelten sie an. Plauderten, während sie ihr die Laken straff zogen und die Kissen aufschüttelten. Aber die Pillen zwangen sie weiterhin in sie hinein. Sie sagten, dass sie krank sei. Dass sie in einem Krankenhaus liege. Dass sie eine Weile dableiben müsse, bis sie wieder ganz gesund sei.

Und dann? Sie versuchte nicht daran zu denken, dass es ein Danach geben könne.

Mehrere Tage und Nächte. Die Stimmen in der Heizung verstummten und ließen sie in Ruhe.

Manchmal ging sie in den Flur hinaus. Am einen Ende stand ein Fernseher. Keine der anderen Patientinnen sprach mit ihr. Alle in ihrer eigenen Welt. Oft stand sie in ihrem Zimmer am Fenster, die Stirn an das kalte Gitter gelehnt, und schaute in die Welt hinaus. Die da draußen weiterging. Ohne sie.

Irgendwann durfte sie in den Krankenhauspark hinausgehen, aber nur in Begleitung. Der Schnee war schon geschmolzen und in den Rabatten wuchsen Schneeglöckchen.

Beatrice Forsenström zu Besuch. Tadellos gekleidet, aber mit dunklen Ringen unter den Augen. Und dann der Mann, der sie immerzu zum Sprechen bringen wollte. Seite an Seite saßen sie an ihrem Bett. Beatrice mit ihrer Handtasche auf dem Schoß.

Der Mann, der sie zum Sprechen bringen wollte, lächelte und sah freundlich aus.

«Wie fühlst du dich jetzt?»

Sibylla sah ihre Mutter an.

«Besser.»

Der Mann machte einen zufriedenen Eindruck.

«Weißt du, weshalb du hier bist?»

Sibylla schluckte.

«Vielleicht weil ich dumm gewesen bin.»

Der Mann sah ihre Mutter an, die die Hand an den Mund legte.

Sie hatte eine verkehrte Antwort gegeben. Jetzt würde ihre Mutter traurig und enttäuscht sein.

«Nein, Sibylla», sagte er. «Du bist krank gewesen. Deshalb bist du hier.»

Sie heftete den Blick auf ihre Hände im Schoß. Eine Weile sagte niemand etwas. Schließlich erhob er sich und wandte sich an ihre Mutter.

«Ich lasse Sie für ein Weilchen allein. Ich bin bald zurück.»

Nun waren sie allein im Zimmer. Sibylla betrachtete weiterhin ihre Hände.

«Verzeih.»

Ihre Mutter erhob sich.

«Hör auf damit.»

Jetzt hatte sie es auch noch geschafft, sie böse zu machen.

«Du bist krank gewesen und dafür muss man sich nicht entschuldigen, Sibylla.»

Sie setzte sich wieder. Für einen kurzen Moment begegneten

sich ihre Blicke, und diesmal war es ihre Mutter, die ihren Blick zuerst abwandte.

Sibylla hatte jedoch klar und deutlich erfassen können, was dahinter gerade vor sich ging. Da war der reine, schiere Zorn darüber, dass ihre Tochter sie in diese peinliche Situation gebracht hatte. Und dass sie nichts dagegen tun konnte.

Sibylla sah wieder auf ihre Hände hinab.

Es klopfte an der Tür, und der Mann, der sie zum Sprechen bringen wollte, kam wieder herein. Er hielt eine braune Mappe in der Hand und stellte sich ans Fußende des Bettes.

«Sibylla. Da ist etwas, worüber deine Mutter und ich mit dir sprechen wollen.»

Er suchte den Blick ihrer Mutter, aber sie hatte ihn auf den Boden geheftet. Ihre Knöchel wurden ganz weiß, als sie die Hände um die Handtasche presste.

«Kann es sein, dass du einen Freund hast?»

Sibylla starrte ihn an. Er wiederholte seine Frage.

«Hast du einen Freund?»

Sie schüttelte den Kopf. Er machte ein paar Schritte und setzte sich zu ihr auf die Bettkante.

«Du musst wissen, dass diese Krankheit, die du hast, auch physische Ursachen haben kann.»

Aha.

«Wir haben ein paar Tests gemacht.»

Ja, das wusste sie.

«Und es hat sich herausgestellt: Du bist schwanger.»

Das letzte Wort hallte wie ein Echo in ihrem Kopf. Das Einzige, was sie vor sich sah, war die braun karierte Decke.

Auserwählt.

Nur sein. Nur ihr.

Zusammen.

Alles für eine Sekunde dieser Nähe.

Alles.

Sie sah ihre Mutter an. Die wusste es schon.

Der Mann, der sie zum Sprechen bringen wollte, legte seine Hand auf die ihre. Diese Berührung durchfuhr sie wie ein Schlag.

«Weißt du, wer der Vater des Kindes ist?»

Sie beide vereint. Zusammengekettet. Für immer.

Sibylla schüttelte den Kopf. Ihre Mutter sah zur Tür. Ihr ganzes Wesen sehnte sich nach draußen. Weg von hier.

«Du bist bereits in der siebenundzwanzigsten Woche, es gibt also keine andere Möglichkeit, als das Kind auszutragen.»

Sibylla legte die Hände auf ihren Bauch. Der Mann, der sie zum Sprechen bringen wollte, lächelte sie an, aber er sah nicht froh aus dabei.

«Wie fühlst du dich?»

Sie sah ihn an. Wie fühlst du dich?

«Deine Mutter und ich haben die Sache durchgesprochen.»

Sie sah ihre Mutter an. Deren Lippen waren ganz weiß geworden.

«Wir glauben, dass es das Beste für dich wäre, wenn wir schon jetzt entschieden, was wir tun wollen.»

Im Zimmer nebenan fing jemand zu schreien an.

«Weil du noch nicht mündig bist und deine Eltern dich am besten kennen, wiegen deren Ansichten schwer in dieser Angelegenheit. Und weil ich dein Arzt bin, denke ich, dass ihre Entscheidung ganz richtig ist.»

Sie starrte ihn an. Was für eine Entscheidung denn? Über ihren Körper konnten sie doch wohl nicht bestimmen?

«Wir denken, es ist für alle das Beste, wenn du das Kind zur Adoption freigibst.»

Bei Seven Eleven einzukaufen war ein Luxus, den sie sich nur selten gönnte. Die Preise lagen weit über dem Durchschnitt, aber im Moment galten die üblichen Regeln nicht. Sie brauchte etwas zu essen, damit sie ein paar Tage von der Bildfläche verschwinden konnte, und sie brauchte es so früh wie möglich, damit sie bereit war, sobald die Türen der Sofienschule geöffnet wurden. Bevor die Flure sich mit Schülerinnen und Schülern und neugierigen Lehrkräften füllten.

Kurz nach sieben wartete sie mit weißen Bohnen, Bananen, Joghurt und Knäckebrot eingedeckt darauf, dass der Hausmeister oder eine andere befugte Person die Pforte zur Glückseligkeit aufschließen würde.

Hier würde sie ihre Ruhe haben.

Um zwanzig nach sah sie von ihrem Aussichtsposten aus, dass die befugte Person ihre Pflicht tat, und sobald sie verschwunden war, überquerte Sibylla die Straße und ging zur Tür hinein. Alle Treppen hinauf und in den Flur. Sie begegnete niemandem unterwegs, aber wie in allen alten Steingebäuden hallten die Geräusche von anderen Stellen im Haus von den Wänden wider.

Die Tür zum Dachboden war noch am selben Platz wie früher. Zutritt für Unbefugte verboten. Unter dem Schild hatte irgendeine verantwortungsvolle Person ein handgeschriebenes Extraschild angebracht, das vor der Schadhaftigkeit des Fußbodens warnte und darauf hinwies, dass Einsturzgefahr bestehe.

Konnte es besser kommen?

Die Tür war mit einem gewöhnlichen Vorlegeschloss verschlossen, und jetzt hätte sie ihr Taschenmesser gebraucht. Das lag im Moment wahrscheinlich als Beweismaterial auf irgendeiner Polizeidienststelle. Sie seufzte. Die Öse war mit vier Kreuzschlitzschrauben an der Wand befestigt, und Sibylla bückte sich, um in ihrem Rucksack nach einem passenden Instrument zu suchen. Eine Nagelfeile müsste dazu taugen und so war es auch. Kaum hatte sie ein wenig an der oberen Schraube herumgestochert, fiel diese auch schon aus der Wand. Sie prüfte die anderen Schrauben. Die saßen ebenfalls locker. Das versetzte ihr einen winzigen Stich Misstrauen. Gab es außer ihr noch jemanden, der die schützende Abgeschiedenheit dieses Dachbodens kannte? Aber jetzt blieb keine Zeit zum Nachdenken. Das Stimmengemurmel in den Fluren unter ihr schwoll an. Sie steckte die Nagelfeile in die Tasche und öffnete die Tür. Drinnen führten ein paar Treppenstufen mit einem kleinen Geländer an der Seite nach oben. Sie trat ein und machte die Tür hinter sich zu.

Es sah nicht mehr so aus wie beim letzten Mal, als sie hier war. Das musste jetzt sechs, sieben Jahre her sein, und die Schule war seitdem renoviert worden. Im Treppenhaus war ihr das schon aufgefallen. Früher war der Dachboden voller Abfall und altem Gerümpel gewesen, aber offensichtlich hatte der mürbe Fußboden einer Reinigung bedurft. Nun lagen nur noch einzelne vergessene Schulbücher herum. Jetzt erinnerte sie sich auch, dass es damals Sommer und in dem schlecht isolierten Raum erstickend heiß gewesen war. War dieser Ort vielleicht deshalb in Vergessenheit geraten?

Jetzt würde die Wärme nicht zum Problem werden. Eher das Gegenteil.

Aber die Uhr war noch an ihrem alten Platz.

Die Uhr der Sofienschule war riesig, wenn man sie von hinten sah. Zwei Lampen, die man ebenfalls erst nach ihrem letzten Aufenthalt hier angebracht hatte, beleuchteten das Zifferblatt von innen. Damals war die Uhr kaputt gewesen, aber sie konnte schon jetzt sehen, dass sich der Minutenzeiger weiterbewegt hatte, seitdem sie hier war. Für einen kurzen Moment wurde sie wieder unruhig. Wie oft musste man solch eine Riesenuhr stellen?

Energisch drängte sie ihre Unruhe beiseite. Wenn sie ihre Sachen an der gegenüberliegenden Wand auspackte, hätte sie durchaus Zeit, sich zu verstecken, falls wider Erwarten ein Uhrensteller kommen und sie überraschen sollte.

Kurze Zeit später hatte sie ihre Isomatte und ihren Schlafsack ausgerollt. Die Unterhosen und das Handtuch, die noch immer feucht waren, hängte sie an einem Kabel auf. In der Nacht, wenn das Haus leer wäre, würde sie den Personalraum auskundschaften und die Dusche benutzen. Dann könnte sie die Sachen noch einmal waschen, denn wenn die erst einmal stockig würden, wären sie nie mehr sauber zu kriegen.

Sie fühlte sich immer noch schmutzig. Thomas' Hände hafteten ihr wie ein Schmierfilm an, obwohl sie außer Reichweite waren. Ob er schon aufgewacht war und ihr Verschwinden bemerkt hatte? Und was er wohl machte, wenn er es entdeckte?

Jetzt saß sie also hier.

Auf einem Dachboden versteckt.

Gekränkt, verleumdet und vernichtet.

Sie hätte im Lauf der Jahre viele Gründe dafür gehabt aufzugeben, aber irgendetwas hatte sie immer weiterkämpfen lassen.

Nun hatte sie am Ende vielleicht doch einen hinlänglich triftigen Grund erhalten nachzugeben? Vielleicht wäre das sogar ganz angenehm? Ein letzter und endgültiger Beweis dafür, dass sie tatsächlich ein Irrtum war?

Sie hörte das Gemurmel der Schülerinnen und Schüler, die sich im Haus unter ihr versammelten.

Sibylla, Sibylla, Gesicht wie ein Gorilla. Verjubelt Omas Villa. Wir schmeißen sie auf den Müll da.

Vielleicht hatten sie Recht gehabt? Vielleicht war es so?

Vielleicht hatte man ihre Minderwertigkeit in ihrer Kindheit schon von weitem riechen können und dann waren die Leute nur ihrem Instinkt gefolgt. Dass sie irgendwo dazugehören sollte, war gar nie vorgesehen gewesen. Das war allen von Anfang an klar gewesen. Allen außer ihr selbst, der man es erst hatte beibringen müssen. Ihr beharrlicher Kampf für etwas Besseres war vielleicht nur eine gestohlene und eigentlich nicht für sie gedachte Extrazeit. Sie und Heino und die anderen waren vielleicht nur dafür geschaffen, das Unterholz der Gesellschaft zu bilden. Damit der Normalbürger im Vergleich zu ihnen ein wenig Zufriedenheit mit seiner Lebenssituation empfand. Seinen Erfolg an ihrem Versagen maß.

Es konnte immer noch schlimmer kommen!

Ihre Aufgabe war es vielleicht, im Organismus der Gesellschaft das Gleichgewicht herzustellen. Die Spreu wurde bereits von Anfang an vom Weizen getrennt. Sodass sie sich daran gewöhnen konnten, gar nicht erst zu viel zu verlangen.

Sie legte sich auf ihre Isomatte. Eine Schulglocke klingelte und es wurde still im Haus.

Es wäre so leicht, einfach aufzugeben. Ihre Zugehörigkeit zur Spreu zu akzeptieren und sich zu erlauben unterzugehen. Sie dachte nicht daran, von sich aus zur Polizei zu gehen, nie im Leben, es gab schließlich noch andere Möglichkeiten aufzugeben.

Und schaffte sie es nicht bis zur Västerbron, ließe es sich sicherlich auch hier oben auf dem Dachboden bewerkstelligen.

Z*wei Wochen später hatte* sie nach Hause fahren dürfen. In dem großen Haus herrschte ein undurchdringliches Schweigen. Gun-Britt war entlassen worden und Sibylla schwante, dass sie hatte gehen müssen, weil ihre Mutter die Schande, die der wachsende Bauch ihrer Tochter darstellte, nicht ertragen konnte. Kein Auge sollte ihn, so nicht absolut nötig, wahrnehmen dürfen.

Spaziergänge waren streng verboten. Nach Einbruch der Dunkelheit war es ihr erlaubt, sich im Garten aufzuhalten, aber nur auf der richtigen Seite des Zauns.

Ihr Vater hielt sich die meiste Zeit in seinem Arbeitszimmer auf. Sie hörte manchmal seine Schritte auf dem Steinfußboden am unteren Ende der Treppe.

Die Mahlzeiten nahm sie auf ihrem Zimmer ein. Sie hatte das selbst so gewollt, nachdem sie, eben erst wieder zu Hause, ein stummes und trotzdem viel sagendes Mahl an der Seite ihrer Eltern durchlitten hatte. Aber konnte sie ihnen denn Vorwürfe machen? Sie war genau das Gegenteil dessen geworden, was sie von ihr erwartet hatten. Kein Prachtexemplar, das sie stolz vorweisen konnten und das den Erfolg und den Rang der Familie Forsenström bestätigte, sondern eine Schande, ein vollendeter Fehlschlag, der vor den schadenfrohen Blicken der Bewohner von Hultaryd verborgen werden musste.

Nein, sie aß gern für sich allein auf ihrem Zimmer.

An Micke hatte sie nicht sehr oft gedacht. Er war ein Traum, den sie geträumt hatte. Jemand, dem sie in einer anderen Zeit begegnet war. Jetzt gab es ihn nicht mehr.

Nichts, was es einmal gegeben hatte, war noch so wie früher.

Von nun an war alles anders.

Sie war geisteskrank gewesen.

Sie war eine andere. Eine, die im Kopf krank gewesen war. Nichts konnte jemals mehr so sein wie früher. Sie hatte Dinge erlebt, die sie nie mit jemandem würde teilen können. Niemand würde sie verstehen. Niemand würde sie verstehen wollen.

Aber irgendwo in ihrem Inneren steckte das Gefühl, dass es ungerecht war. Es wurde mit jedem Tag stärker, und am Ende war sie ganz davon erfüllt.

Sie wollte auch nicht hier sein.

Wenn sie könnte, würde sie die Eltern gern verlassen.

Jegliche Schuld wurde ihr aufgeladen, und sie wollte nichts

lieber, als von diesen enttäuschten Blicken verschont bleiben. Stattdessen saß sie wie eine Gefangene da, ihr Bauch wuchs und sie wartete und wartete.

Worauf?

Worauf wartete sie?

Sie war ein willenloses Werkzeug, das gerade den Wunschtraum zweier unbekannter werdender Eltern produzierte.

Mit ihrem Körper.

Plötzlich lag allen dermaßen an ihrem Wohlbefinden! Sogar ihre Mutter gab sich Mühe, so gut sie konnte. Der wachsende Bauch war ein Schutz, hinter dem sie sich verstecken konnte. Was aber passierte, wenn er verschwunden wäre?

Was würde dann aus ihr werden?

Zur Adoption freigeben.

Freigeben bedeutete, dass sie etwas verlieren würde. Aber Adoption, das war nur ein Wort. Wie Prozent oder Demokratie.

Das Wort besaß keinen Wert. Keinen Inhalt.

Sie sollte das, was ohne Erlaubnis in ihren Körper eingezogen war und ihren Bauch wachsen ließ, zur Adoption freigeben. Wenn sie still saß oder auf dem Bett lag, konnte sie spüren, wie es sich in ihr bewegte. Gegen die gespannte Haut ihres Bauches trat, als ob es kundtun wollte, dass es da drinnen sei.

Es klopfte an der Tür.

Sibylla wandte den Kopf und sah auf dem Wecker, dass Essenszeit war.

«Herein.»

Ihre Mutter brachte ein Tablett und stellte es auf den Schreibtisch. Sibylla war sofort klar, dass sie etwas auf dem Herzen hatte. Das Abliefern des Tabletts ging normalerweise ziemlich schnell vor sich, aber heute blieb ihre Mutter noch im Zimmer und gab sich ungewöhnlich viel Mühe mit dem Aufdecken.

Sibylla hatte auf dem Bett gelegen und gelesen. Sie setzte sich auf und musterte den Rücken ihrer Mutter.

«Du hast gestern das Gemüse zurückgehen lassen. Es ist wichtig, dass du es isst.»

«Warum denn?»

Ihre Mutter hielt mitten in einer Bewegung inne. Es dauerte einige Sekunden, bis sie antwortete.

«Es ist wichtig ...»

Sie räusperte sich.

«... für das Kind.»

Aha. Für das Kind. Das Wort war ihr nur schwer über die Lippen gekommen. Das sah man sogar ihrem Rücken an.

Sibylla wurde plötzlich böse.

«Und warum ist es so wichtig, dass es ihm gut geht?»

Ihre Mutter drehte sich langsam um.

«Ich war es nicht, die sich ein Kind hat machen lassen. Und nun übernimmst du auch die Verantwortung für deine Taten!»

Sibylla schwieg. Es war zu viel, was sie hätte sagen können.

Ihre Mutter versuchte sich wieder zu sammeln. Es war sichtlich nicht das Gemüse, worüber sie hatte sprechen wollen, sie war damit nur auf ein unglückliches Nebengleis geraten. Sibylla sah, wie sie Anlauf nahm, um auf ihr eigentliches Anliegen zu sprechen zu kommen.

«Ich will, dass du mir sagst, wer der Vater des Kindes ist.»

Sibylla antwortete nicht.

«Ist es der mit dem Auto? Dieser Mikael Persson? Ist er es?»

«Er kann es gewesen sein. Wieso? Spielt das eine Rolle?»

Sie konnte es nicht lassen. Ihre Mutter tat alles, um ihren Zorn unter Kontrolle zu halten, doch Sibylla dachte nicht daran, ihr zu helfen. Nicht mehr.

«Ich will dir nur sagen, dass er nicht mehr in Hultaryd ist. Das Vereinslokal gehörte deinem Vater und er hat beschlossen, das Haus abreißen zu lassen. Dieser Mikael ist von hier weggezogen.»

Sibylla konnte nicht umhin zu lächeln. Nicht weil VMIJ abgerissen werden sollte, sondern weil sie sich zum ersten Mal den Gedanken zu Ende zu denken traute, dass ihre Mutter nicht alle Tassen im Schrank hatte: Sie glaubte wirklich, sie sei allmächtig!

«Ich wollte dir das nur sagen.»

Jetzt hatte sie offensichtlich zu Ende gesprochen und wollte das Zimmer verlassen. Auf halbem Weg fragte ihre Tochter:

«Warum hast du dir ein Kind angeschafft?»

Beatrice Forsenströms linker Fuß blieb am Teppich kleben. Sie drehte sich um. Plötzlich entdeckte Sibylla in den Augen ihrer Mutter etwas Neues. Etwas, was sie noch nie gesehen hatte. Was vorher nie da gewesen war.

Sie hatte Angst vor ihr.

Vor ihrer eigenen Tochter.

«War es, weil Großmutter meinte, ihr solltet ein Kind haben?»

Ihre Mutter blieb stumm.

«Freust du dich, dass du Mutter bist? Dass du eine Tochter hast?»

Sie sahen sich an. Sibylla spürte, wie sich das Kind in ihrem Bauch bewegte.

«Was sagt Großmutter dazu, dass ich geisteskrank bin? Oder hast du gar nichts davon erzählt?»

Plötzlich begann die Unterlippe ihrer Mutter zu beben.

«Warum tust du mir das an?»

Sibylla schnaubte.

«Warum ICH dir das antue? Verdammt nochmal, du spinnst doch!»

Der Fluch schien Beatrice Forsenström wieder ins Gleichgewicht zu bringen.

«Solche Wörter benutzen wir in diesem Hause nicht.»

«Nein. Du vielleicht nicht. Aber ICH schon. VERDAMMT, VERDAMMT, VERDAMMT.»

Ihre Mutter ging rückwärts zur Tür. Jetzt würde sie hinunterlaufen und im Krankenhaus anrufen: Sie habe eine Verrückte im Haus.

«Lauf nur und ruf an. Dann wirst du mich vielleicht ein für alle Mal los.»

Sie hatte jetzt die Tür aufbekommen.

«Derweil esse ich mein Gemüse auf, denn wir wollen ja nicht, dass es dem Kind schlecht ergeht.»

Beatrice warf ihr einen letzten entsetzten Blick zu und verschwand außer Sichtweite. Als Sibylla sie die Treppe hinunterfliehen hörte, stürzte sie ihr in den oberen Flur nach. Sie sah ihre Mutter durch die Diele in Richtung Direktor Forsenströms Büro verschwinden.

«Du hast vergessen, meine Frage zu beantworten!», rief sie ihr nach.

Sie bekam keine Antwort.

Sibylla kehrte in ihr Zimmer und zu dem Tablett mit dem Essen zurück. Gekochte Karotten und Erbsen. Sie ergriff den Teller mit beiden Händen und schmiss ihn in den Papierkorb. Daraufhin holte sie eine Tasche hervor und begann zu packen.

Sie wachte davon auf, dass er die Tür öffnete. Noch ehe sie sich vom Fleck rühren konnte, war er die paar Treppenstufen hochgestiegen und stand ein paar Sekunden lang still, bevor er weiterging.

Er hatte sie nicht entdeckt.

Sie lag mucksmäuschenstill und beobachtete ihn.

Blond, schmächtig und mit Stahlbrille.

Er stieg auf das kleine Podest vor der Uhr und legte das Gesicht ans Zifferblatt. Die Arme streckte er seitlich aus, sodass er im Gegenlicht aussah wie eine Jesusgestalt mit Antennen.

Es war zwei Minuten vor zwölf.

Ohne sich zu bewegen sah sie sich um.

Sie würde wohl zur Tür hinauskommen, aber dann müsste sie ihr Gepäck zurücklassen.

Es sah gefährlich aus, wie er dastand. Wenn er das Gleichgewicht verlor, würde er geradewegs durchs Zifferblatt hinausstürzen.

Die Sekunden vergingen. Die längere der Antennen Jesu sprang einen Schritt weiter.

Sie wagte kaum zu atmen, um sich nicht zu verraten.

Schließlich nahm er die Arme herunter und ließ sie hängen. Im nächsten Moment drehte er sich um und entdeckte sie.

Sie sah, dass er Angst bekam. Angst bekam und ein wenig verlegen wurde, weil ihn jemand beobachtet hatte.

Keiner sagte etwas, aber sie ließen sich nicht aus den Augen. Sie konnte sein Gesicht nicht richtig erkennen, das Gegenlicht verwischte seine Gesichtszüge.

Wie um alles in der Welt sollte sie hier herauskommen? Er machte keinen besonders kräftigen Eindruck und er durfte unter keinen Umständen den Dachboden verlassen, ohne dass sie mit ihm hatte reden können. Sie setzte sich langsam auf. Wenn sie aufstünde, würde sie vielleicht bedrohlich wirken.

«Was machst du denn?», fragte sie vorsichtig.

Er antwortete nicht sofort, aber sie merkte, dass seine Abwehr eine Spur schwächer wurde.

«Nichts Besonderes.»

«Ach, tatsächlich? Das hat von hier aus aber ziemlich gefährlich ausgesehen.»

Er zuckte die Schultern.

«Und du. Was machst du hier?»

Ja. Was mache ich hier?

«Ich habe mich ein bisschen ausgeruht.»

Das stimmte auf jeden Fall.

«Bist du 'ne Pennerin oder was?»

Sie lächelte verhalten. Hier ging es direkt zur Sache. Normalerweise versuchten die Leute das Elend zu beschönigen.

«Im Moment penne ich ja nicht.»

«Ja schon, ich meine, so 'ne Obdachlose. Die keine Wohnung hat.»

Warum sollte sie es leugnen? Es gab keine andere hieb- und stichfeste Erklärung für ihre Anwesenheit.

«Ja. Gut möglich.»

Er stieg von dem Podest herunter.

«Cool. Das werde ich auch, wenn ich mit der Schule fertig bin.»

Sie sah ihn an.

«Warum denn?»

«Ist doch wohl echt scharf. Niemand will was von einem oder sagt einem, was man zu tun hat.»

Ja. So konnte man das natürlich auch sehen.

«Wenn du von so was träumst, gibt es sicherlich bessere Möglichkeiten, auf die du setzen kannst.»

«Meinst du», sagte er und grinste.

Sie war sich immer noch nicht ganz sicher, ob er sie auf den Arm nahm.

«Bist du auch ein Junkie?»

«Nein.»

«Ich dachte, Obdachlose seien alle Junkies. Ist man denn nicht deswegen obdachlos? Meine Mutter behauptet das.»

«Mütter wissen nicht alles.»

«Nein. Ich weiß.»

Er schnaubte, als er dies sagte, und sie konnte sehen, dass er keine Angst mehr hatte. Er kam jetzt zu ihr her und sie stand auf.

«Ist das alles, was du hast?»

«Ja. Das kann man wohl sagen.»

Sein Blick schweifte über die Isomatte und den Rucksack, und sie folgte seinem Blick. Der Junge wirkte nahezu beeindruckt.

«Obercool.»

Es war ein eigenartiges Erlebnis, ausnahmsweise einmal als Vorbild betrachtet zu werden, aber nun hatten sie genug über sie geredet.

«Was treibst du denn hier oben? Weißt du nicht, dass der Fußboden einbrechen kann?»

«Ja, Hilfe, wie gefährlich!»

Um zu veranschaulichen, wie wenig ihn das kratzte, hüpfte er ein paar Mal. Sie legte ihre Hand auf seinen Arm.

«Hör auf. Wäre doch unerfreulich, wenn du durchkrachen würdest.»

«Ach was!»

Er zog seinen Arm zurück, hörte aber auf zu hüpfen. Sie sah ihn eine Weile schweigend an. Sein plötzliches Auftauchen in ihrem Versteck war eine Bedrohung. Die Frage war nur, wie ernst diese war? Bevor er ging, musste sie das herausfinden. Sie hob eine zerknitterte Blaumatrize vom Fußboden auf, um ihre Frage weniger dringlich erscheinen zu lassen.

«Kommt ihr oft hier rauf?»

Er zögerte ein bisschen zu lange, bevor er antwortete.

«Manchmal.»

Er log, aber sie konnte nicht genau sagen, warum.

«In welche Klasse gehst du?»

«In die achte.»

«Und wo sind die anderen ? Kommen die auch hier rauf?»

Er schüttelte den Kopf. Da fiel der Groschen. Es war nur er. Nur er kam oft hierher. Sonst niemand.

«Dann warst das also du, der die Schrauben am Schloss präpariert hat?»

Er holte Luft und antwortete gleichzeitig:

«Juup.»

Sie verstand. Auch einer aus der Spreu. Einer, den die homogene Masse bereits ausgesondert hatte.

«Gefällt es dir denn hier? Macht die Schule Spaß?»

Er sah sie an, als ob sie nicht ganz richtig im Kopf wäre.

«Ja. Mordsspaß.»

Gegenteilsprache. Die war ihr schon früher begegnet. Alle Jugendlichen schienen sich heutzutage so auszudrücken. Jedenfalls die wenigen, mit denen sie gesprochen hatte.

Er kickte ein Buch, das vor seinem Fuß lag, beiseite. Es prallte gegen ihre Isomatte und blieb liegen. Mathematik, Kurs 3.

«Kriegst du Sozialhilfe oder so was?»

Sie schüttelte den Kopf. Er hatte sich über seine künftigen Rechte als Obdachloser anscheinend schon schlau gemacht.

«Was isst du denn? Sag bloß nicht, dass du dich aus Mülltonnen und so ernährst.»

Er sah angeekelt drein.

«Das ist auch schon vorgekommen.»

«Igitt, wie eklig.»

«Das wirst du auch noch zu schmecken bekommen, wenn du auf eine solche Zukunft setzt.»

«Man kann doch Stütze kriegen. Für Fressalien und so.»

Sie vermochte nicht zu antworten. Sie hätte ihm sagen können, dass es dann weiterhin Leute gäbe, die sagten, was er zu tun und zu lassen habe.

Die Schulglocke läutete. Er schien sie nicht zu hören.

«Obwohl, ich weiß nicht. Vielleicht sollte ich lieber einen Job beim Fernsehen anpeilen?»

«Fängst du jetzt nicht an?»

Er zuckte die Schultern.

«Schon.»

Er seufzte und machte ein paar Schritte auf den Ausgang zu. Sie war sich immer noch nicht sicher, ob er sie nun verraten würde oder nicht. Allmählich eilte es und ihr wurde klar, dass es das Einfachste wäre, ihn zu fragen.

«Wirst du was sagen?»

«Worüber?»

«Über mich. Dass ich ein Weilchen hier schlafe.»

Auf diesen Gedanken war er offensichtlich noch gar nicht gekommen.

«Warum sollte ich?»

«Weiß nicht.»

Er stieg die paar Treppenstufen hinunter.

«Wie heißt du?»

Er wandte sich zu ihr um.

«Lapsus. Und du?»

«Sylla. Hast du dir diesen Spitznamen selbst ausgedacht?»

Er zuckte die Schultern.

«Weiß ich nicht mehr.»

Er hatte die Hand auf die Klinke gelegt.

«Und wie heißt du wirklich?»

«Mann, sind wir hier beim Quiz oder was?»

Sie machte eine ausholende Handbewegung. Sie hatte keine Ahnung, was er meinte.

«Ich habe ja nur gefragt.»

Er seufzte und ließ die Klinke los, drehte sich um und sah sie an.

«Patrik. Patrik heiße ich.»

Sie lächelte ihn an, und nach kurzem Zögern erwiderte er das Lächeln. Er drehte sich um und legte erneut die Hand auf die Klinke.

«Na denn.»

«Tschüs, Patrik. Vielleicht sehen wir uns nochmal?»

Im nächsten Moment war er weg.

Na klar. Natürlich war sie wieder zurückgebracht worden. Nur wenige Stunden nach dem Gemüsezwischenfall hatte draußen auf dem Kiesweg ein Auto gehalten. Eine Minute darauf hörte sie die Türglocke.

Als Beatrice Forsenström öffnete, saß Sibylla mit ihrer gepackten Tasche bereits auf der obersten Treppenstufe.

Niemand beachtete sie.

«Vielen Dank, dass Sie so schnell gekommen sind.»

Ihre Mutter hielt die Tür auf, damit sie eintreten konnten. Der Jüngere der beiden sah sich in der prächtigen Diele um. Er war sichtlich beeindruckt. So als ob er sich wunderte, wie man in einem solchen Haus geisteskrank werden konnte.

Ihre Mutter zerstreute rasch alle Zweifel.

«Ich werde einfach nicht mehr fertig mit ihr. Sie ist völlig unmöglich.»

Der andere Mann nickte ernsthaft.

«Können Sie beurteilen, ob sie wieder psychotisch geworden ist?»

«Ich weiß nicht. Sie bricht in Anklagen aus, und dabei weiß ich, dass sie sich nicht aufregen darf, aber ...»

Ihre Mutter legte die Hand vor die Augen. Sibylla hörte die Tür zum Arbeitszimmer aufgehen, und noch ehe ihr Vater unten am Treppengeländer auftauchte, konnte sie seine Hausschuhe über den Steinfußboden patschen hören. Er ging auf die Männer zu und reichte ihnen die Hand.

«Henry Forsenström.»

«Håkan Holmgren. Wir kommen, um Sibylla abzuholen.»

Ihr Vater nickte.

«Ja», seufzte er. «Das ist wohl am besten so.»

Sibylla stand auf und ging die Treppe hinunter.

«Ich habe gepackt und bin so weit.»

Aller Blicke richteten sich auf sie. Ihre Mutter trat einen Schritt näher zu ihrem Gatten, der beschützend seinen Arm um sie legte. Womöglich hatten sie Angst, ihre Tochter könnte einen Anfall bekommen. Als sie unten war, teilte sich das Grüppchen, um sie durchzulassen. Draußen auf der Treppe blieb sie stehen und drehte sich um. Keiner der Männer hatte sich gerührt.

«Warten wir auf was Besonderes?»

Der mit Namen Håkan Holmgren folgte ihr.

«Nein, wir fahren jetzt. Hast du alles gepackt, was du brauchst?»

Sibylla antwortete nicht. Sie kehrte ihnen den Rücken zu und ging zu dem Auto, das unten an der Treppe geparkt war. Wortlos öffnete sie die Tür und setzte sich auf den Rücksitz.

Es dauerte etwas, bis sie Gesellschaft bekam. Sie mussten wohl erst einen neuen Lagebericht entgegennehmen, bevor sie sich auf den Weg machten.

Sie sah sie keinmal mehr an.

Mochten sie doch dort auf ihrem verdammten Steinfußboden stehen und sie verleumden!

Schon nach wenigen Tagen bekam sie ein eigenes Zimmer. Als sie die Station betreten hatte, war einer der anderen Patientinnen sofort klar gewesen, dass sie die Jungfrau Maria sei und in ihrem Bauch ein neues Jesuskind wachse. Das durfte sie gern glauben, wenn sie wollte, aber schließlich hatte das Personal das ewige Lamento über die Vergebung der Sünden satt und die effektivste Lösung war, Sibylla ein eigenes Zimmer zu geben. Bei sich dankte sie der kranken Frau für ihren Einsatz und zog dankbar die Tür hinter sich zu.

Es war ihr am allerliebsten, wenn man sie einfach in Ruhe ließ.

Der Bauch wuchs.

Ab und zu kam eine Hebamme und horchte ihn mit einem Holztrichter ab, um sich zu vergewissern, dass mit dem, was dort drinnen wuchs, alles zum Besten stand. Das tat es offensichtlich, denn sie kam nicht sehr oft. Sibylla bekam ein Buch über Schwangerschaft und Geburt zum Lesen. Das verstaute sie in dem mit Rädern versehenen Nachtschränkchen.

Nun durfte sie sogar auf dem Krankenhausgelände allein spazieren gehen; es war nämlich gut, wenn sie sich bewegte. Sie verbrachte täglich mehrere Stunden draußen. Wenn sie am äußeren Zaun entlangging, war es ein ganz passabler Spaziergang. Die weißen Steinhäuser waren von außen wirklich schön anzusehen, jedenfalls von weitem, und wenn sie blinzelte, konnte sie sich fast vorstellen, in einem Schlosspark zu sein.

Der Mann, der sie zum Sprechen bringen wollte, kam ebenfalls nicht sehr oft. Er hatte wohl kränkere Patienten, die ihn brauchten. Sie war ja nicht mehr verrückt, nur schwanger. Und er konnte ja nichts dafür, dass dies in dem Haus, aus dem sie kam, im Grunde ein und dasselbe war.

Nein, im Großen und Ganzen erwartete man von ihr, dass sie für sich selbst sorgte.

Es waren eigentlich noch zwei Wochen hin, als die erste richtige Wehe kam. Ein Schmerz, so intensiv wie ein plötzlicher Hammerschlag. Und dann wieder weg. Sie war allein in ihrem Zimmer und legte sich vor Schreck wie gelähmt auf ihr Bett. Was geschah ihr da bloß? Und dann wieder dieser Schmerz. Heftig und kompromisslos. Irgendetwas in ihr war entzweigegangen.

Dann quoll eine Flut zwischen ihren Beinen hervor. Nun würde sie sterben. Nun würde sie doch noch ihre Strafe erhalten. Es war etwas entzweigegangen, und jetzt strömte das Blut aus ihr heraus.

Als der Schmerz wieder abklang, sah sie auf ihre Beine hinunter. Da war gar kein Blut. Hatte sie sich vielleicht versehentlich angepinkelt?

Bei der nächsten Schmerzwelle schrie sie laut. Eine Minute darauf ging die Tür auf und eine Pflegerin kam hereingestürzt. Sie befühlte das nasse Laken und Sibylla schämte sich.

«Helfen Sie mir bitte. Ich bin entzweigegangen.»

Die Person lächelte sie jedoch nur an.

«Beruhigen Sie sich, Sibylla. Sie kommen mit dem Kind nieder. Warten Sie, ich telefoniere nach einem Transport.»

Sie eilte wieder hinaus. Transport? Wohin würden sie sie denn transportieren?

«Viel Glück, Sibylla.»

Diese Worte klangen ihr in den Ohren, als man die Krankentrage, auf der sie lag, in einen Ambulanzwagen schob.

Jetzt lag sie allein in einem Zimmer eines anderen Krankenhauses.

«Sollen wir Ihren Mann anrufen?»

Sie hatte den Kopf geschüttelt, worauf ein unsicheres Schweigen folgte.

«Möchten Sie, dass wir jemand anders anrufen?»

Sie hatte nicht geantwortet, sondern die Augen zugemacht, um zu versuchen, die nächste Schmerzwelle abzuwehren, aber sie hatte keine Chance. Nichts, was sie tat, konnte diesem unerträglichen Schmerz, der von ihr Besitz ergriffen hatte, Einhalt gebieten. Sie war jetzt nur noch Körper. Ein Körper, ganz jener Kraft unterstellt, die ein ausreichend großes Loch in sie zu brechen versuchte, um das herauszulassen, was sich in ihr befand. Sie hatte dabei nichts zu sagen. Ihr war jeglicher eigener Wille genommen, sie war dieser ungezügelten, zielgerichteten Kraft ausgeliefert, die ihr keine Ruhe mehr lassen würde, bis sie bekommen hätte, was sie wollte.

Sie sollte Leben schenken.

An der Wand gegenüber hing eine weiße Wanduhr. Der einzige Beweis dafür, dass die Welt irgendwo weiterging, war, dass der Minutenzeiger in regelmäßigen Abständen einen Schritt vorrückte.

In langen Abständen.

Die Stunden vergingen.

Ab und zu kam jemand herein und sah nach ihr. Im Raum nebenan konnte sie eine andere Frau schreien hören.

War es ihrer Mutter genauso ergangen, als sie geboren wurde? Hatte sie sie deshalb nie akzeptieren können? Wie konnte man je verlangen, geliebt zu werden, wenn man jemandem so viel Schmerz bereitet hatte?

Nachdem sich der Minutenzeiger ganz gemächlich vier Runden um das Zifferblatt gedreht hatte und Sibylla vor Anstrengung fast bewusstlos war, kamen sie herein und steckten noch einmal die Finger in sie. Jetzt war es so weit. Sie hatte sich zehn Zentimeter weit geöffnet. Sie mussten falsch gemessen haben. Ihr Körper war aufgelöst. Er hielt nicht mehr zusammen.

Sie wurde auf einen Gebärstuhl gesetzt und, die Beine weit gespreizt und ihren Unterleib offen der Umwelt dargeboten, angewiesen zu pressen.

Sie versuchte es ihnen recht zu machen, aber wenn sie ihnen gehorchte, würde sie gänzlich zerspringen. Vom Kinn bis zum Genick. Sie bat und bettelte, von diesem Schmerz verschont zu werden, aber sie standen ebenfalls im Dienst dieser Kraft. Sie würden sie nicht davonkommen lassen.

Und dann sagten sie plötzlich, dass der Kopf zu sehen sei. Sie müsse jetzt versuchen dagegenzuhalten.

Ein Kopf. Sie sahen einen Kopf. Es kam ein Kopf aus ihr heraus.

Noch einmal, Sibylla, dann ist es geschafft. Plötzlich waren im Zimmer Kinderschreie zu hören und der ungestüme Schmerz klang ab. Verließ sie genauso plötzlich, wie er gekommen war.

Sie wandte den Kopf und erhaschte einen Blick auf ein dunkelhaariges Köpfchen, das auf dem Arm einer Schwester zur Tür hinaus verschwand.

Der Minutenzeiger rückte weiter. So regelmäßig, als ob alles so wäre wie immer.

Es war soeben ein Mensch aus ihr herausgekommen.

Ein kleiner Mensch mit einem kleinen Kopf mit dunklen Haarsträhnen.

Ohne Erlaubnis hatte er in ihr zu wachsen begonnen und ohne Erlaubnis hatte er sich jetzt herausgesprengt, um sie zu verlassen.

Den Kopf schwer an die Rückenlehne gelegt und die Beine noch immer auf dem Gebärstuhl gespreizt, sah sie den Minutenzeiger einen Schritt in der Zeit weiterrücken.

Und sie fragte sich, warum nie jemand sie um Erlaubnis gebeten hatte.

Auf dem kalten Dachboden vergingen die Tage und Nächte. Die großen Zeiger bewegten sich Runde um Runde um das weiße Zifferblatt.

Sie hatte einen Duschraum gefunden, zu dem man keinen Schlüssel brauchte, und sie schlich sich jede Nacht dorthin. Stand lange unter dem warmen Strahl. Langsam taute das Wasser sie auf, aber gegen die Verzagtheit konnte es nichts ausrichten.

Im ersten Impuls hatte sie packen und verschwinden wollen, sobald ihr unverhoffter Gast gegangen war.

Doch wohin sollte sie gehen?

Ratlos und aus purer Erschöpfung war sie geblieben.

Sie hatte keine Lust mehr.

Mochte kommen, was wollte!

Als extra Vorsichtsmaßnahme hatte sie ihre Sachen trotzdem

woandershin getan und sich hinter den Schornstein gelegt. Dadurch hatte sie es zwar weiter bis zur Tür, aber sie könnte wenigstens nicht mehr derart überrumpelt werden.

Am dritten Tag kam er wieder. Sie hörte die Tür auf- und zugehen, lag mucksmäuschenstill und horchte.

«Sylla?»

Das war er. Sie entspannte sich etwas. Aber sie konnte die Tür nicht sehen und wusste deshalb nicht, ob er allein war.

«Sylla. Ich bin es, Lapsus … Patrik. Bist du da?»

Sie lugte hinter dem Schornstein hervor. Seine Miene erhellte sich, als er sie entdeckte. Er war allein.

«Mann. Ich habe schon befürchtet, dass du weitergezogen bist.»

Sie seufzte und stand auf.

«Ich wollte schon, aber freie Schlafplätze gibt es nicht wie Sand am Meer.»

Erst jetzt sah sie, dass er eine Isomatte unterm Arm trug und einen voll gepackten Rucksack geschultert hatte.

«Wohin des Wegs?»

«Hierher.»

«Hierher?»

«Ja. Ich wollte heute Nacht hier pofen, wenn du nichts dagegen hast.»

Sie schüttelte resigniert den Kopf.

«Warum denn?»

«Super. Ich möchte wissen, wie das ist.»

Sie seufzte und sah sich um.

«Das ist kein Spiel, Patrik. Ich schlafe nicht hier, weil ich das so toll finde.»

«Warum machst du es dann eigentlich?»

Sie spürte einen winzigen Stich Gereiztheit.

«Weil ich im Moment sonst nirgendshin kann.»

Er setzte den Rucksack ab. Offensichtlich hatte er das Gefühl, sie überzeugen zu müssen, denn im nächsten Moment hatte er eine Tüte mit Gegrilltem in der Hand.

«Spareribs. Magst du die?»

Sie konnte nicht umhin, ihn anzulächeln. Er hatte sogar eine Bestechung parat! Nun hielt er den Kopf schräg und wiederholte seine Frage:

«Ich kann doch heute Nacht hier schlafen?»

Sie machte eine ausholende Armbewegung.

«Nun, ich kann dich kaum daran hindern. Was sagen denn deine Eltern dazu, wenn du nicht nach Hause kommst?»

«Ach!»

Plötzlich wurde sie unruhig. Er hatte ihnen doch hoffentlich nichts von seinen Plänen erzählt?

«Wissen sie, dass du hier bist?»

Er sah sie mit einem Bist-du-nicht-ganz-bei-Sinnen-Blick an.

«Mein Vater fährt die ganze Nacht Taxi und meine Mutter ist zu einem Kurs.»

«Weiß sonst jemand, dass du hier bist?»

Er seufzte.

«Mann, was bist du unruhig! Nein, niemand.»

Du wärst auch unruhig, wenn du wüsstest, dass du die Nacht mit einer gesuchten Ritualmörderin auf demselben Dachboden verbringen wirst.

«Okay. Willkommen!»

Er ließ sich nicht lange bitten. Sah sich sofort nach einem geeigneten Platz um, wo er seine Sachen ausbreiten konnte, und entschied sich schnell für das Podest unter der Uhr. Sie beobachtete ihn, als er eifrig auspackte und sich seinen Schlafplatz zurechtmachte. Ihrerseits zog sie ihre Isomatte auf die andere Seite des Schornsteins, sodass sie sich von ihren Nachtlagern aus sehen konnten. Als er fertig war, betrachtete er voller Begeisterung sein Werk, setzte sich und sah sie erwartungsvoll an.

«Hast du Hunger?»

Und wie! Weiße Bohnen schmeckten auf die Dauer nicht besonders.

«Wenn du so viel hast, dass es reicht.»

Er riss die Grilltüte auf und legte sie vor sich auf den Fußboden. Dann zauberte er aus dem Rucksack Kartoffelsalat, eine Tüte Chips und zwei Dosen Coca-Cola hervor.

«Bitte schön!»

Welch ein Fest! Sie setzte sich zu ihm. Er schien genauso hungrig zu sein wie sie und sie aßen schweigend. Die Spareribs wurden sorgfältig abgenagt, bevor sie sie neben die noch nicht gegessenen auf die Grilltüte zurücklegten. Als die beiden Häufchen allmählich gleich groß waren, war Sibylla so pappsatt, dass sie sich zurücklehnen musste.

«Bist du schon satt?», platzte er verwundert heraus. «Wo ich doch extra viel gekauft habe!»

«Ja, das sehe ich. Wir können sie für morgen aufheben.»

Er warf einen Blick auf ihren Bauch.

«Dein Magen ist vielleicht schon geschrumpft», sagte er mit vollem Mund. «Das passiert, wenn man gewohnt ist, wenig zu essen.»

Ja. Womöglich stimmte das. Sein Magen war davon eindeutig nicht betroffen, denn er machte sich über ein weiteres Sparerib her. Er war bis über die Wangen mit Grillöl verschmiert.

«Mann, das klebt vielleicht. Wo wäscht man sich hier?»

Sibylla zuckte die Schultern.

«Ja, an so was muss man sich unter anderem gewöhnen, wenn man obdachlos ist. Fließendes Wasser ist ein Luxusartikel.»

Er saß da und betrachtete seine verschmierten Hände und schaute dann die ihren an. Sie hielt sie vor ihm in die Höhe, damit er sie besser sehen konnte. Sie hatte die Spareribs lediglich mit Daumen und Zeigefinger angefasst. Geschwind leckte er seine Finger ab und wischte damit über die Hosenbeine.

Dann sah er sich um.

«Aha. Und jetzt?»

«Was meinst du?»

«Nun, man kann doch nicht nur rumsitzen? Was machst du denn immer so?»

Dieser kleine Mensch in dem beinahe ausgewachsenen Körper hatte von nichts Ahnung.

«Was machst du denn selber? Wenn du nicht gerade auf einem Dachboden obdachlos spielst?»

«Ich sitze meistens am Computer.»

Sie nickte und trank einen Schluck Cola.

«Nun, das wird schwierig werden, wenn du mal kein Dach mehr überm Kopf hast.»

Er grinste.

«Vielleicht peil ich doch lieber einen Job beim Fernsehen an.»

Sie ging zu ihrer Isomatte, legte sich hin und deckte sich mit dem Schlafsack zu. Die Hände steckte sie in die Achselhöhlen, um sie zu wärmen. Sie wandte den Kopf und sah verstohlen zu ihm hinüber.

Ihm war jetzt schon langweilig. Das war nicht zu übersehen. In Ermangelung einer anderen Beschäftigung begann er die Reste ihres Mahls wegzuräumen.

Auf der Uhr hinter ihm war es zehn nach sechs.

Nachdem er die Essensreste beseitigt und einen Schlafsack aus seinem Rucksack gezogen hatte, folgte er ihrem Beispiel. Es war ein billiger Schlafsack, und Sibylla war gleich klar, dass er in der Nacht frieren würde. Das war gut so. Dann würde er sie in Zukunft vielleicht in Ruhe lassen. Jetzt lag er da, die Arme unterm Kopf, und starrte an die Decke.

«Warum bist du obdachlos geworden? Hast du nie irgendwo gewohnt?»

Sie seufzte.

«Doch.»

«Wo denn?»

«In Småland.»

«Warum bist du von dort weggezogen?»

«Das ist eine lange Geschichte.»

Er wandte den Kopf und sah sie an.

«Ach ja, aber ich höre gern zu. Wir haben schließlich so was wie keinen Mangel an Zeit.»

Hinterher hatten sie ihr in die Dusche geholfen, und dann wurde sie in die Entbindungsstation hinaufgeschoben. Eins der Betten im Zimmer war leer, doch in den anderen vier lagen frisch entbundene Mütter mit ihren Kindern. Alle begrüßten sie freundlich, als sie hineingeschoben wurde. Ihr Bett wurde nahe ans Fenster gestellt, und wenn sie sich auf die Seite drehte, musste sie die anderen nicht sehen, doch die Geräusche konnte sie nicht ausblenden.

Neben ihr am Fenster hingen blau gestreifte Gardinen, an deren unterem Rand sich eine kleine Franse gelöst hatte.

Niemand fragte etwas. Alle waren vollauf mit sich beschäftigt.

Neugeborene Kinder.

Ihr Bauch war noch immer groß. Aber er war jetzt leer. Das spürte sie deutlich. Sie hatte sich danach gesehnt, sich auf den Bauch legen zu können, aber das war nach wie vor ein Ding der Unmöglichkeit. Außerdem taten ihr die Brüste weh.

Nach ungefähr einer Stunde wurde sie geholt. Sie halfen ihr dabei, sich aufzusetzen und sich dann auf den Fußboden zu stellen. Das Gehen tat weh. Die Stiche, mit denen sie, wie man ihr erzählt hatte, genäht worden war, spannten und brannten.

Jetzt durfte sie mit dem Arzt sprechen. Sie zog es vor zu stehen, als er ihr anbot, sich auf seinen Besucherstuhl zu setzen; er nickte und begann in der braunen Mappe zu blättern.

«Nun. Das ist ja gut gegangen.»

Sie sah ihn an.

Als sie nichts sagte, blickte er auf, blätterte aber dann weiter.

«Wie fühlen Sie sich jetzt?»

Leer. Hohl. Verbraucht. Verlassen.

«Was ist es?»

Er hob den Blick und sah sie an.

«Wie?»

«Was es ist, ein Mädchen oder ein Junge?»

Er war sichtlich verwirrt. Schließlich war er es, der hier die Fragen stellte.

«Ein Junge.»

Er las weiter.

Ein Junge. Sie hatte einen kleinen Jungen mit dunklem Haar zur Welt gebracht.

«Kann ich ihn sehen?»

Er räusperte sich. Ganz offenbar hatte sich dieses Gespräch nicht so entwickelt, wie er gehofft hatte.

«Nein, wir haben da unsere Gewohnheiten. Das hat sich in solchen Fällen als ungünstig erwiesen. Es ist vor allem Ihretwegen.»

Ihretwegen.

Warum wurde sie nie gefragt, was das Beste für sie sei? Wie kam es, dass alle anderen das immer besser wussten als sie selbst?

Er hatte das Gespräch so schnell wie möglich beendet. Als sie die Tür zu ihrem Zimmer öffnete, lächelten sie wieder alle Mütter an. Mit Hilfe einer Schwester legte sie sich ins Bett und kehrte allen den Rücken zu.

In der nachmittäglichen Besuchszeit strömten Väter und Geschwister herein, die ihre neuen Familienmitglieder bewunderten. Niemand schien von ihrem Rücken Notiz zu nehmen.

Es wurde Nacht. Nur die Mutter im Bett neben ihr schlief. Die anderen wurden von ihren Kindern wach gehalten. Sie hörte sie miteinander plaudern. Er hat den Darm noch nicht entleeren können, deshalb schreit er so. Ich verstehe das nicht, sie will nur die eine Brust nehmen. Schau nur, wie schön er ist.

Sie stand vorsichtig auf. Wenn sie sich seitwärts aufrichtete, tat es, nur kurz bevor sie die Füße auf den Boden setzte, weh.

Auf dem Flur war niemand.

Sie ging am Fenster des Schwesternzimmers vorbei, wurde aber von niemandem bemerkt.

Der nächste Raum war das Säuglingszimmer. Sie öffnete behutsam die Tür. Das Zimmer war leer, lediglich in der Mitte stand einer von diesen Plastikkästen auf Rädern, wie ihn die Mütter in ihrem Zimmer hatten.

Ihr Herz pochte. Vorsichtig schloss sie die Tür hinter sich und trat einen Schritt näher.

Ein kleines Köpfchen. Ein kleines Köpfchen mit schwarzen Haaren. Sie spürte, wie sie zitterte. Jetzt stand sie an dem kleinen Bett und las die Personennummer, die über dem Köpfchen notiert war.

Es war ihr Kind, das dort lag.

Ihr Sohn.

Sie schlug die Hände vor den Mund, um nicht laut zu wimmern.

Er war in ihr gewachsen, war ein Teil von ihr gewesen. Und jetzt lag er ganz allein da.

Allein und verlassen.

Er war so winzig. Er lag auf der Seite und schlief, und sein Köpfchen war so klein, dass es in ihre Handfläche passte.

Vorsichtig strich sie mit dem Zeigefinger über das dunkle Haar. Er zuckte leicht zusammen und holte schluchzend Luft, so als ob er geweint hätte. Sie beugte sich vor und legte ihre Nase an sein Ohr.

Plötzlich brach alles über sie herein.

Nie im Leben durften sie das tun! Das war ihr Kind und sie konnten sie eher umbringen, als sie zwingen, ihn herzugeben. Mit einem Mal wusste sie, dass sie ihn nie im Stich lassen würde, was immer auch passieren mochte. Ihn nie wieder verlassen und allein in einem Plastikwagen, in dem er sich in den Schlaf weinte, liegen lassen würde.

Dieser Entschluss machte sie mutiger, sie schob behutsam die Hände unter seinen kleinen Körper und hob ihn hoch. Ganz, ganz nahe bei sich hielt sie ihn und war bis ins Innerste ihres Wesens von dem Wissen durchdrungen, dass es genau so sein sollte.

Er schlief noch immer, sie atmete seinen Duft ein und spürte, wie ihr die Tränen über die Wangen liefen.

Sie hielt ihr Kind in den Armen.

Jetzt war sie nicht mehr allein.

Die Tür ging auf.

«Was machen Sie da?»

Sie rührte sich nicht vom Fleck.

Die Schwester, die ihr früher am Tag zum Zimmer des Arztes geholfen hatte, kam zu ihr her.

«Sibylla. Legen Sie das Kind wieder hin. Kommen Sie, wir gehen jetzt zu Ihrem Bett zurück.»

«Das ist mein Sohn.»

Die Frau wurde unsicher. Sie streckte die Hände vor, um ihn ihr abzunehmen. Sibylla kehrte ihr den Rücken zu.

«Ich denke nicht daran, ihn herzugeben.»

Sie spürte die Hand der Frau auf ihrer Schulter und wollte sie mit einem Ruck abschütteln, aber die Bewegung weckte das Kind in ihren Armen auf. Es quäkte auf und sie strich ihm beruhigend über den Kopf.

«Mein Kleiner. Die Mama ist doch da.»

Die Frau ging jetzt hinaus. Sibylla legte die Hand unter sein

Köpfchen und hielt ihn etwas von sich weg. Jetzt waren seine Augen offen. Kleine dunkelblaue Augen, die etwas suchten, woran der Blick Halt finden konnte.

Im nächsten Moment waren sie da. Zu viert diesmal. Ein Mann war dabei und er ging direkt auf Sibylla zu und erhob die Stimme.

«Sie legen sofort das Kind wieder hin.»

«Er ist mein Kind.»

Der Mann zögerte einen Moment und zog dann einen Stuhl heran.

«Setzen Sie sich.»

«Nein, danke. Ich kann nicht sitzen.»

Eine der anderen trat hinzu.

«Sibylla. Das nützt doch nichts. Sie machen es nur noch schlimmer.»

«Inwiefern denn?»

Die Leute im Zimmer sahen sich der Reihe nach an. Eine ging wieder hinaus.

«Sie wissen doch, dass vereinbart wurde, das Kind zur Adoption freizugeben. Er wird es richtig gut haben. Sie brauchen sich keine Sorgen zu machen.»

«Ich habe überhaupt nichts vereinbart. Ich werde ihn behalten.»

«Es tut mir Leid, Sibylla, ich verstehe ja, dass es schwer ist, aber da können wir nichts machen.»

Sie fühlte sich nun bedrängt. Sie waren zu dritt und die Vierte kam sicherlich gleich wieder zurück. Womöglich mit noch mehr Widersachern. Sie waren gegen sie. Alle gehörten sie dem anderen Lager an. Alle, außer dem Kind, das sie in den Armen hielt.

Sie beide gegen die Welt. Sie würde ihn nie verlassen.

«Es gibt zwei Möglichkeiten, dieses Problem zu lösen», sagte der Mann und schob den Stuhl beiseite. «Entweder legen Sie ihn freiwillig hin oder wir müssen Sie dazu zwingen.»

Ihr Herz klopfte heftig.

Sie würden ihn ihr wieder wegnehmen.

«Bitte! Ich bin doch seine Mutter. Das wissen Sie doch. Sie können ihn mir nicht wegnehmen. Es ist alles, was ich habe.»

Nun weinte sie. Sie zitterte am ganzen Körper und vor ihr drehte sich alles. Sie schloss die Augen.

Nicht wieder krank werden. Nicht krank werden.

Als sie die Augen wieder aufschlug, war alles zu spät.

Der Mann hielt ihren Sohn in den Armen und war schon auf dem Weg zur Tür hinaus. Zwei der anderen Weißbekittelten packten sie an den Armen, als sie hinterherlaufen wollte. Sie hörte die Schreie ihres Sohnes im Flur verschwinden.

Sie sollte ihn nie wieder sehen.

Kotz! Durften die das?»

Sie antwortete nicht. Sie fragte sich, was sie zum Erzählen gebracht hatte. Das war noch nie vorgekommen. Der Verlust hatte wie ein Glassplitter in ihr gescheuert, der ständig in Bewegung war und die Wunde offen hielt, aber ihre Trauer in Worte gefasst, das hatte sie noch nie.

Vielleicht machte sie das, weil er in ungefähr demselben Alter sein musste wie ihr Sohn. Vielleicht weil alles so war, wie es war.

Hoffnungslos.

Nichts mehr, was sie für sich behalten musste.

«Und dann? Was war dann?»

Sie schluckte. Die Erinnerung daran hatte sie so lange versucht zu vergessen.

«Ich wurde eingewiesen. War fast ein halbes Jahr lang in einer Nervenheilanstalt eingesperrt. Dann habe ich es nicht mehr ausgehalten und bin abgehauen.»

«Wie ... Warst du so was wie geisteskrank?»

Sie vermochte nicht zu antworten. Es war eine Weile still.

«Wie abgehauen? Bist du ausgebrochen?»

«Ja. Ich glaube allerdings nicht, dass sie lange nach mir gesucht haben. Ich war ja nicht gerade gemeingefährlich.»

Jetzt war das anders.

«Deine Mutter und dein Vater? Was haben die denn gesagt?»

«Ja, du. Die haben nur gesagt, dass ich nicht mehr bei ihnen wohnen könne. Dass ich volljährig sei und allein zurechtkommen müsse.»

«Kotz. Diese Schweine!»

Ja.

«Und dann? Was hast du dann gemacht?»

Sie wandte den Kopf und sah ihn an.

«Bist du immer so neugierig?»

«Ich habe noch nie mit jemand Obdachlosem gequatscht.»

Sie seufzte und richtete den Blick wieder zur Decke. Höre und lerne.

«Zuerst landete ich in Växjö. Ich hatte Todesangst, dass mich jemand finden und in die Heilanstalt zurückschicken würde. Ich irrte wohl ein paar Monate lang oder so da herum, hauste in Kellern und aß, was ich fand.»

«Wie alt warst du da?»

«Eben erst achtzehn geworden.»

«Drei Jahre älter wie ich.»

«Als ich.»

Er drehte den Kopf und sah sie an.

«Was?»

«Das heißt älter als ich.»

Sie hörte, wie er schnaubte.

«Mann! Warst du in der Schule Klassensprecherin oder was?»

Sie lächelte im Dunkeln. Nein. Das war sie nie gewesen. Sie war nie gewählt worden.

«Nein, aber ich war gut in Grammatik.»

«Warum hast du dir nie einen Job besorgt?»

«Ich habe mich nie getraut zu sagen, wie ich heiße. Falls jemand meinen Namen kannte. Ich habe immer geglaubt, ich würde gesucht.»

Dieses Wort katapultierte sie wieder in die Gegenwart. Was trieb sie da eigentlich? Es war höchste Zeit, das Gespräch zu beenden.

«Gute Nacht.»

Er richtete sich auf einen Ellbogen gestützt auf.

«Nein», rief er enttäuscht. «Du kannst doch jetzt nicht aufhören!»

Sie legte sich zurecht, das Gesicht dem Schornstein zugewandt.

«Es ist gleich elf Uhr und ich bin müde. Gute Nacht.»

«Ja aber, wie bist du denn in Stockholm gelandet? Kannst du nicht wenigstens das noch sagen?»

Sie seufzte und drehte sich wieder um. Der weiße Schein der Lampen, die das Zifferblatt beleuchteten, wurde auf den Dachboden zurückgeworfen, doch in den Ecken war es kohlschwarz.

«Lass es mich mal so sagen. Wenn ich du wäre, dann würde ich diesen Fernsehjob anpeilen. Wenn ich alles, was ich in diesen Jahren gesehen und erlebt habe, erzählen würde, dann könntest du heute Nacht nicht schlafen.»

Sie verstummte und versuchte die richtigen Worte zu wählen. Wie weit war sie bereit, sich zu entblößen?

Sie setzte sich auf.

«Sechs Jahre sind so gut wie ausradiert. Ich erinnere mich nicht einmal mehr daran, was ich da getan habe. Wem ich begegnet bin. Wo ich geschlafen habe. Ich soff, was das Zeug hielt, nur um nicht denken zu müssen, denn wenn ich das getan hätte, wäre ich untergegangen. Hat man erst eine Zeit lang auf der Straße gelebt, sitzt man fest. Es führt kein Weg zurück, weil du die Fähigkeit verloren hast, dich anzupassen. Du willst dich auch gar nicht anpassen. Und damit ist der Kreis geschlossen. Hör auf den Rat von einer, die Bescheid weiß, Patrik. Egal, was du machst, lauf bloß nicht rum und quatsch einen Haufen Mist, dass du Penner werden willst. Du hast nämlich nicht die geringste Ahnung, was dabei Sache ist. Gute Nacht.»

Sie legte sich wieder hin. Bei ihrer Suada hatte es sogar Patrik die Sprache verschlagen. Sie fragte sich, ob er tatsächlich die ganze Nacht über bleiben wollte. Womöglich war er jetzt sauer.

Er war ruhig. Sie hörte, wie er sich bewegte, als er auf der dünnen Isomatte eine annehmbare Stellung zu finden versuchte, aber zu guter Letzt war es still auf dem Dachboden.

Sie konnte keine Ruhe finden. Eine Erinnerung nach der anderen blitzte ihr hinter den Lidern auf. Mit all seinen Fragen hatte er Erlebnisse heraufbeschworen, die sie sorgfältig weggepackt hatte, um nur nicht daran denken zu müssen.

Wie sie schließlich nach Stockholm getrampt war, in der Hoffnung, ein Auskommen zu finden. In der Masse zu verschwinden. Und dann langsam, aber sicher gemerkt hatte, dass es gar nicht so leicht war, ohne Geld oder Kontakte und vor allem ohne Namen Fuß zu fassen. So ängstlich, wie sie gewesen war, dass jemand sie finden und zwingen würde, in die Heilanstalt zurückzukehren. Als ob sich überhaupt jemand darum gekümmert hätte, dass sie verschwunden war! Sie traute sich nicht, ihre Personennummer zu benutzen. Dadurch war ihr der Weg zur Arbeitsvermittlung versperrt. Gelegentlich arbeitete sie schwarz als Tellerwäscherin, aber sobald jemand zu neugierig wurde, zog sie weiter. Und landete in Kreisen, in denen alle Spitznamen trugen und niemand Fragen stellte, außer vielleicht der, ob man etwas zu trinken habe.

Und dann schließlich die vernichtende Demütigung, als sie hungrig und erschöpft ihren Stolz hinunterschluckte, zu Hause anrief und um Hilfe bat. Um Verzeihung bettelte und bat, wieder nach Hause kommen zu dürfen.

«Wir schicken dir Geld. Wie lautet deine Adresse?»

Sie bekam einen Kloß im Bauch, als sie daran dachte. Wie viele Male sie das hatte ungeschehen machen wollen! Es war unerträglicher als alles andere, was sie durchgemacht hatte. Dass sie, als sie das letzte Mal mit ihrer Mutter gesprochen hatte, noch einmal um Entschuldigung gebeten hatte.

Doch von da an war Geld gekommen. Es hatte ihr im Bodensatz der Gesellschaft einen gewissen Status verschafft, und wegen dieses Geldes und ihres Dialekts war sie die Königin von Småland geworden.

Dann begannen die verschwundenen Jahre. In denen sie ihre ganze Energie darauf verwandte, den Rausch am Leben zu erhalten, damit nichts eine Rolle spielte. Solange das Gehirn abgeschaltet war, ließ sich alles ertragen. Es gab sogar etwas, was man in all dem Verfall für Geborgenheit halten konnte. Es war alles akzeptiert und keiner stellte irgendetwas in Frage. Langsam, aber sicher kam sie auch mit den verächtlichen Blicken zurecht, die ihr vom vorbeigehenden Normalvolk zugeworfen wurden. Als Quittung für ihr Außenseitertum. Und für ihre Zugehörigkeit zu den anderen.

Sechs Jahre vergingen. Sechs Jahre außerhalb der Zeit.

Doch dann kam der Wendepunkt. Als sie bei Slussen unter einer Bank verkatert und verkotzt in ihrem eigenen Kot aufwachte und eine total verwunderte Kindergartengruppe um sich stehen hatte.

«Fräulein. Warum liegt die da?»

«Warum stinkt die so?»

Eine Wand aus Kinderaugen, die voll Erstaunen ihren ersten Einblick in die Kehrseite des Lebens erhielten, bevor die beschützende Kindergartentante, eine Frau in ihrem Alter, sie von dort wegjagte.

«Guckt da nicht hin!»

Und dann die entsetzliche Einsicht, dass ihr Sohn eins dieser Kinder sein könnte.

Dass sie selbst den lebenden Beweis dafür lieferte, wie richtig die Wahl ihrer Mutter gewesen war.

Sie drehte sich wieder um und betrachtete ihren neu gewonnenen Zimmergenossen. Offenbar hatte er am Ende doch einschlafen können. Sie kroch aus ihrem Schlafsack, ging zu ihm und legte ihm ihre Jacke über. Er war auf dem Rücken eingeschlafen und hatte, um sich zu wärmen, die Arme um sich geschlungen.

So jung.

Alles noch vor sich.

Irgendwo war auch ihr Sohn fast so groß geworden.

Sie ging zu ihrem Platz zurück und kroch wieder in ihren Schlafsack.

Sie konnte nicht länger auf diesem Dachboden bleiben. Noch ein paar Tage und sie würde wahnsinnig werden.

Als sie diesen Gedanken formulierte, wurde ihr klar, dass im Laufe des Abends etwas in ihr geschehen war. Etwas Gutes. Sie drehte den Kopf und sah ihren Nachtgast an. Er hatte etwas mitgebracht, als er kam. Nicht nur Spareribs und Coca-Cola, sondern etwas Wichtigeres. Eine Art Ehrfurcht und Respekt vor ihr als Mensch. Aus einem unerforschlichen Grund war ausgerechnet er hier auf dem Dachboden aufgetaucht. Durch seine unverhohlene Bewunderung war auf unerklärliche Weise jener Trieb wieder erweckt worden, den sie seit Tagen verloren geglaubt hatte.

Der Wille weiterzumachen, trotz allem.

Das schlimmste Dunkel hatte sich verzogen und sie war bereit, wieder zu kämpfen.

Ha! Sie würden sie auch diesmal nicht kleinkriegen.

Sie fragte sich, ob sie immer noch nach ihr suchten.

Morgen musste sie sich eine Zeitung besorgen.

Und ich sah einen neuen Himmel und eine neue Erde; denn der erste Himmel und die erste Erde vergingen, und das Meer ist nicht mehr. Und ich sah die heilige Stadt, das neue Jerusalem, von Gott aus dem Himmel herabfahren, bereitet wie eine geschmückte Braut ihrem Mann. Und ich hörte eine große Stimme von dem Thron, die sprach:

«Siehe da, die Hütte Gottes bei den Menschen! Und er wird bei ihnen wohnen, und sie werden sein Volk sein, und er selbst, Gott, wird mit ihnen sein; und Gott wird abwischen alle Tränen von ihren Augen, und der Tod wird nicht mehr sein, noch Leid noch Geschrei noch Schmerz wird mehr sein; denn das Erste ist vergangen.»

Und der auf dem Thron saß, sprach:

«Siehe, ich mache alles neu! Schreibe, denn diese Worte sind wahrhaftig und gewiss! Es ist geschehen. Ich bin das A und das O, der Anfang und das Ende. Ich will dem Durstigen geben von dem Brunnen des lebendigen Wassers umsonst. Wer überwindet, der wird es alles ererben, und ich werde sein Gott sein, und er wird mein Sohn sein. Der feigen Verleugner aber und Ungläubigen und Frevler und Totschläger und Unzüchtigen und Zauberer und Götzendiener und aller Lügner, deren Teil wird sein in dem Pfuhl, der mit Feuer und Schwefel brennt.

Das ist der zweite Tod.»

Herr, ich habe meine Pflicht getan.

Jetzt kann ich nur noch warten.

Sie war schon lange wach, als er endlich die Augen aufschlug. Hatte dagelegen und ihn heimlich betrachtet. Irgendwann in der Nacht musste er aufgewacht sein und gefroren haben, denn er hatte sich die Jacke angezogen.

Sie hatte, während sie so dagelegen und ihn betrachtet hatte, eine Entscheidung getroffen. In den frühen Morgenstunden war sie zu dem Schluss gekommen, dass es ihre einzige Chance sei, ihm alles zu erzählen.

Sie brauchte seine Hilfe.

Um die schonendste Formulierung zu finden, hatte sie die Worte lange gedreht und gewendet.

Er streckte als Erstes die Hand nach seiner Brille aus, nachdem er aufgewacht war. Als er sie auf der Nase hatte, setzte er sich auf und sah zu ihr herüber. Er zog sich den Schlafsack hoch.

«Kotz, wie kalt das ist! Tierisch nett, das mit der Jacke. Willst du sie zurückhaben?»

«Du kannst sie erst mal behalten. Mein Schlafsack ist wärmer.»

Die Uhr hinter ihm zeigte zehn nach neun.

«Wann fängst du an?»

Er sah sie an.

«Guten Morgen auch! Heute ist Samstag.»

Sie lächelte. Guten Morgen auch! Das hatte sie nicht mitgekriegt.

Er streckte eine Hand aus dem Schlafsack und schnappte sich die Grilltüte mit den Spareribs, legte sie sich auf den Schoß und hob ein Ende davon an.

«Äh! Zum Frühstück schon Spareribs.»

«Ich habe Knäckebrot, wenn du welches möchtest. Und Joghurt.»

Das hörte sich offenbar besser an. Er schubste die Tüte auf den Fußboden und stand ohne den Schlafsack zu verlassen auf. Hüpfend kam er auf sie zu.

«Lass das! Der Fußboden kann wirklich einbrechen!»

«Ach was.»

Mit einem Plumps ließ er sich neben ihr nieder. Sie sah ihn an und schüttelte den Kopf. Er grinste und stopfte sich das Knäckebrot in den Mund.

Offensichtlich hatte er ordentlich Hunger. Als er sich die siebte Scheibe in den Mund steckte, räumte sie die Packung weg.

«Morgen ist auch noch ein Tag.»

«Ach was, wir können wieder welches kaufen.»

Sie sah ihn an und er machte eine Miene, als ob er kapierte, was er da Dummes gesagt hatte.

«*Ich* kann noch welches kaufen. Du kannst Geld haben von mir.»

«Nein danke.»

Jetzt war der richtige Moment gekommen. Wie sollte sie bloß anfangen?

Sie holte tief Luft, um sich Mut zu machen.

«Liest du eigentlich Zeitung?»

Er zuckte die Schultern.

«Manchmal. Meine Mutter möchte, dass ich *Dagens Nyheter* lese, aber die ist so verflucht dick. Da braucht man ja mehrere Stunden dazu. Ich gucke immer ein bisschen in *Expressen*, wenn mein Vater nach Hause kommt.»

Er sah sie an.

«Und du?»

«Ja. Wenn ich an eine rankomme. Manchmal lese ich im Kulturhaus. Die haben dort alle Zeitungen.»

Das hatte er nicht gewusst, sie konnte es ihm ansehen, aber er nickte.

Sie fuhr fort:

«Hast du gestern Zeitung gelesen?»

Er schüttelte den Kopf.

«Halt! Doch, na klar! Die Freitagsbeilage.»

Sie wusste nicht, wie sie weitermachen sollte. War es wirklich richtig, so vorzugehen? Solange er geschlafen hatte, war sie überzeugter davon gewesen.

«Du – bist du schon mal für etwas beschuldigt worden, was du nicht getan hast?»

«Ja. Ist schon vorgekommen. Hattest du nicht ein bisschen Joghurt oder was?»

Sie seufzte und gab ihm die Literpackung.

«Kann ich direkt daraus trinken?»

«Ja. Wenn du keinen Teller dabeihast.»

Er grinste wieder und trank.

Sie holte abermals tief Luft. Der Anfang war am schwierigsten.

«Mir ist das nämlich passiert.»

Er war ganz auf den Joghurt konzentriert. Der war zähflüssig und wollte am liebsten in der Verpackung bleiben. Patrik schlug mit der Hand leicht auf den Boden.

«Sagt dir der Name Sibylla etwas?»

Er nickte und trank dabei weiter.

«Jetzt darfst du keine Angst kriegen, Patrik.»

Sie zögerte kurz ein letztes Mal, bevor sie fortfuhr.

«Sibylla, das bin ich.»

Zunächst passierte gar nichts. Dann merkte sie, wie der Groschen fiel. Sein Körper wurde starr, als ihm bewusst wurde, was sie gesagt hatte. Langsam entfernte sich die Joghurtpackung von seinen Lippen. Er wandte den Kopf und sah sie an. Sie merkte, dass er jetzt Angst hatte.

«Ich habe das nicht getan, Patrik. Ich war nur zufällig im *Grand Hôtel*, als es passierte. Ich schwöre bei Gott, dass ich unschuldig bin.»

Er war alles andere als überzeugt. Er wandte für ein paar Sekunden den Blick von ihr ab, so als ob er einen Fluchtweg suche. Sie musste Zeit gewinnen. Es war durchaus nicht so gelaufen, wie sie es sich vorgestellt hatte. Die Worte kamen ganz von allein und alles, was sie sich zurechtgelegt hatte, war wie weggeblasen.

«Dir ist ja wohl klar, dass ich keine Mörderin sein kann. Dann würdest du doch jetzt nicht hier sitzen? Ich hätte die ganze Nacht Zeit gehabt.»

Diese Worte waren schlecht gewählt. Sehr schlecht. Mit einer plötzlichen Bewegung versuchte er aufzustehen, um Reißaus zu nehmen, aber sein Schlafsack hinderte ihn daran.

Er durfte jetzt nicht gehen. Noch nicht.

Im Nu war sie über ihm. Presste ihn auf die Isomatte und drückte ihm mit den Knien die Arme auf den Boden. Er atmete heftig und ihr wurde klar, dass er gleich weinen würde.

Verfluchte Scheiße!

«Bitte! Tu mir nicht weh.»

Sie schloss die Augen. Was, zum Teufel, trieb sie da?

«Dir ist doch klar, dass ich dir nichts tun werde, aber du musst mir jetzt zuhören. Ich sitze hier auf diesem verdammten Dachboden, weil jeder Bulle in ganz Schweden nach mir sucht. Die haben beschlossen, dass ich das war. Ich habe keine Chance. Das ist es, was ich gestern schon gesagt habe. Leute wie ich haben keine Rechte. Mensch, Patrik! Ich erzähle dir das, weil ich gedacht habe, dass ich mich auf dich verlassen könnte. Dass wenigstens du mir glauben würdest.»

Er hatte aufgehört zu weinen.

«Ich erzähle das, weil ich deine Hilfe brauche. Ich traue mich nicht einmal, einen Laden zu betreten.»

Er sah sie an. Aufgerissene, schreckensstarre Augen.

Sie seufzte.

«Verdammt nochmal. Entschuldige.»

Wenn sie jetzt jemand gesehen hätte! Rittlings auf einem armen wehrlosen Fünfzehnjährigen. Sie ließ ihn los und stand auf.

«Geh.»

Er lag reglos da. Er sah aus, als ob er sich kaum zu atmen traute.

«Hau endlich ab, sage ich!»

Er zuckte zusammen, als sie die Stimme erhob. Kroch aus seinem Schlafsack, stand auf und ging langsam zur Tür. Als ob er Angst hätte, dass sie wieder über ihn herfallen könnte.

«Ich brauche die Jacke.»

Er blieb sofort stehen und ließ die Jacke an Ort und Stelle auf den Fußboden gleiten. Dann ging er weiter; bei der Treppe angekommen, warf er sich gegen die Tür, und sie hörte ihn durch den Flur davonrennen.

Sie schloss die Augen und sank auf ihrer Isomatte zusammen.

Sie musste weg von hier.

Zuerst packte sie Patriks Sachen zusammen. Verstaute sie sorgfältig in seinem Rucksack und rollte seine Isomatte auf. Dann nahm sie sich ihre Sachen vor. Ein paar Minuten später hatte sie fertig gepackt.

An der Tür drehte sie sich um und sah nach der großen Uhr.

Tschüs.

Auf den Flur hinaus und die Treppe hinunter.

Als sie die Hand auf die Türklinke legte, zögerte sie. Allein das Öffnen der Tür zur Welt draußen bereitete ihr solches Unbehagen, dass ihr übel wurde. Diese ewige Angst richtete sie allmählich zugrunde.

Sie hatte einen Ausgang gewählt, der auf den Schulhof führte. Auf die Straße hinauszugehen traute sie sich nicht. Die Tür schlug hinter ihr zu. Jetzt konnte sie nicht wieder hinein.

Sie ging schräg über den Hof, um zum Vitabergspark zu gelangen. Wohin es dann gehen sollte, wusste sie nicht.

Als sie halb über dem Hof war, hörte sie jemanden rufen. Erschrocken blieb sie stehen und schaute sich nach einem Versteck um.

«Sylla! Warte!»

Da entdeckte sie ihn. Er tauchte hinter der Ecke zur Bondegatan auf und kam auf sie zugerannt. Sie blickte auf den Asphalt hinunter und wartete, bis er da war. Zuerst sagte er nichts. Sie ging weiter.

«Verzeih, dass ich dir nicht geglaubt habe, aber ich habe eine Mordsangst gekriegt.»

Sie drehte sich um. Ein neuer Ausdruck lag in seinen Augen. Ein Ernst, der vorher nicht da gewesen war. Patrik war außer Atem und sah zu Boden, als ob er sich für seine Angst schämte.

«Ist schon okay.»

Sie ging weiter.

«Ich weiß, dass du die Wahrheit sagst», fuhr er fort.

Sie blieb nicht stehen. Sie schaffte es einfach nicht, noch einmal anzufangen. Er holte sie ein.

«Sylla. Ich habe beim Konsum die Aushänge gesehen.»

Sie drehte sich um und sah ihn an. Er zögerte ein wenig, und jetzt war es eindeutig er, der nach den passenden Worten suchte.

«Die glauben offensichtlich, dass du heute Nacht wieder jemand umgebracht hast.»

Bist du ganz sicher, dass er schläft?»

«Ja», erwiderte er ungeduldig. «Er hat doch die ganze Nacht über gearbeitet. Vor eins wacht er nie auf.»

Ihr war trotzdem nicht wohl zumute. Was würde geschehen, wenn sein Vater aufwachte und eine schwarzhaarige Frau mit Rucksack im Zimmer seines Sohnes fände? Noch obendrein eine, die alt genug war, seine Mutter zu sein.

Sie standen bei Patrik im Treppenhaus und er hatte bereits den Schlüssel ins Schloss gesteckt. Sie unterhielten sich im Flüsterton.

«Und du bist dir sicher, dass deine Mutter nicht nach Hause kommt?»

«Sie wird nicht vor morgen Abend zurück sein.»

Sibylla war trotzdem alles andere als überzeugt.

War es wirklich richtig, ihn in die Sache mit hineinzuziehen?

Nachdem er da unten auf dem Schulhof von dem neuen Aushang berichtet hatte, hatte sie sich auf die nächste Bank gesetzt. Dort saß sie dann, starrte über den verlassenen Hof und merkte, wie sie erneut den Mut verlor.

Er kam nach. Sagte zunächst nicht viel, sondern ließ sie in Ruhe. Sie sah zu der großen Uhr an der Fassade vor ihnen hinauf und wünschte, sie wäre vor ein paar Tagen ihrem Instinkt gefolgt.

Es wäre besser gewesen, wenn sie diesen Dachboden nie verlassen hätte.

«Ich kann der Polizei ja sagen, dass du heute Nacht mit mir zusammen warst.»

Er sah sie hoffnungsvoll an. Schien zu wollen, dass sie wieder frohen Mutes wurde.

Sie aber schnaubte. Es hörte sich garstiger an als beabsichtigt und sie versuchte ihn anzulächeln.

«Dann bin ich wahrscheinlich auch noch wegen Kindesraubs dran.»

«Ich bin immerhin schon fünfzehn», bemerkte er säuerlich.

Was sollte man darauf sagen?

«Ich habe keine Chance, Patrik. Ich kann also genauso gut hingehen und ein Geständnis ablegen, damit die Sache ein Ende hat.»

Er starrte sie an.

«Spinnst du?»

Er regte sich richtig auf.

«Mann, du kannst doch nicht hingehen und etwas gestehen, was du nicht getan hast!»

«Was soll ich denn machen?»

Er dachte eine Weile nach.

«Du kannst vielleicht einfach nur mit ihnen reden.»

«Das ist doch dasselbe.»

«Das ist nicht dasselbe.»

Sie sah ihn an.

«Begreifst du denn nicht? Sie haben alle schon beschlossen, dass ich die Mörderin bin. Ich habe nicht die geringste Chance.»

Sie beugte sich vor und stützte den Kopf in die Hände.

«Die Sache ist nur, dass ich nicht damit fertig werde, eingesperrt zu sein», sagte sie leise.

«Das wirst du auch nicht, wenn du sagst, wie es ist.»

Diesmal klang er schon nicht mehr so überzeugt.

Sie erzählte ihm von Jörgen Grundberg. Von den Fingerabdrücken, die auf seinem Schlüssel gefunden worden waren, von der Perücke und dem Messer, die sie zurückgelassen hatte. Von all den Dingen, die sie zusammen mit ihrem Hintergrund zur perfekten Täterin machten. Eine ehemalige Geisteskranke, obdachlos und ohne soziale Einbindung. Alles passte so perfekt, dass sie vor sich sehen konnte, wie man sich bei der Polizei die Hände rieb. Ganz klar, dass sie es sein musste. Und selbst wenn sie zu guter Letzt einsähen, dass sie unschuldig war, würden sie sie bis dahin einsperren. Das würde sie in den Wahnsinn treiben. Dort war sie schon einmal gewesen, sie wusste also, wovon sie sprach.

«Und dann hat sich der Mörder ja auch noch an mich angehängt. Bei dem Mord in Västervik hat er ein Bekennerschreiben mit meinem Namen hinterlassen.»

Er nickte leicht.

«In Bollnäs auch.»

Sie sah ihn an.

«War das dort, wo er heute Nacht zugeschlagen hat?»

«Nein. Vorgestern, glaube ich. Wo das heute Nacht war, weiß ich nicht.»

Sie lehnte sich zurück und legte den Kopf auf den Rucksack.

Vorgestern. Es war also noch ein weiteres Mal passiert, während sie sich da oben auf dem Dachboden versteckt gehalten hatte. Jetzt wurde sie verdächtigt, vier Morde begangen zu haben.

Er sah sie an.

«O je. Du wusstest das gar nicht?»

Sie seufzte.

«Nein.»

Für eine Weile schwiegen sie beide. Vielleicht sah er ein, dass es gar nicht so einfach war.

«Ich weiß», sagte er schließlich. «Wir gehen zu mir nach Hause und checken alles durch, was in den Zeitungen darüber geschrieben wurde.»

«Wie, zu dir nach Hause?»

«Wir checken das Netz durch.»

Sie hatte in der Zeitung davon gelesen. Internet. Diese phantastische neue Welt, die sie noch nie besucht hatte. Sie war skeptisch, sowohl was jene Welt als auch die Einladung nach Hause zu diesem hilfsbereiten Fünfzehnjährigen betraf.

«Wozu soll das gut sein?»

«Vielleicht finden wir etwas, was beweist, dass du es nicht warst. Hast du alles gelesen, was darüber geschrieben wurde?»

«Nein.»

Er stand auf.

«Nun komm schon!»

Sie hatte noch einen Moment gezögert.

Was war denn die Alternative?

Sie traten in die Diele. Sibylla kam sich wie eine Einbrecherin vor, und ihr Herz klopfte heftig in der Brust.

«Komm», wisperte er.

Geradeaus befand sich eine geschlossene Tür mit einem Metallschild. Betreten auf eigene Gefahr.

Wie wahr!

Sie ging an einem Durchgang zu einem geräumigen Wohnzimmer und dann an einer geschlossenen Tür vorbei. Patrik legte den Zeigefinger auf die Lippen, um deutlich zu machen, dass sein Vater da drinnen schlafe.

Sie wollte umkehren. Sie hatte ein ungutes Gefühl. Patrik hatte jedoch die Tür zu seinem Zimmer geöffnet und stand da und winkte sie herein.

Sie tat, was er wollte.

Das Zimmer sah aus, als ob ein heftiger Sturm darin gewütet hätte. Der Fußboden war mit Klamotten, alten Comics, Kassettenhüllen und Büchern übersät.

Sibylla stellte ihren Rucksack in diesem Chaos ab.

Sie sah Patrik an.

«Ich hatte meiner Mutter versprochen aufzuräumen, aber ich habe es vergessen.»

«Das sehe ich.»

Sie flüsterten nach wie vor.

Er ging zu seinem PC, der auf dem Schreibtisch stand, und drückte auf einen Knopf. Ein Melodieschnörkel erklang und Sibylla bat ihn, leiser zu machen. Der Computer begann zu arbeiten.

Sie sah sich um. Außer dem Schreibtisch mit dem PC und weiterem Zubehör gab es in dem Zimmer ein Bett und ein Bücherregal. Das Bett war nicht gemacht, und als sie dorthin guckte, breitete er eine Tagesdecke darüber. Gleich wirkte das Zimmer ein bisschen aufgeräumter.

Der Computer arbeitete stetig weiter. Auf dem Bildschirm tauchten immer mehr Symbole auf, und Patrik zog den Schreibtischstuhl heraus und setzte sich.

Am Fenster stand ein Aquarium ohne Wasser und Sibylla ging hin, um es sich anzusehen.

«Das ist Batman. Eine griechische Landschildkröte.»

Batman knabberte in einer Ecke an einem Salatblatt und Sibylla begutachtete ihn interessiert. Er saß mit seinem kleinen Hirn in seinem kleinen Glaskasten und kannte es nicht anders. Einen Moment lang war sie fast neidisch.

Patrik tippte etwas auf der Tastatur. Sie trat einen Schritt näher, um es zu lesen.

+ritualmord+sibylla

Er zog den Pfeil auf *Suchen* und klickte.

Sie konnte hören, wie der Computer arbeitete, um zu tun, was Patrik wünschte. Ein paar Sekunden später hatte er die Suche abgeschlossen.

67 Treffer.

«Bingo!»

Patrik strahlte übers ganze Gesicht.

«Was heißt das?»

«Dass es siebenundsechzig Seiten gibt, auf denen man etwas über dich und die Morde lesen kann.»

Konnte das wirklich wahr sein? Sie war also ein Teil dieser Welt geworden, von der sie gar nichts wusste.

Patrik klickte auf eine der Schlagzeilen.

«Ich drucke alles aus, was ich finde, dann können wir es in aller Ruhe lesen.»

Sie verstand nicht ganz, was das bedeutete, verließ sich aber darauf, dass er wusste, was er tat. In einer zweiten Maschine, die auf dem Tisch stand, begann es zu surren und kurz darauf gab sie ein Blatt Papier von sich. Es lag mit dem Text nach unten. Sibylla konnte ihn erst lesen, als das Blatt ganz herausgekommen war.

Sie nahm es und setzte sich damit aufs Bett. Patrik klickte wieder und die zweite Maschine surrte erneut, um noch mehr Papier von sich zu geben.

Sibylla begann die Seite zu lesen, die sie in der Hand hielt.

Frau aus dem *Grand* macht überfallartigen Besuch bei der Ehefrau des Opfers.

Lena Grundberg kauert in ihrem gemütlichen Wohnzimmer in einer Sofaecke. Bis vor einer guten Woche lebte sie hier mit ihrem geliebten Gatten Jörgen. Vorigen Donnerstag wurde er das erste Opfer, das eine 32-jährige geisteskranke Frau kaltblütig ermordete. Trotz intensiver Fahndung der Polizei fehlt von der Frau seitdem jede Spur. Nur zwei Tage nach dem bestialischen Mord stattete sie der gebrochenen Witwe einen Besuch ab. Wenn Lena davon erzählen soll, kann sie nur mühsam die Tränen zurückhalten.

– Ich habe solch fürchterliche Angst. Die Frau klingelte einfach an der Tür und sagte dann, dass sie auch ihren Mann verloren habe. Mir war nicht klar, was sie eigentlich wollte, aber als ich das Phantombild der Polizei dann sah, erkannte ich sie ja …

Sibylla las nicht weiter.

Die gebrochene Witwe.

Für'n Arsch!

Es lagen nun mehrere Blätter da, die darauf warteten, gelesen zu werden. Sie nahm den ganzen Stapel und setzte sich wieder.

Anatomische Kenntnisse bei Ritualmördern üblich.

Die 32-jährige Frau, gegen die nach mehreren Ritualmorden ringsum im Land in Abwesenheit Haftbefehl erlassen wurde, verblüfft die Polizei. Eine Statistik sämtlicher ähnlicher Morde, die seit den 60er Jahren in Schweden begangen wurden, belegt, dass unter den Tätern Berufsgruppen wie Metzger, Ärzte, Jäger und Veterinäre überdurchschnittlich vertreten sind. Laut Sten Bergman, Professor für Forensische Psychiatrie, beruht dies teils darauf, dass sie den Abscheu überwunden haben, den die meisten Menschen vor einer Zerstückelung empfinden, teils darauf, dass sie die notwendigen rein technischen Kenntnisse besitzen. Hierin entspricht den polizeilichen Nachforschungen zufolge die 32-jährige Frau nicht der Statistik. In den polizeilichen Ermittlungen deutet nichts darauf hin, dass sie Verbindung zu oder Erfahrung in den oben genannten Berufen gehabt hat. Aber es bedarf natürlich noch weiterer Umstände, um einen potenziellen

Mörder und Leichenschänder hervorzubringen: ein psychischer Defekt, der mangelndes Einfühlungsvermögen und starke Verachtung anderen Menschen gegenüber zur Folge hat. Schwere psychische Krankheiten können so ein Verhalten ebenfalls auslösen. In einigen Fällen können die Täter sich z. B. nicht von ihren Opfern trennen, was auf die 32-jährige Frau zuzutreffen scheint. Sie wollen eine Trophäe behalten, die an den Toten und in manchen Fällen an die Tat selbst erinnert. Das vermittelt ihnen das Gefühl, Macht zu haben über Leben und Tod. Die Opfer der Frau sind alle einer sog. aggressiven Zerstückelung ausgesetzt gewesen, die sich von der passiven Zerstückelung dadurch unterscheidet, dass diese später ausgeführt wird, um das eigentliche Verbrechen zu kaschieren und die Ermittlungen zu erschweren. Bei den aktuellen Fällen wurden solche Anstrengungen nicht unternommen, die Absicht der Frau scheint vielmehr allein die Schändung ihrer Opfer gewesen zu sein. Die Polizei hält nach wie vor Angaben darüber zurück, welche Körperteile die Frau …

Sie stand auf und warf die Blätter auf den Boden.

«Ich kriege das nicht auf die Reihe. Mehr kann ich davon nicht lesen.»

Sie hatte die Stimme erhoben, und Patrik drehte sich um und sah sie an. «Ruhe!»

Sie setzte sich wieder. Die Maschine gab immer noch Papier von sich, aber Sibylla wollte nichts mehr lesen. All das hatten irgendwelche Leute über sie geschrieben. Niemand hatte sich je zuvor für sie interessiert, und jetzt war sie mit einem Mal die meisterörterte Person Schwedens.

Es war zum Kotzen.

«Ich hau jetzt ab. Ich kann nicht hier bleiben.»

Er drehte sich um und sah sie an.

«Wo willst du denn hin?»

Sie seufzte und gab keine Antwort.

In der Wohnung wurde eine Tür geöffnet und sie sahen sich erschrocken an. Sie saßen mucksmäuschenstill und horchten. Gleich darauf hörten sie Wasser rauschen. Sibylla sah sich nach einem Versteck um.

«Er muss wohl nur aufs Klo», flüsterte Patrik beruhigend.

Sie war jedoch alles andere als ruhig. Als das Wasser zu rauschen aufhörte, warf sie sich auf den Boden und robbte unters Bett. Im nächsten Moment klopfte es an der Tür.

«Patrik?»

Er antwortete nicht. Sibylla sah seine Füße auf dem Bett verschwinden, und im nächsten Augenblick ging die Tür auf. Ein Paar nackter, behaarter Beine trat ein.

«Schläfst du?»

«Mmmm.»

«Es ist nach elf Uhr.»

Plötzlich hörte sie ein Surren und das Rascheln von einem nachzüglerischen Blatt Papier, das die Maschine auf dem Schreibtisch von sich gab.

«Was ist das?»

Die dunkel behaarten Beine kamen ein paar Schritte näher. Im nächsten Moment landeten Patriks jeansbekleidete vor ihrer Nase. Sie hörte das Papier knistern.

«Nichts Besonderes.»

«Ach, tatsächlich? Warum schläfst du denn in deinen Sachen?»

«Ich habe mich nur mal ein bisschen hingelegt.»

«Aha. Was druckst du da aus?»

«Ich surfe ein bisschen im Internet.»

Einige unerträgliche Sekunden lang war es still.

«Ich lege mich nochmal hin. Bleibst du denn heute zu Hause?»

«Ich weiß noch nicht. Mal sehen.»

«Sei spätestens um zehn Uhr wieder da. Und ruf an und sag, wo du bist.»

Sie hörte, wie Patrik seufzte. Die Beine machten sich zum Gehen bereit, blieben aber noch einmal stehen.

«Was ist das für ein Rucksack?»

Sibylla schloss die Augen. Patrik ließ sich mit seiner Antwort viel zu viel Zeit. Du hast ihn gefunden. Geklaut. Was, zum Geier, auch immer!

«Der gehört Viktor.»

Noch besser.

«Warum hast du den hier?»

«Er hat ihn in der Schule vergessen und ich habe versprochen, ihn mit nach Hause zu nehmen.»

Die Beine gingen weiter.

«Dann bis später. Und vergiss nicht, hier aufzuräumen, bevor Mama nach Hause kommt.»

«Mmm.»

Endlich wurde die Tür wieder zugemacht. Patriks strahlendes Gesicht tauchte unter der Bettkante auf.

«Jetzt hast du ganz schön Angst gekriegt, was?», flüsterte er.

Sie robbte unterm Bett hervor.

«Hat die Tür kein Schloss?», flüsterte sie zurück, während sie sich den Staub vom Bauch abklopfte.

Er setzte sich aufs Bett und studierte das Blatt Papier, das er vor seinem Vater versteckt hatte. Sie verfolgte seinen Blick.

Die Jagd nach einem Mörder.

Er schien ein Weilchen nachzudenken, dann sah er zu ihr hoch.

«Jetzt weiß ich, was wir machen.»

Sie sagte nichts darauf.

«Überleg doch mal. Die Polizei sucht nur nach dir. Wer soll denn da den richtigen Mörder finden?»

Keine Ahnung.

«Kapierst du denn nicht? Das müssen wir machen. Wir müssen den richtigen Mörder selbst finden.»

Zuerst wurde sie nur böse. Ging zur Tür und griff unterwegs nach ihrem Rucksack. Die Hand schon auf der Türklinke, zögerte sie jedoch.

Sie traute sich noch nicht hinauszugehen.

Sie stellte den Rucksack wieder ab und seufzte tief.

«Das ist kein spannendes Spielchen, Patrik», sagte sie leise.

«Das weiß ich auch, aber hast du einen besseren Vorschlag?»

Sie ließ die Klinke los und drehte sich um. Er bückte sich und sammelte die Blätter ein, die sie auf den Fußboden geworfen hatte. Schließlich half sie ihm. Als die Blätter einigermaßen ordentlich gestapelt auf dem Schreibtisch lagen, setzte sie sich wieder aufs Bett.

«Und wie, meinst du, sollen wir das anstellen?»

Er beugte sich eifrig zu ihr vor.

«Hör her. Die Polizei sucht nur nach dir. Wie wär's, wenn wir uns stattdessen darauf konzentrieren, den richtigen Mörder zu erwischen?»

«Wie denn? Wir haben doch keine Ahnung.»

Er lehnte sich zurück und sah sie an.

«Werd jetzt nicht böse, versprich mir das.»

«Wie soll ich das versprechen können?»

Er zögerte und sie wurde immer neugieriger. Was glaubte er wohl sagen zu können, um sie böse zu machen.

«Meine Mutter ist bei der Polizei.»

Sie starrte ihn an und er rührte sich nicht von der Stelle. Sie spürte, wie ihr Blut in dem Moment, in dem ihr die Bedeutung der Worte klar wurde, in Wallung geriet.

Sie stand auf.

«Ich muss weg. Schau nach, ob jemand in der Diele ist.»

«Warte doch.»

«JETZT, Patrik.»

Sie hatte die Stimme erhoben und seufzend tat er, was sie sagte. Er öffnete die Tür zuerst einen Spalt breit und dann ganz.

Sie nahm ihren Rucksack und ging an ihm vorbei.

«Kannst du mir nicht einfach mal zuhören?»

Sie ging zügig den Gehsteig entlang, er lediglich einen Schritt hinter ihr. Nun bog sie um die Ecke in die Folkungagatan. Sie hatte wirklich nicht die Absicht, ihm zuzuhören. Meine Mutter ist bei der Polizei! Er hatte sie in ein Wespennest eingeladen. Sie blieb unvermittelt stehen und drehte sich um. Damit hatte er nicht gerechnet und er prallte mit ihr zusammen.

«Verdammt nochmal, was glaubst du denn, wäre passiert, wenn deine Mutter nach Hause gekommen wäre?»

Sie spürte noch immer, wie ihr das Adrenalin durch den Körper strömte.

«Die ist doch zu einem Kurs!»

Sie sah ihn an und schüttelte den Kopf. Er war zu jung, um das zu verstehen. Was konnte sie denn schon verlangen?

«Kapierst du denn nicht, dass es hier um mein Leben geht? Sie hätte krank werden und früher nach Hause kommen können. Was, zum Geier, auch immer. Und dann hätte ich ganz schön blöd dagesessen. Aber vielleicht wolltest du das ja sogar?»

Er wich ein paar Schritte zurück, blieb stehen und sah sie an.

«Na gut, dann sauf dich doch tot!»

Ihre Wut verrauchte. Sie hatte einen einzigen Freund und war jetzt drauf und dran, auch ihn zu verprellen. Er war nicht dazu gekommen, eine Jacke anzuziehen, und versuchte sich zu wärmen, indem er die Arme um sich schlug.

Sie war nicht imstande, klar zu denken. Vorher war es schon anstrengend genug gewesen, aber jetzt hatte sie auch noch eine Art Verantwortung für das Wohl und Wehe dieses Grünschnabels. Wer konnte schon wissen, was ihm alles einfallen würde, sobald sie außer Sichtweite wäre? Das hatte sie sich jedoch selbst zuzuschreiben. Schließlich war sie es gewesen, die ihn in die Sache hineingezogen hatte.

Sie seufzte tief.

«Geh nach Hause und hol dir eine Jacke.»

Er warf ihr einen misstrauischen Blick zu.

«Warum denn?»

«Weil du frierst.»

Er sah sie an.

«Glaubst du denn, ich raffe nicht, dass du weg bist, wenn ich zurückkomme?»

«Und was willst du dagegen machen?»

Sie maßen sich mit Blicken. Dann zog er seine Brieftasche aus der Gesäßtasche und steckte sie ihr in die Jackentasche.

«Halt das mal, bis ich wieder da bin.»

Und schon war er fünf, sechs Meter weg und verschwand soeben um die Ecke. Dieser kleine Rotzbengel war gar nicht dumm. Er würde sein Glück machen. Sie zog seine Brieftasche heraus und wog sie in der Hand. Dann schloss sie die Augen und konnte sich das Lächeln nicht verbeißen.

Ich warte draußen. Ich setze mich in Björns Trädgård.»

Er war noch immer nicht ganz überzeugt davon, dass sie nicht abhauen würde. Sie sah, dass er zögerte.

«Ich verspreche, dass ich warten werde.»

Diesmal meinte sie es wirklich so. Er nickte und überquerte die Götgatan. Sie sah ihm nach, bis er durch die Tür der Bibliothek am Medborgarplatsen verschwand.

Als er mit seiner Jacke zurückgekommen war, war sein Gesicht in einem Lächeln erstrahlt, das eine jede unschuldig des Mordes Bezichtigte zum Schmelzen hätte bringen können. Sibylla hatte dieses Lächeln einfach erwidern müssen, und dann hatte sie den ersten Schritt seines Planes erfahren. Er wollte der Polizei eine

E-Mail schicken und Sibylla für die Nacht ein Alibi geben. Sie hatte gezögert und ihm das Versprechen abgenommen, nicht zu verraten, wo sie sich aufgehalten hätten, und vor allem nicht, wer er sei. Daraufhin hatte er sie mit dem Nicht-ganz-bei-Sinnen-Blick angesehen und erklärt, wenn er hätte verraten wollen, wer er sei, hätte er auch von zu Hause mailen können. Er werde nun aber den Computer in der Bibliothek benutzen, um seine Identität zu verbergen.

Sie saß jetzt auf einer Bank in Björns Trädgård und wartete auf ihn. Rings um den Medborgarplatsen tummelten sich die Samstagsflaneure, aber glücklicherweise konnte sie auf den anderen Bänken im Park keine Bekannten entdecken.

Nach zehn Minuten war er schon wieder bei ihr.

«Was hast du geschrieben?»

«Ich habe geschrieben, dass Sibylla Forsenström gerade vor der Bibliothek am Medborgarplatsen sitzt, dass sie aber unschuldig ist.»

Im ersten Moment ging sie ihm auf den Leim. Im nächsten seufzte sie.

«Das war nicht lustig, Patrik.»

«Ich habe geschrieben, dass ich anonym bleiben möchte, aber mit hundertprozentiger Sicherheit wüsste, dass du keine Mörderin bist.»

Ihr fuhr ein Gedanke durch den Kopf.

«Woher weißt du das eigentlich? Ich kann doch alle anderen umgebracht haben. Alle, außer dem heute Nacht.»

«Ja, klar doch! Du wirkst wirklich mordsgefährlich.»

Sie ließ nicht locker.

«Mal im Ernst. Wenn ich es nun doch war?»

Auf seiner Stirn erschien eine Falte. Er sah sie an.

«Ist es so?»

Sie ließ sich mit der Antwort etwas Zeit. Dann lächelte sie ein wenig.

«Nein. Aber du siehst: Nicht einmal du bist dir ganz sicher.»

«Das bin ich mir wohl, aber du musstest ja jetzt anfangen, darauf herumzureiten.»

Er war jetzt etwas gereizt und sie ebenfalls. Sie hatte nicht vorgehabt, ein interessantes Maskottchen zu werden, mit dem er eine Weile herumziehen und spielen könnte.

«Ich möchte nur, dass du nicht alles für so selbstverständlich hältst.»

Die Falte vertiefte sich. Ihm war jetzt nicht klar, was sie meinte.

Das war gut so.

Sie gedachte, auch künftig die Kontrolle zu behalten. Sie nicht an ihn abzutreten.

Er setzte sich zu ihr und sie schwiegen eine Weile. Menschen gingen an ihnen vorbei und sie folgten ihnen mit dem Blick, aber niemand schien das ungleiche Paar, das da auf der Bank saß, zu beachten.

Zwei Streifenwagen kamen mit hoher Geschwindigkeit den Buckel der Götgatan heraufgefahren und bogen auf den Medborgarplatsen ein. Sie hatten kein Martinshorn an, damit die Leute auf dem Platz aber aus dem Weg gingen, schalteten sie das Blaulicht ein. Sobald sie angehalten hatten, gingen die Autotüren auf, und aus jedem Wagen stiegen zwei Polizisten und stürmten in die Bibliothek.

Es war höchste Zeit zu gehen.

Sie sahen sich an und standen auf. Beschleunigten auf der Tjärhovsgatan ihren Schritt und bogen dann den Hügel zum Mosebacke Torg hinauf ab. Sie sagten noch immer nichts, setzten sich lediglich auf eine der Bänke. An diesem Tag war die Sonne endlich durch die kompakte Wolkenmasse gedrungen, die in den vergangenen Wochen wie ein Deckel über Stockholm gelegen hatte. Sibylla stellte den Rucksack neben sich auf die Bank, lehnte sich zurück und schloss die Augen. Jetzt ins Ausland fahren! In ein Land, wo immer die Sonne schien und wo niemand nach ihr suchte. Sie war noch nie außerhalb der Grenzen Schwedens gewesen; als sie noch klein war, waren ihre Eltern ein paar Mal nach Mallorca gereist, aber sie hatte keinen Pass.

Als sie bestimmt eine Viertelstunde lang schweigend dagesessen hatten, drehte er sich um und sah sie an.

«Ich werde zum Arbeitsplatz meiner Mutter gehen und in ihrem Computer nachgucken.»

Einfach so.

«Das darfst du nicht.»

«Das weiß ich, ich werde es aber trotzdem tun.»

«Ich lasse das nicht zu. Ich möchte nicht, dass du in diese Sache hineingezogen wirst.»

Er schnaubte leicht.

«Das bin ich doch schon.»

Ja. Das war wohl wahr. Hätte sie allerdings vorher geahnt, dass er nur halb so unternehmungslustig wäre, dann hätte sie es sein lassen. In seinem Alter hatte sie stumm wie ein Fisch dagesessen und artig den Weisheiten der Erwachsenen gelauscht.

Und man sah ja, was aus ihr geworden war.

«Könntest du das wirklich machen, ohne erwischt zu werden?»

«Ich gehe einfach hin und frage nach meiner Mutter, und dann bitte ich, in ihrem Zimmer warten zu dürfen.»

«Aber sie ist doch zu einem Kurs.»

«Das wissen die an der Pforte doch nicht.»

«Und wenn doch?»

Jetzt hatte er allmählich genug von ihrem mangelnden Enthusiasmus.

«Na, dann werde ich mir wohl was einfallen lassen müssen.»

Ganz schön großspurig. Das war gar nicht gut.

«Und wenn dich jemand erwischt?»

«Mich erwischt schon niemand.»

«Ich sagte: wenn?»

Darauf wollte er offensichtlich nicht antworten. Er schlug sich auf die Schenkel und stand auf.

«Gehen wir?»

«Wohin?»

Er schien sich zu fragen, warum er alles zweimal erklären müsse.

«Zum Arbeitsplatz meiner Mutter!»

Sie sah ihn schweigend an. Entweder war er ihr rettender Engel oder der endgültige Absturz. Aber so etwas wusste man immer erst hinterher.

«Hast du etwas dagegen, wenn ich nicht mitkomme, wenn du im Polizeipräsidium einbrichst?»

Er grinste ein bisschen.

«Wo treffen wir uns?»

S*ie hatte ihn nicht kommen hören.* Sie saß hinterm Stadshuset unten am Kai und wartete. Als der Minutenzeiger der Riddarholmskyrkan einmal rundherum gewandert war, hatte sie zum ersten Mal ernsthaft überlegt, ob sie gehen sollte.

Sie war jedoch sitzen geblieben.

Eine halbe Stunde später tauchte vor ihrer Nase ein Blatt Papier auf.

Er hatte sich hinterrücks angeschlichen, und als sie sich umdrehte und ihn sah, blitzte hinter der Stahlbrille der Stolz.

Sie nahm das Blatt und las. Jörgen Gundberg war der erste Name, danach kamen noch drei. Ein Mann und zwei Frauen. Vier unbekannte Menschen, von denen die Polizei annahm, dass sie sie ermordet habe.

«Alle Opfer. Mit Adresse und Personennummer.»

Er beugte sich über ihre Schulter.

«Das Opfer von heute Nacht wohnte offenbar in Stocksund. Ist das nicht hier in Stockholm?»

Sie nickte. So viel zu seinem Alibi. Sie hätte gut und gern nach Stocksund und wieder zurück fahren können, während Patrik friedlich auf dem Dachboden der Sofienschule schlief. Sie sah ihn an. Dieser Gedanke war ihm offensichtlich nicht gekommen. Noch nicht. Im Moment war er ganz von seiner Großtat erfüllt.

Sie ließ das Blatt sinken und schaute über den Riddarfjärden. Das Wasser glitzerte von den Sonnenstrahlen. Nicht weit von ihrem Platz schaukelten ein paar Enten vorüber.

«Aha. Und was, meinst du, sollen wir jetzt machen?»

Er steckte die Hand in die Tasche und zog ein Bündel mit weiteren Papieren hervor.

«Ich habe ausgedruckt, was ich gefunden habe.»

«Hat dich jemand gesehen?»

«Nein. In den PC meiner Mutter kam ich nicht rein, aber Kenta im Nebenzimmer war eingeloggt, und als er aufs Klo ging, habe ich die Gelegenheit genutzt.»

Sibylla schüttelte den Kopf.

«Du bist ja verrückt.»

«Er war ziemlich lange weg.» Er grinste. «Ich glaube, dass weder er noch meine Mutter mit diesem Fall befasst sind. Ich habe bei ihm nur ganz allgemeine Informationen gefunden.»

Er faltete die Blätter auseinander und zeigte ihr das oberste.

«Schau her. Das hier hat der Mörder am Tatort zurückgelassen.»

Das Schwarzweißbild zeigte ein Kruzifix. Das Kreuz war aus dunklem Holz, und die Christusfigur schien aus Silber oder einem anderen hellen Metall zu sein. Daneben waren millimetergenau die Maße angegeben.

Sie streckte die Hand nach dem zweiten Blatt aus.

Noch eine Schwarzweißaufnahme. Das Bild einer Wand mit geblümter Tapete. Am unteren Rand ein ungemachtes Bett mit großen schwarzen Flecken. Und auf der Wand darüber deutlich sichtbar der Text:

Wehe dem, der den Unschuldigen seines Rechtes beraubt. Sibylla.

Sie sah ihn an und er reichte ihr schnell das letzte Blatt. Ein Bild von einem Paar durchsichtiger Plastikhandschuhe. Nutex 8 stand in Druckschrift daneben.

«Solche benutzen sie im Krankenhaus.»

Sie nickte. Ja, dann war der Fall ja gelöst.

«Das ist alles, was ich kriegen konnte. Aber immerhin haben wir jetzt die Namen.»

«Und was sollen wir damit anfangen?»

Er drehte sich zu ihr, sodass seine Knie auf sie zeigten, und zögerte ein wenig, so als ob er nach Worten suchte.

«Weißt du, was ich finde?»

Ich habe wirklich keine Ahnung.

«Ich finde, du machst den Eindruck, als ob du aufgegeben hättest. Als ob du eigentlich gar nicht wolltest, dass dieser Fall gelöst wird. Als ob es dir scheißegal wäre, wie es läuft.»

«Und wenn schon? Wäre das denn so merkwürdig?»

«Wenn ich mich so verhalte, sagt mein Vater immer, dass ich nicht nur dasitzen und mir selber Leid tun soll. Dass ich lieber etwas gegen die Scheiße unternehmen soll.»

Ja. Dein Vater hat damit wirklich Erfolg gehabt.

«Gestern hast du noch davon geredet, wie missverstanden alle Penner und so sind, dass ihr keine Chance hättet und was sonst noch alles, aber jetzt, wo du eine Chance kriegst, nimmst du sie nicht wahr, verdammt nochmal!»

Er ereiferte sich jetzt richtig. Sie sah ihn mit neuem Interesse an. Ob er sie vor den Kopf gestoßen oder ihr heimgeleuchtet hatte, konnte sie noch nicht entscheiden, aber das, was er gesagt hatte, war völlig berechtigt.

«Okay.» Sie erhob sich. «Was soll ich jetzt tun, Chef?»

«Wir werden nach Västervik fahren.»
Sie starrte ihn an.
«Machst du Witze?»
«Nein. Ich habe das telefonisch abgecheckt. In einer halben Stunde geht ein Bus. Vierhundertsechzig Kronen hin und zurück. Du kannst sie dir von mir leihen. Wir sind um zwanzig vor fünf dort und haben dann zwei Stunden und zwanzig Minuten Zeit, bis der Bus zurückfährt.»
Sie schüttelte den Kopf.
«Du spinnst wirklich.»
«Um Viertel nach elf sind wir wieder da.»
Sie griff nach dem letzten Strohhalm.
«Du musst vor zehn zu Hause sein.»
«Nein. Ich gehe nämlich ins Kino. Ich habe schon angerufen.»

Vor dem Fenster flog die Landschaft vorüber. Södertälje, Nyköping, Norrköping, Söderköping. Patrik studierte die Ausdrucke, die er bei der Polizei gestohlen hatte, als wäre irgendein verborgener Anhaltspunkt darin zu finden. Sibylla selbst starrte meistens aus dem Fenster.

Die Fahrkarten hatte sie selbst bezahlt. War in der Wartehalle zur Toilette gegangen und hatte dem Brustbeutel verstohlen einen Tausender entnommen. Als sie zurückkam, hatte Patrik als Proviant zwei Tüten Chips und eine Zweiliterflasche Cola gekauft, und als sie die Fahrscheine löste, hatte er mit großen Augen ihren Schein betrachtet.
Aber er hatte keine Fragen gestellt.
Das war gut.

«Warum machst du das eigentlich?»

Er zuckte leicht die Schultern.

«Affengeil.»

So leicht würde sie nicht locker lassen.

«Mal im Ernst. Hast du denn keine witzigeren Kumpel, dass du dich mit einer Zweiunddreißigjährigen herumtreiben musst?»

«Bist du nicht älter?», fragte er grinsend.

Sie antwortete nicht. Er musste ihr Alter schon zweihundert Mal in den Zeitungen gelesen haben. Sie betrachtete ihn weiterhin, und schließlich faltete er seine Zettel und steckte sie in die Innentasche seiner Jacke.

«Ich raffe nicht, was daran verkehrt sein soll, wenn man einfach gern für sich allein ist. Meine Eltern motzen auch ständig. Ich kann nichts dafür, dass ich Hockey und Fußball nicht mag. Mir ist es nun mal scheißegal, ob AIK oder Djurgården schwedischer Meister wird.»

Sie nickte beschwichtigend.

«Okay, okay. Ich habe ja nur gefragt.»

Sie starrte wieder aus dem Fenster und er wandte sich erneut seinen Zetteln zu.

Sören Strömberg 36 02 07–4639

Sie waren zu seinen Angehörigen unterwegs. Sibylla erinnerte sich an den Besuch bei Lena Grundberg. Damals war sie noch voller Mut und Zuversicht gewesen.

Jetzt war alles anders.

Der Bus war pünktlich, und um fünf nach halb fünf stiegen sie am Busbahnhof in Västervik aus. Patrik ging unverzüglich zum Zeitungskiosk und fragte nach dem Weg zur Siversgatan, wo laut seinen Papieren Sören Strömberg gewohnt hatte; Sibylla sah das Mädchen hinterm Kioskfenster zeigen und erklären.

Es war nicht weit. Sie brauchten kaum fünf Minuten zu Fuß.

Je näher sie kamen, umso unwohler war ihr zumute. Patrik trabte furchtlos und in Hochstimmung, als ob er zu einem lang ersehnten Fest unterwegs wäre, einen halben Meter vor ihr her.

Das Haus war einstöckig und hatte ein Mansardendach. Irgendwann, als es noch Mode gewesen war, hatte jemand so viel schlechten Geschmack besessen, die Fassade mit Eternitplatten zu verkleiden. Vor der Außentür in der Mitte des Hauses hatte vermutlich dieselbe Person eine Treppe samt einer kleinen Veranda mit grünen Lichtwellplatten eingebaut, und das hatte dem Charme des Hauses den Todesstoß versetzt.

Sie blieben vor der Gartenpforte stehen und sahen sich an. Sibylla schüttelte missmutig den Kopf, um zu zeigen, dass sie dies für eine ausgesprochen schlechte Idee hielt. Das gab Patrik den Anstoß, sofort die Gartentür zu öffnen und in Richtung Haustür zu schlendern.

Sie seufzte und folgte ihm. Hier konnte sie ja schlecht stehen bleiben.

«Was willst du denn sagen?»

Er kam nicht dazu zu antworten, da im ersten Stock des Nachbarhauses ein Fenster aufging und eine Frau mittleren Alters den Kopf herausstreckte.

«Wollen Sie zu Gunvor?»

Sie sahen sich an.

«Ja», antworteten sie wie aus einem Munde und sahen sich wieder an.

«Sie ist in ihrem Häuschen. Draußen bei Segersvik. Soll ich sie grüßen?»

Patrik machte einen Schritt auf die Grundstücksgrenze der Frau zu.

«Ist es weit dorthin?»

«Nun, es sind schon einige Kilometer. Sind Sie mit dem Auto da?»

«Ja», erwiderte Patrik ohne Zögern.

«Sie nehmen die alte Straße nach Gamleby, fahren an Piperskärr vorbei, und dann sind es wohl noch an die zehn Kilometer. Ich glaube, da steht ein Schild.»

«Vielen Dank für Ihre Hilfe.»

Er kehrte der Frau den Rücken zu und nahm ihr dadurch die Gelegenheit, noch mehr Fragen zu stellen. Sie gingen zur Gartenpforte zurück, und in dem Moment, als sie auf die Straße traten, hörten sie, wie die Frau das Fenster schloss.

«Er ist da draußen ermordet worden», sagte er leise. «Ich habe gelesen, dass er in seinem Sommerhaus ermordet worden ist.»

Sie gingen weiter, um aus dem Blickfeld der Frau zu kommen. Am Ende der Straße blieb Sibylla stehen.

«Nun denn. Und was machen wir jetzt? Wir schaffen das kaum zu Fuß, wenn wir den Bus zurück erwischen wollen.»

«Wir müssen ein Taxi nehmen.»

Sie runzelte die Stirn.

«Ich habe Geld», erklärte er.

Sie war trotzdem nicht erbaut.

«Wie kommt es, dass du so viel Geld hast? Ist das so üblich in deinem Alter?»

Er antwortete nicht, sondern sah zu Boden.

«Mensch, sag bloß, du hast es geklaut?»

«Nein. Nur geliehen.»

«Von wem?»

Er zog los in Richtung Busbahnhof, wo sie einen Taxenstand gesehen hatten. Sibylla blieb stehen.

«Ich mache keinen Schritt, bevor du erzählst, wem du es geklaut hast.»

Er blieb stehen und drehte sich um.

«Ich habe es mir zu Hause geliehen. Aus der Haushaltskasse. Das ist harmlos. Ich zahle es zurück, bevor sie was merken.»

«Aha. Und mit welchem Geld?»

«Ach. Das wird sich zeigen.»

Er drehte sich um und ging weiter, doch Sibylla rührte sich nicht vom Fleck. Als er das merkte, drehte er sich erneut um und rief gereizt nach ihr.

«Was ist nun, wollen wir hier herumstehen und dumm daherreden, oder wollen wir versuchen etwas auszurichten?»

«Wie viel war es?», rief sie zurück.

Er zögerte ein wenig.

«Tausend Kronen.»

Sie holte ihren Brustbeutel hervor und entnahm einen weiteren geheiligten Schein, zog den Reißverschluss zu und ging auf Patrik zu.

«Hier», sagte sie und reichte ihm den Schein. «Und wenn du jemals wieder was klaust, mache ich auf der Stelle die Biege. Kapiert?»

Er nickte verblüfft und betrachtete den Schein.

«Ob du das kapiert hast, will ich wissen!»

«JA!»

Er riss den Schein an sich. Sie ging an ihm vorbei und zum Busbahnhof voraus.

«Bitte.»

Nach etwa zehn Metern drehte sie sich um. Er stand noch immer am selben Fleck.

«Wollen wir hier herumstehen und dumm daherreden, oder kommst du?»

Er zögerte noch einen Moment und kam ihr dann widerstrebend nach.

Als das Taxameter die Zweihundertkronenmarke passiert hatte, schüttelte sie den Kopf.

Taxi fahren!

So eine Verschwendung hatte sie noch nie erlebt.

An Piperskärr waren sie längst vorbei, und der Asphalt war eben abrupt zu Ende gewesen und in einen Kiesweg übergegangen. Sie fuhren mal durch Wald und mal durch Felder, kurvten über sanfte Hügel und um Felsbuckel und Gehölze herum.

Niemand sagte etwas unterwegs. Der Taxifahrer war zum Glück einer von der schweigsamen Sorte, und Patrik hatte es nach ihrer Zurechtweisung völlig die Sprache verschlagen.

Ihr war seitdem besser zumute. Nun hatte sie wieder das Heft in der Hand.

Sie fuhren an einem leeren Bootsanleger und dann an einem Lagerplatz vorbei, auf dem, in Plastikplanen und Persenninge eingeschlagen, Boote auf den Frühling warteten. Wieder im Wald, öffnete sich nach ungefähr einem Kilometer links die Landschaft zum Wasser hin. Im Westen verschwand gerade die Sonne und färbte den Himmel rosa.

«Wollen Sie auf den Hof oder wohin geht's?»

Der Taxifahrer nickte in Richtung einer Ansammlung von Gebäuden vor ihnen an der Straße. Sibylla sah Patrik an, der dasaß und aus dem Fenster starrte. Er hatte ernstlich nicht vor, ihr zu helfen, das war deutlich. Sie lehnte sich zu dem Mann auf dem Vordersitz vor.

«Ich weiß nicht genau. Wir suchen Gunvor Strömberg. Sie soll hier irgendwo ein Häuschen haben.»

«Ja, das weiß ich auch nicht», gab er mürrisch zurück. «Haben Sie keine genaue Adresse?»

Er fuhr langsam weiter, an den Torpfosten des Hofes und einem roten Häuschen in einer scharfen Rechtskurve vorbei. Das Taxameter zeigte zweihundertsechzig Kronen.

Sibylla schluckte und zog einen weiteren Schein aus ihrem

Brustbeutel. Patrik sah sie verstohlen an, aber sie erwiderte seinen Blick nicht.

«Wir steigen hier aus.»

Der Fahrer fuhr, so gut es auf der schmalen Straße möglich war, an die Seite und sie stiegen aus. Ihren Rucksack musste sie sich selbst aus dem Kofferraum holen. Sie hatte kein Trinkgeld gegeben.

Das Taxi fuhr noch ein Stück auf dem Weg weiter und wendete an einer Ausweichstelle. Als es bei dem roten Häuschen in der Kurve verschwand, fiel ihr ein, dass sie nicht an die Rückfahrt gedacht hatten. Sie seufzte, schulterte den Rucksack und drehte sich um. Vor ihnen war eine offene Gartenpforte, groß genug, um auch ein Auto durchzulassen, und an einem der Torpfosten hing ein grüner Briefkasten aus Blech.

Strömberg.

Sie drehte sich um und sah Patrik an.

«Hier ist es. Hier unten am Wasser.»

«Aha», gab er desinteressiert zurück.

«Willst du noch lange bocken?»

Er antwortete nicht, kam aber zu ihr.

Hinter der Pforte führte der Weg abwärts, und schon nach wenigen Metern konnten sie das Dach und die Rückseite eines Hauses sehen. Zwischen ihnen und dem Haus war ein großes Gebüsch. Sie gingen den Weg weiter. Sibylla vorweg und Patrik gleich hinter ihr. Hinter dem Gebüsch war das Wasser. Direkt vor ihnen ragte ein Steg hinaus.

Die Aussicht war atemberaubend. Wie konnte an solch einem Ort ein Mensch ermordet werden?

«Kann ich Ihnen behilflich sein?»

Sibylla drehte sich schnell um. Direkt über ihnen unter dem Balkon des Hauses, dessen Rückseite sie gerade gesehen hatten, stand eine Frau.

Sibylla kramte in ihrem Wortschatz nach etwas, das sie sagen könnte. Patrik hatte nicht die Absicht, ihr zu helfen, das sah sie ihm an. Diesmal musste sie allein klarkommen.

Die Frau stellte den Rechen ab, den sie in der Hand hielt, und kam auf sie zu. Patrick ging auf den Steg hinaus. Sibylla schluckte und ging ihr ein paar Schritte entgegen. Die Frau war um die fünfundsechzig und hinkte leicht. Bei Sibylla angekommen, blieb sie ein Weilchen schweigend stehen. Sibylla spürte ihren Puls im ganzen Körper.

«Sind Sie Kaufinteressenten für das Haus?»

Ja. In der Tat.

«Ja, genau.»

Sibylla lächelte dankbar. Kaufinteressenten für das Haus. Und ob sie das waren.

«Ah ja», erwiderte die Frau lächelnd. «Verzeihen Sie, wenn ich mürrisch war, aber ... hier rennen so viele Neugierige herum.»

Die Frau räusperte sich und dann war es wieder ein Weilchen still.

«Sie haben Glück, dass ich hier bin. Der Makler hat nichts davon gesagt, dass jemand kommen würde.»

«Nein, wir sind nur gerade in der Gegend.»

Die Frau zog ihre Gartenhandschuhe aus und reichte ihr die Hand.

«Gunvor. Gunvor Strömberg.»

Sibylla zögerte einen Augenblick zu lange, bevor sie antwortete.

«Margareta. Lundgren.»

Sibylla ergriff die Hand. Sie fühlte sich feucht und warm an, nachdem sie in dem Handschuh gesteckt hatte.

«Und das ist der Herr Sohn, nehme ich an?»

Sibylla folgte ihrem Blick zu Patriks Rücken.

«Ja», sagte sie und lachte ein wenig nervös. «Genau.»

Patrik warf ein paar Steine ins Wasser. Sibylla hatte Herzklopfen bekommen. Es war ganz offenkundig, dass er ihr nicht helfen wollte. Die Frage war nur, wie sauer er war. Würde er etwa versuchen sie zu bestrafen?

«Ja, dieser Steg gehört nicht uns, wir haben aber das Nutzungsrecht, das ist in den Kaufdokumenten niedergelegt. Außer uns hat ihn aber nie jemand benutzt.»

Sie schwieg und blickte übers Wasser. Dann fasste sie sich wieder.

«Ja, Sie wollen das Haus natürlich von innen sehen?»

«Ja, bitte.» Sibylla lächelte.

«Er vielleicht auch?»

Sie nickte in Patriks Richtung, der noch einen Stein warf. Sibylla nickte.

«Patrik, möchtest du das Haus von innen sehen?», rief sie.

In aller Gemütsruhe holte er zu einem weiteren Wurf aus, bevor er sich umdrehte. Gunvor Strömberg sah Sibylla an und lächelte.

«Das ist ein schwieriges Alter, ich weiß, wie das ist. Man kann sie leider nur gewähren lassen.»

Sibylla versuchte einvernehmlich zu lächeln. In was für einem Alter er war, würde er schon zu spüren kriegen, sobald sie von hier weg waren.

Die Frau ging voraus und Sibylla wartete auf Patrik, der lässig auf sie zugeschlendert kam. Als er auf Flüsterweite herangekommen war, zischte sie ihn an:

«Reiß dich jetzt zusammen, verdammt nochmal! Sie glaubt, wir wollen das Haus kaufen.»

Er sah sie an und zog die Augenbrauen hoch.

«Mach das. Du hast ja Geld.»

Er ging an ihr vorbei.

Es war merkwürdig. Zum zweiten Mal innerhalb einer Woche hatte sie jemanden enttäuscht, nur weil sie Geld hatte. Wie um alles in der Welt war das bloß möglich?

Gunvor Strömberg war schon beim Haus und Sibylla beeilte

sich nachzukommen. Patrik gab ihr die Hand und stellte sich vor. Höflich und gewandt.

«Gehen Sie nur rein und sehen Sie sich um. Ich warte hier draußen.»

Sie sahen sich an, stiegen die kleine Steintreppe hinauf und öffneten die Tür.

«Es ist nicht sehr groß, aber es ist fast alles vorhanden, was man braucht», rief Gunvor Strömberg. «Der Boiler ist schon alt und muss wohl früher oder später ausgetauscht werden.»

Sibylla nickte und trat über die Schwelle.

Hier war der Mörder vermutlich auch einmal eingetreten.

Sie sah sich um. Nach ein paar Schritten stand sie in einer kleinen Küche. Alles wirkte sauber und ordentlich. Bewohnt. Eingewohnt. Auf dem Fußboden Spuren von Küchenstühlen, die hunderte Male herausgezogen worden waren. Das über Jahre hin vom Griff hungriger Hände abgeschabte Email am Riegel der Ofentür.

Es roch schwach nach Malerfarbe.

Patrik war weitergegangen und hatte die Tür eines Zimmers geöffnet. Jetzt stand er auf der Schwelle und machte Sibylla ein Zeichen, sie solle kommen.

Das Zimmer war weiß getüncht und völlig unmöbliert.

Patrik zog die aufgerollten Zettel aus der Innentasche seiner Jacke und nahm einen davon heraus.

«Das ist die Wand», flüsterte er.

Sibylla betrachtete das Bild mit dem blutbefleckten Bett und las noch einmal den Text, den der Mörder mit ihrem Namenszug versehen an der Wand hinterlassen hatte.

Sie wollte jetzt raus.

Gunvor Strömberg war zum Steg hinuntergegangen. Sie stand mit dem Rücken zum Haus und blickte übers Wasser. Sibylla zögerte einen Moment. Patrik kam nach draußen und stellte sich neben sie.

«Geh runter und unterhalte dich mit ihr.»

Sie sah ihn an.

«Wir haben ja noch nichts Brauchbares herausbekommen», fuhr er fort. «Ich bleibe hier oben und schau mich noch ein bisschen um.»

Er hatte Recht. Nun waren sie schon so weit gekommen, da mussten sie auch weitermachen.

Gunvor Strömberg verriet mit keiner Bewegung, dass ihr bewusst war, dass sie auf dem Steg Gesellschaft bekommen hatte. Sie starrte weiterhin übers Wasser, und erst als Sibylla sich räusperte, hob sie die Hand ans Gesicht; Sibylla sah, wie sie sich über die Augen wischte. Sie drehte sich aber nicht um.

«Das ist hier wirklich ein phantastisches Fleckchen», sagte Sibylla versuchsweise.

Die Frau reagierte nicht. Sibylla stand ruhig da. Irgendwann würde das Schweigen die andere Frau schließlich zum Sprechen bringen.

Dieses Fleckchen war alles, was sie sich erträumt hatte. Die Abgeschiedenheit. Die Stille. Und dann diese unglaubliche Aussicht! Aber so etwas würde sie sich niemals leisten können. Nie und nimmer. Bald würde sie sich überhaupt nichts mehr leisten können.

«Ich kann es Ihnen genauso gut gleich sagen, dann brauchen Sie es nicht durch den Klatsch zu erfahren», sagte die Frau vor ihr plötzlich und wandte sich um. «Sie sind nicht von hier, wie?»

«Nein.»

Sie nickte und wandte sich wieder dem Wasser zu.

«Das dachte ich mir schon.»

Sibylla ging zu ihr hin und stellte sich neben sie. Das Beste, was sie jetzt machen konnte, war schweigen.

«Mein Mann wurde vor sechs Tagen hier ermordet.»

Sie starrte weiterhin übers Wasser, trotzdem tat Sibylla ihr Bestes, um erstaunt auszusehen.

«Es hat niemand hier aus der Gegend getan, da brauchen Sie sich keine Sorgen zu machen.»

Sie schwieg wieder. Sibylla betrachtete ihr Gesicht. Es war immer noch so hell, dass sie die Tränen erkennen konnte, die ihr über die Wangen liefen.

«Deswegen wollen Sie also verkaufen?», fragte Sibylla leise.

Die Frau schluchzte und schüttelte den Kopf.

«Wir hatten es schon lange vor. Wir wollten lediglich bis zum Frühjahr warten, um einen höheren Preis zu erzielen.»

Gunvor Strömberg barg das Gesicht in der rechten Hand, so als ob sie nicht wollte, dass Sibylla ihre Tränen sah.

«Sören war so lange krank gewesen. Leberkrebs. Vor einem guten Jahr unterzog er sich einer großen Operation und es ging alles über Erwarten gut. Zuvor hatten sie gemeint, er habe eine Überlebenschance von vierundvierzig Prozent.»

Sie schüttelte den Kopf.

«Ich hatte irgendwie neue Hoffnung geschöpft. Er nahm seine Medikamente und ging regelmäßig zur Kontrolle und alles schien gut. Er war natürlich oft müde, schaffte nicht mehr so viel wie vorher. Wir hatten das Gefühl, dass das Häuschen hier allmählich zu viel Arbeit machte, und fanden, wir sollten das Geld stattdessen lieber dafür verwenden, noch ein bisschen zu reisen. Wir wussten ja nicht, wie viel Zeit uns noch blieb.»

Sie schwieg wieder. Sibylla legte ihr die Hand auf die Schulter, und bei dieser Berührung schluchzte Gunvor Strömberg laut auf.

«Wir waren immer hier im Häuschen. Sobald wir frei hatten, sind wir hierher gefahren.»

«Sie sollten mit dem Verkauf noch ein bisschen warten.»

Die Frau schüttelte den Kopf.

«Ich möchte nicht mehr hier sein. Ich kann das Haus nicht einmal mehr betreten.»

Sie standen ein Weilchen schweigend da. Sibylla hatte ihre Hand wieder zurückgezogen. Plötzlich tönte eine Trompetenfanfare durch die Luft. Sibylla sah sich verwundert um.

«Das ist nur Magnusson. Er bläst jeden Morgen die Reveille und jeden Abend den Zapfenstreich, wenn er hier ist. Aus purer Freude, sagt er.»

In all ihrem Leid lächelte Gunvor Strömberg ein wenig.

Sibylla schloss die Augen. Wenn sie hier leben könnte! Ganz allein und in Ruhe, lediglich ein Nachbar in angemessener Entfernung, der seine Anwesenheit aus purer Freude mit einem Trompetensalut verkündete.

Der Traum vom Glück.

«Wie viel verlangen Sie?»

Gunvor Strömberg drehte sich um und sah sie an.

«Der Makler meint, wir könnten vielleicht dreihunderttausend herausholen …»

Sibyllas Hoffnung erlosch.

«… aber für mich ist es wichtiger, wer es kauft.»

Sie sahen sich an.

«Sören und ich haben es anno siebenundfünfzig gebaut. Wir haben geschuftet und gekämpft, damit wir es schafften, und wir haben hier viel erlebt. Manchmal erscheint es undenkbar, dass wir einfach nur ausziehen und plötzlich jemand anders einzieht. Und das Haus weiterhin stehen bleibt. Ohne uns.»

Sibylla senkte den Blick und Gunvor Strömberg zog ihre Jacke enger um sich.

«So als ob wir nie eine Rolle gespielt hätten.»

«Aber natürlich haben Sie das», sagte Sibylla und meinte es wirklich so. «Gerade darum ist dieses Fleckchen hier doch so phantastisch. Das ganze Haus da oben trägt ihre Spuren und die ihres Lebens. Und alles hier draußen ebenfalls. Dieser Weg. Den haben doch Sie getrampelt und den wird es hier immer geben. Die Büsche, die Sie gepflanzt haben. Alles. Ich für meine Person habe nichts hinterlassen. Von mir wird es nichts mehr geben, wenn ich einmal tot bin.»

Sie verstummte. Was trieb sie da eigentlich? Sollte sie nicht auch noch erzählen, wie sie hieß, wo sie doch schon einmal dabei war?

«Sie haben doch einen Sohn.»

Sibylla räusperte sich.

«Ja, natürlich.» Sie lächelte verlegen. «Ich weiß auch nicht genau, was ich gemeint habe.»

Sie wandte sich dem Haus zu und rief:

«Patrik! Müssen wir nicht los, wenn wir den Bus noch erwischen wollen?»

«Haben Sie ein Auto?», fragte Gunvor Strömberg.

«Nein. Wir sind mit dem Taxi gekommen.»

«Sie können mit mir in die Stadt fahren.»

Sie kamen gerade rechtzeitig. Sibylla saß auf dem Platz am Fenster und hielt Gunvor Strömbergs Telefonnummer in der Hand.

Falls sie das Haus kaufen wollte.

Sie faltete den Zettel und steckte ihn in die Tasche. Patrik sah sie eifrig an.

«Hast du denn irgendetwas Brauchbares herausbekommen?»

Sibylla schob ihren Traum beiseite und sah ihn an.

«Ich weiß nicht so recht. Über den Mord selbst hat sie nichts gesagt. Sie hat erzählt, dass er Krebs hatte und vor ungefähr einem Jahr operiert wurde.»

Patrik schaute enttäuscht drein.

«Du solltest doch nach dem Mord fragen!»

«Das war nicht so einfach.»

Sie schwiegen eine Weile. Patrik holte seine Zettel hervor und ging sie noch einmal durch. Auf die Rückseite des Bildes von der Wand hatte er mit Bleistift etwas notiert.

«Was ist das?»

«In ihrer Handtasche steckte eine Plastikmappe mit seiner Krankengeschichte. Ich habe ein bisschen was abgeschrieben.»

Sie starrte ihn entgeistert an.

«Du hast in ihrer Handtasche gewühlt?»

«Ja. Wie soll man sonst was erfahren?»

Sie schüttelte den Kopf und eine Befürchtung stieg in ihr auf.

«Du hast hoffentlich nichts geklaut?»

Er glotzte sie an.

«Doch. Vier Millionen.»

Sie schnitt ihm eine Grimasse und streckte sich nach seinen Notizen. In dem Moment, als sie das Blatt ergreifen wollte, zog er es zurück.

«Warum hast du so viel Geld?»

«Wieso?»

«Warum haust du auf dem Dachboden einer Schule, wenn du lauter Tausender um den Hals hängen hast?»

«Das ist doch wohl meine Sache.»

Zuerst kümmerte sie sich nicht darum, dass er sauer wurde. Er verschränkte die Arme und wandte sich demonstrativ von ihr ab. Sie sah aus dem Fenster und der Bus fuhr schon durch Söderköping, als ihr endlich klar wurde, dass sie ihm eine Erklärung schuldig war.

«Ich habe es gespart», sagte sie, den Blick weiterhin aus dem Fenster gerichtet.

Er sah sie an.

Sie erzählte von ihrem Traum, von dem Haus, das ihr ein neues Leben ermöglichen sollte, und von dem regelmäßigen Almosen ihrer Mutter, das ihr jetzt entzogen worden war. Er hörte interessiert zu, und als sie fertig war, hielt er ihr das Blatt hin.

«Bitte sehr.»

Er hatte fleißig Notizen gemacht. Daten von Krankenhausaufenthalten und Operationen. Sie übersprang eine Menge unverständlicher Ausdrücke und Abkürzungen, plötzlich aber erkannte sie ein Wort wieder, das sie irgendwo schon einmal gehört hatte: Sandimmun Neoral.

Irgendjemand hatte das kürzlich ihr gegenüber erwähnt. Oder hatte sie es irgendwo gelesen?

Patrik bemerkte ihre Reaktion.

«Was ist denn?»

Sie schüttelte nachdenklich den Kopf.

«Ich weiß nicht.»

Sie zeigte auf seine Notizen.

«Das hier, Sandimmun Neoral fünfzig Milligramm. Ich frage mich, woher ich das kenne.»

Patrik las.

«Das scheint irgendein Medikament zu sein. Wofür nimmt man das ein?»

«Keine Ahnung.»

«Fiddes Mutter ist Ärztin. Die kann ich mal fragen.»

Ja, natürlich. Frag du nur Fiddes Mutter, wofür man Sandimmun Neoral einnimmt. So etwas fragen sich Fünfzehnjährige doch eigentlich fast täglich.

Sie lächelte ihn an. Sie hätte gern seine Hand genommen, traute sich aber nicht.

«Patrik.»

«Mmm.»

«Danke für deine Hilfe.»

Er wurde ein wenig verlegen.

«Ach was. Hat doch noch nix genutzt.»

Sie lächelte noch mehr.

«Doch, doch. Hat es durchaus.»

Die nächste Nacht verbrachte sie auf dem Dachboden in Patriks Mietshaus. Er hatte sie eingelassen, und sie rollte in einem ungenutzten Bodenraum ihre Isomatte aus.

Sie hatte Mühe, zur Ruhe zu kommen. Patrik hatte ihr ein paar belegte Brote gebracht, folglich lag es nicht am Hunger. Eher daran, dass sie von Erlebnissen übersättigt war. Gedanken und Bilder blitzten ihr hinter den Lidern auf, und bevor sie endlich einschlief, hatte sie stundenlang wach gelegen.

Sobald sie am Sonntagmorgen die Augen aufschlug, wusste sie, woher sie Sandimmun Neoral kannte. Ihr Gehirn hatte diese wichtige Information im Schlaf heraussortiert.

Jörgen Grundberg.

Der Name des Medikaments hatte auf der Arzneipackung gestanden, die er nach Beendigung seines Mahls im *Grand Hôtel* aus der Tasche gezogen hatte. Vor lauter Eifer setzte sie sich auf.

Konnte das wirklich ein Zufall sein? Dass zwei Opfer des Mörders das gleiche Medikament einnahmen?

Sie war nun hellwach und musste unbedingt aufstehen. Ungeduldig trat sie in den Flur des Dachbodens und ging zu dem einzigen Fensterchen. Draußen war es hell. Wie spät es wohl war? Wie lange würde es dauern, bis Patrik käme?

Sie musste mehrere Stunden warten.

Währenddessen wurde ihr der Effekt dieses unerwarteten Erfolgs bewusst. In ihr war der Antrieb weiterzumachen, den sie schon ein für alle Mal verloren geglaubt hatte, zu neuem Leben erwacht. Sie wollte sich aufs Neue weigern aufzugeben.

Als sie endlich die schwere Metalltür aufgehen hörte und Patrik rief, dass bloß er es sei, konnte sie keine Sekunde länger damit warten zu erzählen, was ihr wieder eingefallen war.

«Jörgen Grundberg hat ebenfalls Sandimmun Neoral eingenommen!»

«Tatsächlich? Bist du dir sicher?»

Er reichte ihr ein doppeltes belegtes Brot und ein Dünnbier, aber sie hatte jetzt nicht die Ruhe zum Essen.

«Ja. Ich bin mir ganz sicher. Das kann doch nicht nur ein Zufall sein?»

«Ich habe mit Fiddes Mutter geredet.»

«Schon? Wie spät ist es?»

Er sah auf die Armbanduhr.

«Zehn nach elf. Ich habe angerufen und sie geweckt. Habe gesagt, dass ich an einer Facharbeit säße. Und das tue ich ja gewissermaßen.»

Er grinste.

«Zuerst habe ich ein bisschen im Internet gesucht, aber ich habe nicht verstanden, wofür das Medikament verwendet wird.»

«Was hat sie denn gesagt?»

Er zog ein gefaltetes Blatt Papier aus der Gesäßtasche.

«Es schimpft sich immunhemmende Medizin, die schluckt man, wenn man eine Transplantation hinter sich hat. Damit das neue Organ vom Körper nicht abgestoßen wird.»

Er sah sie triumphierend an und faltete den Zettel wieder zusammen.

«Eine Transplantation? Du meinst, wenn man ein neues Herz oder so eingepflanzt bekommen hat?»

«Ja. Sie sagt, es gibt eine Menge Organe, die man den Leuten einpflanzen kann.»

Sibylla setzte sich auf ihre Isomatte.

Jörgen Grundberg war nierenkrank gewesen, das hatte seine ungenießbare Witwe erzählt. Sören Strömberg hatte Leberkrebs gehabt. Beide hatten sie immunhemmende Medikamente eingenommen. Lena Grundberg hatte gesagt, dass sich ihr Mann vor gut einem Jahr einer schweren Operation unterzogen habe. Und gestern hatte Gunvor Strömberg im Paradies gestanden und von ihrem Mann das Gleiche erzählt.

Das konnte kein Zufall sein.
«Denkst du dasselbe wie ich?», fragte Patrik.
Sibylla nickte.
«Ich glaube schon. Aber wir sollten vielleicht sicherheitshalber noch einen überprüfen. Lass mal die Liste sehen.»
Er warf den Kopf zurück.
«Die habe ich unten in meiner Jacke.»

Als er zurückkam, hatte er das Handy seines Vaters dabei. Er gab ihr die Liste und sie sah sich noch einmal die mittlerweile gut bekannten Namen an.
«Okay. Möchtest du in Bollnäs oder in Stocksund anrufen?»
So direkt gefragt, fand sie ihre Idee gar nicht mehr sonderlich gut. Am liebsten hätte sie ihn gebeten anzurufen, aber dann würde sie das Heft aus der Hand geben und das wollte sie keinesfalls. Er hatte ihr wieder auf die Füße geholfen und dafür war sie ihm zutiefst dankbar, aber jetzt wollte sie auch standhaft bleiben und die Sache nicht ihm überlassen.
«Ich rufe in Stocksund an.»
«Gut. Ich habe die Nummer aus dem Telefonbuch herausgesucht.»
Er half ihr beim Wählen. Das Freizeichen ertönte, aber es nahm niemand ab. Sibylla hämmerte das Herz. Patrik sah sie unverwandt an. Es wäre leichter gewesen, wenn sie allein gewesen wäre, sie war es nicht gewohnt, vor Publikum zu lügen.
«Mårten Samuelsson.»
Sie war überrumpelt, als ihr plötzlich die Stimme ins Ohr drang. Nachdem sie es so oft hatte klingeln lassen, hatte sie schon aufgegeben.
Sie warf rasch einen Blick auf die Liste.
«Entschuldigen Sie bitte die Störung, aber spreche ich mit Sofie Samuelssons Mann?»
Sie schloss die Augen. Welch ausgezeichnete Einleitung! Wer

immer er sein mochte, Sofie Samuelssons Mann war er nicht. Nicht mehr.

«Wer ist denn da?»

Sie schaute sich um, als ob sie so auf diese Frage eine gute Antwort finden könnte.

«Hier ist ...»

Sie sah Patrik an.

«Die Polizei», mimte er deutlich.

«... die Polizei.»

Im Hörer wurde es still.

«Ich möchte wissen, ob sich Ihre Frau einer Transplantation unterzogen hat.»

«Das habe ich doch schon erzählt.»

Sie nickte Patrik zu. Er verdrehte die Augen zum Himmel.

«Wann denn?», fuhr sie, jetzt etwas mutiger, fort.

«Als Sie zum ersten Mal hier waren.»

«Ich meine, wann sie operiert wurde?»

«Das ist jetzt dreizehn Monate her.»

Sibylla nickte.

«Erinnern Sie sich noch an das Datum?»

«Es war der fünfzehnte März. Dieses Datum vergesse ich nicht. Warum fragen Sie?»

«Vielen Dank.»

Sie reichte Patrik den Apparat und er drückte auf einen Knopf.

«Das nächste Mal musst du es etwas direkter angehen, finde ich», seufzte er.

«Ruf doch selber an, wenn du so smart bist. Wann wurde Sören Strömberg operiert?»

Patrik blätterte in seinen Papieren und ging seine Notizen durch.

«Er ist mehrmals operiert worden.»

«Steht da was vom fünfzehnten März?»

Er las weiter.

«Ja. Achtundneunzig, am fünfzehnten dritten. Lebertransplantation.»

Sie nickte. Patrik reckte die geballte Faust in die Höhe.

«Yes! Mann, das hätten wir geklärt!»

Sibylla fühlte sich ebenfalls obenauf, wenn sie auch schon einen Schritt weitergedacht hatte. Was hatten sie denn eigentlich geklärt? Sie hatten herausgefunden, dass sich wahrscheinlich alle Opfer einer Transplantation unterzogen hatten. Doch was bedeutete das? Wer wollte vier einstmals schwer kranke Menschen umbringen?

Patrik lächelte noch immer hinter seiner Stahlbrille.

«Ich gehe runter und erzähle es meiner Mutter!»

«Spinnst du?»

«Warum denn? Wir haben doch das Motiv gefunden!»

«Aha. Und was ist das Motiv?»

Patrik schwieg und sein Lächeln wich einer Falte zwischen den Augenbrauen.

«O Mann!»

«Genau.»

Sie setzten sich auf die Isomatte. Der Dachboden war ausgekühlt, und Sibylla schlug sich den Schlafsack um die Schultern.

«Ist deine Mutter denn zu Hause?», fragte sie und streckte die Hand nach dem Brot und dem Dünnbier aus. «Sie sollte doch vor heute Abend gar nicht zurück sein.»

Patrik schlug die Augen nieder.

«Sie ist krank geworden», sagte er leise.

Die Minuten schleppten sich hin. Er hatte sie gebeten mitzukommen, aber sie hatte sich geweigert. In seine Wohnung würde sie nicht noch einmal gehen. Schon gleich gar nicht, wenn seine Mutter im Zimmer nebenan lag.

Als er zurückkam, brachte er einen ganzen Stapel Papier mit.

«Ich habe so viel wie möglich ausgedruckt, aber dann war das Papier alle», sagte er und setzte sich neben sie. «Möchtest du eine Banane?»

Sie nahm die Banane und schälte sie gleich. Es war das reinste Luxusleben. Sie würde bald total verwöhnt sein.

Sie nahm das oberste Blatt von dem Papierstapel.

Organspenden – Antworten auf die häufigsten Fragen.

Tief konzentriert lasen sie in der Hoffnung auf eine Eingebung den Stapel durch. Patrik lag auf der Isomatte und Sibylla hatte in einer offenen Bodenkammer einen alten Sessel gefunden.

Kann jemand Ihre Nieren bekommen, wenn Sie sterben?

Diese Frage stand ganz oben auf dem eben aufgeschlagenen Blatt. Sie las weiter und begriff, dass viel geschehen war, seit sie aus dem System ausgestiegen war. Einen Spenderausweis hatte sie ganz bestimmt nicht ausgefüllt, aber den brauchten unauffindbare Personen vielleicht gar nicht. Sie fragte sich, was passieren würde, wenn sie verunglückte. Auf ihre sterblichen Reste würde niemand Anspruch erheben. Sie hatte noch nie darüber nachgedacht. Wo wurden Leute wie sie begraben? Leute, von denen niemand etwas wissen wollte. Oder war nach ihrem Tod freie Bahn, die Teile aus ihr herauszuklauben, für die die Gesellschaft Verwendung zu haben meinte? Sodass sie endlich von Nutzen sein könnte. Eine Ressource werden könnte.

Transplantationsgesetz, Paragraph drei, Absatz eins:

Zur Transplantation oder einem anderen medizinischen Zweck vorgesehenes biologisches Material darf einem verstorbenen Menschen entnommen werden, sofern dieser seine Einwilligung erteilt hat oder auf andere Weise festgestellt werden kann, dass die Maßnahme in Übereinstimmung mit der Einstellung der / des Verstorbenen steht.

Biologisches Material. Das war im entscheidenden Augenblick also alles. Sie fragte sich, was man an dem Tag, an dem es untersucht würde, wohl für Sibylla Forsenströms Einstellung zu ihrem biologischen Material hielte.

Paragraph drei, Absatz zwei:

In einem anderen als dem in Absatz eins genannten Fall darf biologisches Material entnommen werden, sofern sich die/der Verstorbene nicht schriftlich einem solchen Eingriff widersetzt oder dagegen ausgesprochen hat oder aus einem anderen Grund Anlass zu der Vermutung besteht, dass der Eingriff der Einstellung der/des Verstorbenen widerspreche.

Sie ließ den Papierstoß sinken und starrte die Bretterwand vor sich an. Sie war also Freiwild. Des einen Tod, des andern Brot. Sie fragte sich, was für ein Gefühl das sein mochte, das Herz eines anderen Menschen zu haben. Ein Herz, dessentwegen man Medikamente einnehmen müsste, damit der alte gewohnte Körper es nicht abstieße. Und die Angehörigen? Was für ein Gefühl war es zu wissen, dass das Herz eines geliebten Menschen in einem unbekannten Menschen weiterschlug.

«Hast du was gefunden?»

Patriks Stimme unterbrach ihre Überlegungen.

«Nein. Du?»

Da er nicht einmal antwortete, nahm sie an, dass er nichts gefunden hatte.

Sie kehrte zum Transplantationsgesetz zurück.

Paragraph vier.

Auch wenn gemäß Paragraph drei, Absatz zwei biologisches Material entnommen werden darf, ist es nicht zulässig, den Eingriff vorzunehmen, sofern sich eine der/dem Verstorbenen nahe stehende Person diesem widersetzt. Gibt es Personen, die der/dem Verstorbenen nahe gestanden haben, so darf der Eingriff erst vorgenommen werden, nachdem jemand aus diesem Personenkreis über den geplanten Eingriff und das Recht, diesen zu untersagen, unterrichtet wurde. Der unterrichteten Person muss eine angemessene Frist eingeräumt werden, zu dem Eingriff Stellung zu nehmen.

Sie las diesen Absatz noch einmal und ließ dann langsam die Blätter sinken. Sie stand auf. Blieb still stehen und ließ den Gedanken Gestalt annehmen.

Sie konnte es am ganzen Leibe spüren.

Wehe dem, der den Unschuldigen seines Rechtes beraubt.

«Patrik!»

«Mmm.»

«Ich hab's.»

Sie hörte es auf der anderen Seite der Bretterwand rascheln, und im nächsten Augenblick stand er in der Tür.

«Was denn? Woher weißt du das?»

Doch sie war sich sicher.

«Es ist jemand, der es sich anders überlegt hat.»

Wie sie es selbst vor langer Zeit gern getan hätte, aber nicht hatte tun dürfen.

Wehe dem, der den Unschuldigen seines Rechtes beraubt.

Zu leben.

Oder zu sterben.

«Oder es ist jemand, den man überhaupt nicht gefragt hat.»

Patrik war wieder zu seinem Computer hinuntergegangen. Sibylla wanderte ungeduldig den Dachbodenflur auf und ab, um die Zeit zu vertreiben.

Der Organspender muss unmittelbar vor dem fünfzehnten März neunzehnhundertachtundneunzig gestorben sein. Aber wer war er? Oder sie?

Wenn es in dieser geheimen Welt, zu der Patrik durch seinen Computer Zugang hatte, ein Register gab, dann würde er es finden. Dessen war sie sich sicher. Und warum sollte es das nicht geben? Es gab doch sonst alles.

Wenn er nur seiner Mutter nichts erzählte! Sie hatte es ihm

ausdrücklich verboten, lieber blieb sie die Hauptverdächtige. Sie war jetzt fest entschlossen, diesen Fall selbst zu lösen.

Ob die Polizei auf derselben Spur war? Aber warum denn? Die hatten ihre Mörderin doch bereits.

Als Patrik endlich zurückkam, brachte er keine guten Nachrichten. Es gab kein öffentlich zugängliches Register, aus dem man ersehen konnte, wer gestorben war. Nur eine allgemeine Statistik über die Anzahl der Verstorbenen im ganzen Jahr. Es waren 93 271 Personen, und dies zu wissen half ihnen kaum weiter.

«Ich habe sowohl die Einwohnermeldebehörde als auch das Statistische Zentralamt durchgecheckt. Es gibt nichts. Man braucht eine Genehmigung vom Datenschutz.»

In seiner Enttäuschung sah er so jung aus. Sibylla sah ihn an und musste unwillkürlich lächeln.

«Bist du für deine fünfzehn Jahre nicht ungewöhnlich smart?»

«Ach was.»

Er wandte sich ab, aber sie hatte es schon bemerkt. Er war rot geworden.

Sie schwiegen eine Weile.

Es war gar nicht so leicht, auf einem Dachboden versteckt Mörder zu suchen.

«Verdammt!», sagte sie schließlich. «Wir müssten ins Organspendenregister reinkommen.»

«Was ist das?»

Sie wusste mehr als er. Auch wenn ihre Kenntnisse noch ganz frisch waren, ließ dieses Gefühl sie insgeheim lächeln. Sie war nicht so dumm, wie er womöglich angenommen hatte. Kein armes Hascherl, das er mit seinem Heldenmut erretten müsste. Sie war mehr als doppelt so alt wie er, und das sollte er, wenn es nach ihr ging, niemals vergessen.

Sie ging zu ihrem Sessel und war gleich darauf mit dem Stapel Papier, den sie durchgelesen hatte, zurück. Sie blätterte ein bisschen, bis sie schließlich fand, was sie suchte.

«In den Blättern der Sozialbehörde stand etwas darüber. Informationen über Organspenden.»

Sie las vor:

«Frage: Können Unbefugte Zugang zu Angaben im Register bekommen? Antwort: Es ist strafbar, als Unbefugter in das Personenregister einzudringen. Die Arbeiten am Register unterliegen hohen Sicherheitsauflagen. Nur eine geringe Anzahl Personen ist befugt, das Register einzusehen. Die Befugnis ist personengebunden und nicht übertragbar.»

Sie ließ das Blatt über die Schulter segeln.

«So viel dazu.»

Er betrachtete sie eine Weile.

«Wie viel ist es dir wert zu wissen, was in diesem Register steht?»

«Viel.»

«Mehrere tausend?»

Sie zögerte etwas. Mehrere tausend. Ein halbes Schlafzimmer.

«Wieso?»

«Ich kenne einen, der da reinkommt und nachgucken kann. Aber ich habe gehört, dass er sich ordentlich dafür bezahlen lässt.»

«Wie gut kennst du ihn?»

«Gar nicht, aber sein kleiner Bruder geht mit mir in die Schule. Der ist der King, seit sein Bruder wegen Hackens im Knast war.»

Ihr war nicht wohl bei der Sache. So gerne sie die Angaben auch gehabt hätte, wollte sie doch nicht, dass Patrik in etwas Ungesetzliches verwickelt würde.

«Wie alt ist er?»

Patrik zuckte mit den Schultern.

«Weiß nicht. Zwanzig vielleicht.»

Sie überlegte noch ein Weilchen. Es war ihre einzige Chance weiterzukommen. Wo sie doch nun schon so weit waren.

Sie seufzte.

«Okay. Er kriegt dreitausend, wenn er uns den Namen liefert.»

Sie hatte beschlossen, allein dorthin zu gehen. Dies hier war ihr Problem und sollte keins für Patrik werden. Doch er hatte ihr, ohne seinen Namen zu verraten, mit dem Handy seines Vaters geholfen, das Geschäft abzuschließen, allerdings war der Preis auf viertausend gestiegen.

Sibylla legte die Hand auf die Brust und befühlte den schrumpfenden Beutel.

Aber was blieb ihr anderes übrig?

Patrik wollte wissen, warum sie ihren Rucksack mitnehme, und sie sagte es ihm. Die Male, die sie sich von ihm trenne, gebe sie ihn am Hauptbahnhof bei der Gepäckaufbewahrung ab.

Mit Quittung oder Schlüssel als Versicherung.

Er wohnte in der Kocksgatan, und sie brauchten nur ein paar Minuten, um dorthin zu gehen. Patrik blieb vor einer Haustür stehen und klingelte. Das Schloss summte, noch bevor er den Finger vom Knopf nehmen konnte.

«Wartest du hier draußen?»

Er nickte, noch immer enttäuscht darüber, dass sie ihn nicht mitkommen ließ.

«Patrik, es ist so am besten.»

Die Haustür schlug hinter ihr zu und sie stieg die Treppen hinauf. Im ersten Stock ging eine Tür auf, und es erschien ein junger Mann mit nach hinten gekämmten blonden Haaren.

Sibylla blieb stehen.

Sie sahen sich an. Niemand sagte etwas, aber nach ein paar

Sekunden öffnete er die Tür weit, um sie eintreten zu lassen. Er trug ein weißes T-Shirt, seine Hand hielt immer noch die Türklinke und auf seinem muskulösen Arm traten die Adern hervor.

Im Gefängnis musste er hart trainiert haben.

Er schloss die Tür hinter ihr und ging voraus. Sie sah, dass sein Haar zu einem Pferdeschwanz zusammengebunden war, der ihm über den Rücken hing.

Die Wohnung bestand aus nur einem Raum mit Kochnische. In der Spüle war so viel Geschirr, dass sie sich fragte, ob er jemals abgewaschen hatte. In einer Ecke stand ein Gestell mit einem Satz Hanteln und gleich daneben eine gelbe E-Gitarre mit Verstärker. Die Fensterwand wurde gänzlich von Computern und Unmengen von unbekanntem elektronischem Zubehör eingenommen, sie vermutete, dass alle Hacker, die etwas auf sich hielten, diese Dinge brauchten. Über zwei Bildschirme flimmerten Buchstaben und Ziffern, und sie trat einen Schritt näher, um zu sehen, was da stand.

Er stellte sich ihr in den Weg.

«Es ist gleich fertig. Wir können uns in der Zwischenzeit um die Bezahlung kümmern.»

Sie hielt das Geld schon in der Tasche bereit.

«Sicher.»

Sie gab ihm die Scheine und er nahm sie, ohne nachzuzählen.

«Du kannst dich dorthin setzen.»

Er zeigte auf einen Hocker, der halb auf dem Flur stand, und sie tat, was er sagte. Den Rucksack behielt sie auf dem Rücken, stützte ihn aber an der Wand hinter sich ab.

Von dem Hocker aus konnte sie ihn nicht sehen, aber wenn sie sich ein wenig ins Zimmer neigte, sah sie, dass er vor einem Computer saß. Seine Finger hämmerten mit unglaublicher Geschwindigkeit über die Tastatur, und Sibylla war erstaunt darüber, dass seine gewaltigen Hände imstande waren, eine solche Präzisionsarbeit zu verrichten.

«Du hast Glück gehabt», sagte er, ohne den Blick vom Schirm zu wenden. «Da ist vorhin jemand reingegangen und hat etwas gesucht, ich musste mich nur ranhängen.»

Er hörte auf zu schreiben und sie richtete sich wieder auf. Sie wollte nicht beim Spionieren ertappt werden.

Ob er die Namen aus den Zeitungen wieder erkannte? Zumindest Jörgen Grundbergs Name war fleißig abgedruckt worden. Fast genauso oft wie ihrer.

Als sie hörte, dass er aufstand, machte sie es ebenso, und als er in der Tür erschien, hatte er ein gefaltetes A-4-Blatt in der Hand.

«Das hätten wir also.»

Sie nahm das Papier, ohne ihn aus den Augen zu lassen.

«Und du bist dir sicher, dass es die richtige Person ist?»

Er lächelte. Eine dümmere Frage hatte er offensichtlich noch nie gehört.

«Ja», sagte er nachsichtig. «Jedenfalls sind es seine Organe, die Leuten mit den Namen, die ich am Telefon bekommen habe, eingepflanzt wurden.»

Er hielt den Kopf schräg.

«Sind die übrigens nicht umgebracht worden? Von dieser Sibylla?»

Sie antwortete nicht und sein Lächeln wurde noch breiter.

«Nur damit wir wissen, was wir voneinander zu halten haben.»

Sie steckte den Zettel in die Tasche. Er konnte ihr nicht drohen, darum hatte sie auch keine Angst. Wenn er sie verpfiffe, wäre er mit dran, und das wussten sie beide.

Sie sah ihn an. So viele Muskeln und so viel Hirn.

Sie ging die paar Schritte und legte die Hand auf die Klinke, hielt aber dann inne.

«Hast du nie daran gedacht, einen richtigen Job anzunehmen? Du scheinst die idealen Voraussetzungen dafür zu haben.»

Er lehnte am Türpfosten zum Zimmer und hatte die prallen Arme vor der Brust verschränkt.

«Nein», antwortete er und grinste. «Du?»
Sie sagte nichts mehr, bevor sie ging.

Thomas Sandberg.
Das war alles, was auf dem Zettel stand, den sie Patrik zeigte. Sie waren unten auf der Straße und er las den Namen wieder und wieder, so als ob da eine lange Geschichte und nicht nur vierzehn Buchstaben stünden.

«Hast du keine Adresse gekriegt?»

«Nein.»

Er schaute enttäuscht drein. Sie sah ihm an, dass er das Ergebnis für einen Preis von viertausend Kronen zu mager fand.

«Wie viele Thomas Sandberg mag es in Schweden geben?»

Sie zuckte die Schultern.

«Keine Ahnung, aber wir wissen jetzt immerhin, dass es einen weniger gibt. Komm jetzt.»

Sie ging ein paar Schritte. Das, was sie vorhatte, war richtig, da war sie sich sicher. Trotzdem machte ihr die Distanz zu schaffen, die dadurch so unerbittlich zwischen ihnen entstand. Wenn sie ihm nicht in die Augen sehen musste, war es wahrscheinlich besser.

«Was machen wir jetzt?», fragte er, als er sie eingeholt hatte.

Im selben Moment ging der Alarm an seiner Armbanduhr los.

«O Manno. Sonntagsessen.»

Er stellte das Signal ab.

«Meine Mutter hat mich gezwungen, die Uhr zu stellen. Sie wird wahnsinnig, wenn ich nicht komme.»

«Dann solltest du auch kommen, finde ich.»

«Willst du so lange auf den Dachboden gehen?»

Sie antwortete nicht.

«Willst du?», fragte er noch einmal.

«Es ist vielleicht das Beste.»

Das war nicht einmal gelogen. Es wäre sicherlich das Beste, wenn sie sich weiterhin auf Patriks Dachboden versteckte und sich von ihm mit den Resten vom Familientisch durchfüttern ließe.

Aber dazu war es jetzt zu spät.

Irgendwo gab es einen Menschen, der das unwahrscheinliche Glück gehabt hatte, dass sich in jener Nacht im *Grand Hôtel* ausgerechnet sein und ihr Weg gekreuzt hatten. Jemand, der für seine persönliche Rache ihren Namen gestohlen und sich ihres Außenseitertums bedient hatte.

Das wollte sie nicht zulassen.

Diesem Unbekannten wäre es beinahe gelungen, sie kleinzukriegen, aber eben nur beinahe.

Als die schwere Eisentür zum Dachboden hinter ihr zugeschlagen war und sie Patriks Schritte die Treppen hinunter verschwinden hörte, zog sie das andere A-4-Blatt aus der Tasche und las.

Rune Hedlund, 46 06 08–2498, Vimmerby.

D*er Friedhof war groß* und sie brauchte eine Stunde, um den Stein zu finden. Sie entdeckte ihn im Urnenhain, einen runden Naturstein mit goldener Inschrift.

RUNE HEDLUND

* 8. Juni 1946

† 15. März 1998

Darunter war Platz für einen weiteren Namen. In einem weißen Plastikbecher brannte ein Licht, und rings um den Stein wuchsen lila und gelbe Krokusse.

Der Frühling war hier unten schon weiter.

Sie ging in die Hocke. Zwischen den Blumen hing noch etwas Herbstlaub, sie entfernte es und warf es beiseite.

«Was machen Sie da?»

Das kam so unerwartet, dass Sibylla das Gleichgewicht verlor und sich auf den Allerwertesten setzte. Rasch war sie wieder auf den Beinen und drehte sich um. Hinter ihr hatte sich eine Frau herangeschlichen. Sibylla fühlte das Herz in der Brust schlagen.

«Ich habe nur etwas Laub entfernt.»

Sie maßen sich mit Blicken, wie zwei Feinde über die Kampflinie hinweg. Die Frau mit vor Misstrauen und Abscheu glänzenden Augen und Sibylla mit der plötzlichen Gewissheit, die gesuchte Person gefunden zu haben.

So standen sie da und keine von ihnen sagte etwas.

Die fremde Frau war unter dem Mantel weiß gekleidet, und in der Hand hielt sie eine grüne trichterförmige Vase mit Tulpen.

«Lassen Sie gefälligst das Grab meines Mannes in Ruhe», sagte sie schließlich.

Das war sie also. Rune Hedlunds Witwe.

«Ich habe nur etwas Laub entfernt.»

Die Frau atmete ein paar Mal tief durch die Nase ein, so als ob sie sich sammeln wollte.

«Wie gut kannten Sie meinen Mann?»

«Gar nicht.»

Die Frau lächelte plötzlich, aber in ihrem Lächeln lag keine Freundlichkeit. Sibylla spürte, wie der Schrecken gekrochen kam. Hatte sie sie erkannt? Hatte die Polizei Rune Hedlunds Frau über die Verbindung zu den Organspenden informiert und vorgewarnt? Hatte man sie gebeten, nach ihr Ausschau zu halten? Um einen Zusammenhang zwischen Sibylla Forsenström und Rune Hedlund herstellen und auf diese Weise endlich ein Motiv finden zu können?

Sibylla sah sich um. Womöglich waren sie schon da?

«Glauben Sie denn, dass es mir nicht längst klar geworden ist?»

Da Sibylla nicht antwortete, fuhr die Frau fort.

«Schon als Ihre Blumen zur Beerdigung kamen, war mir klar, dass etwas nicht stimmte.»

Sie schnaubte.

«Welche Sorte Mensch schickt schon anonym einen Strauß roter Rosen zu einer Beerdigung? Was glaubten Sie damit zu gewinnen? Was? Glauben Sie, Rune hätte sich gefreut?»

Die Verachtung im Blick der Frau war so stark, das Sibylla die Augen niederschlagen musste.

«Wenn er sich wirklich für Sie entschieden hätte, dann hätte er es zu Lebzeiten getan. Er ist aber bei mir geblieben. Nicht wahr? Mussten Sie mich also deshalb mit all den Blumen demütigen?»

Sibylla sah sie wieder an. Rune Hedlunds Frau schüttelte den Kopf, als wollte sie ihren Abscheu anschaulich machen.

«Jeden Freitag, Woche für Woche, eine neue verflixte Rose auf diesem Grab. Um mich zu bestrafen? Dafür, dass ich es war, die ihn schließlich bekommen hat?»

Ihr versagte die Stimme, aber Sibylla konnte sehen, dass sich noch mehr Worte auf ihrer Zunge drängten. Worte, die schon lange dort gelegen und darauf gewartet hatten, herausgelassen zu werden.

Sibylla war ganz benommen. Sie hatte sich getäuscht. Diese Frau war gefragt worden. Sie war eine der so genannten Angehörigen, die ihre Einwilligung erteilen mussten. Es gab da draußen also noch eine Person, die, bitter und verlassen, das zurückhaben wollte, was sie verloren hatte.

«Hat die Polizei bei Ihnen angerufen?», fragte sie.

Sie musste es in Erfahrung bringen.

«Wie? Die Polizei. Warum sollte sie?»

Rune Hedlunds Witwe tat einen Schritt nach vorn. Ging in die Hocke und drückte zwischen den Krokussen, die sich erschrocken zur Seite neigten, die Spitze der Vase in die Erde.

Sibylla betrachtete ihren Rücken. Er hob und senkte sich im Takt der Atemzüge. Sibylla ahnte, dass die Frau sich nach diesem

Moment gesehnt hatte. Dass sie genau einstudiert hatte, was sie an dem Tag, an dem sie der unbekannten Geliebten ihres Mannes gegenüberstünde, sagen würde.

Und nun hatte sie ihr Pulver umsonst verschossen.

Sie wusste nicht, dass die Frau, mit der sie eigentlich hätte sprechen müssen, Schlimmeres getan hatte, als ein paar Blumen auf das Grab ihres Geliebten zu legen, aber Sibylla wollte nicht diejenige sein, die ihr diese Nachricht überbrachte.

Rune Hedlunds Gattin erhob sich wieder, und als sie Sibylla ansah, standen ihr Tränen in den Augen.

«Sie sind krank, wissen Sie das?»

Sie antwortete nicht. Die Verachtung, die aus den Augen der anderen Frau blitzte, war nahezu physisch. Sie erweckte alte Erinnerungen zum Leben und Sibylla senkte den Blick, um davor verschont zu bleiben.

«Nicht einmal im Tod können Sie ihn in Frieden lassen.»

Sibylla sah wieder auf. Die Frau hatte sich umgedreht und ging davon.

Sie blieb stehen und sah ihr nach.

Und mit einem Schlag wurde ihr klar, dass Rune Hedlunds Witwe sich gar nicht bewusst war, wie Recht sie hatte.

Sie blieb auf dem Friedhof sitzen. Sie hatte sich eine Bank ausgesucht, die ein gutes Stück von Rune Hedlunds Grabstein entfernt war, den sie von diesem Ausguck aus aber trotzdem ganz deutlich sah. Der gelbe Tulpenstrauß leuchtete in seiner Plastikvase wie ein Ausrufezeichen.

An diesem Tag wollten nicht sonderlich viele die Gräber ihrer Angehörigen besuchen, und die wenigen, die auftauchten, waren entweder zu alt oder kamen als Paare.

Sie hatte es jedoch nicht eilig.

Sie würde hier sitzen, bis die Frau auftauchte.
Früher oder später würde sie kommen.

Als die Nacht hereinbrach, holte sie die Isomatte und den Rucksack hervor. Gleich hinter dem Urnenhain verlief eine Steinmauer und davor befand sich ein Gebüsch, in dem sie ihren Rucksack versteckt hatte. Trotz der kahlen Zweige würde sie in der Nacht ausreichend geschützt liegen. Nicht dass sie glaubte, so spät würde noch jemand auftauchen, aber die Person, auf die sie wartete, war schon früher für Überraschungen gut gewesen.

Sie wollte sie nicht verpassen, wenn sie käme.

Am nächsten Tag suchte sie sich eine andere Bank. Von dort war die Aussicht etwas schlechter, aber der Tulpenstrauß half ihr, das Grab zu lokalisieren. Sie verließ ihren Wachposten lediglich für zehn Minuten, um zur OK-Tankstelle zu laufen, dort auf die Toilette zu gehen und sich ein wenig Brot zu kaufen. Dann war sie wieder auf ihrem Posten, aber dem Grab Rune Hedlunds näherte sich niemand.

In der zweiten Nacht schlief sie ein. Sie hatte keine Ahnung für wie lange, doch als sie zum Grab stürzte, sah es noch aus wie am Tag zuvor.

Es war keine Rose aufgetaucht in der Nacht.

Am Mittwoch fühlte sie zum ersten Mal den Puls um eine Idee schneller werden. Eine Frau um die vierzig kam allein und zielgerichteten Schrittes vom Parkplatz her und bog beim Wasserhahn in den Weg zum Urnenhain ein.

Sibylla stand auf und lief quer über einen kleinen Rasen, um besser sehen zu können, wo die Frau stehen blieb. Enttäuscht stellte sie fest, dass diese an dem gelben Tulpenstrauß vorbeiging und sich vor einen etwas weiter entfernten Grabstein hockte.

Sie seufzte und kehrte zu ihrer Bank zurück.

Am späten Nachmittag bekam sie allmählich ordentlich Hunger. Ihrem Brustbeutel etwas zu entnehmen war schon so alltäglich geworden, dass es ihr kaum mehr etwas ausmachte, und mit einem letzten Blick über den öden Friedhof verließ sie erneut ihren Wachposten, um zur Tankstelle zu gehen.

Dort gab es gegrillte Würstchen mit Brot und sie kaufte sich ein Paar. Während die Frau hinter der Theke Ketchup und Senf dazugab, nutzte Sibylla die Gelegenheit, noch einmal auf die Toilette zu gehen, sei es auch nur vorbeugend.

Als sie wieder auf den Friedhof kam, kauerte ein Mann vor Rune Hedlunds Grabstein. Sie sah ihn von hinten, einen Mann mit beginnender Glatze und einer braunen Wildlederjacke.

Sie zögerte etwas, sah aber ein, dass sie diese Chance nicht verschenken durfte. Wer immer das sein mochte, er hatte Rune Hedlund offensichtlich gekannt, und sie saß schließlich rund um die Uhr hier auf dem Friedhof, um so viel wie möglich über diesen Hedlund zu erfahren. Schnell steckte sie den letzten Wurstzipfel in den Mund und schluckte ihn hinunter, während sie sich dem gebeugten Rücken näherte. Rechts von ihr stand eine Vase mit Osterglocken auf einem Grab, sie schnappte sich den Strauß.

Not kennt kein Gebot. Sie hoffte, dass Sigfrid Stålberg ihr vergeben würde.

Unmittelbar hinter dem Mann blieb sie stehen. Jetzt waren die Rollen vertauscht. So wie er jetzt, hatte sie selbst vor ein paar Tagen da gehockt.

Er hatte sie nicht gehört und machte sich weiter an dem Stein zu schaffen, womit, konnte sie nicht sehen.

Plötzlich war ihr unbehaglich zumute. Wenn sie schon sein Vertrauen gewinnen wollte, war es kaum die richtige Art, sich an ihn heranzuschleichen und zu spionieren.

Sie räusperte sich.

Seine Reaktion war ungefähr so wie die ihre kürzlich. Er verlor das Gleichgewicht, musste sich mit einer Hand abfangen und war im nächsten Moment auf den Beinen.

«Entschuldigung, wenn ich Sie erschreckt habe», sagte sie rasch.

Er war jünger, als sie vermutet hatte. Vielleicht fünfundvierzig. Sein schütteres Haar hatte sie getrogen.

Er erholte sich schnell von dem Schock und erwiderte ihr Lächeln.

«Es ist gefährlich, sich derart an Leute heranzuschleichen. Sie könnten eine Herzattacke kriegen.»

«Es war keine Absicht. Das liegt an den Schuhsohlen.»

Er sah auf ihre bequemen Stiefel hinunter, und dann wanderte sein Blick wieder auf Augenhöhe.

Er räusperte sich leicht, wischte sich mit der Hand unter der Nase und sah auf den Grabstein.

«Sind Sie wegen Rune hier?»

Verdammt. Nun hatte er zuerst gefragt.

Das war nicht gut.

Sie machte eine Kopfbewegung, die sich als ein widerstrebendes Ja oder ein undeutliches Nein deuten ließ. Je nachdem, was sich als das Passendere erweisen würde.

«Kannten Sie ihn?», fragte sie schnell, um möglichst Oberwasser zu bekommen.

Er sah sie an. Nicht misstrauisch oder unfreundlich, eher interessiert, so als ob er wirklich neugierig wäre.

Er warf den Kopf etwas zurück.

«Was heißt kennen? Wir waren Kollegen, auf Åbro unten.»

«Aha.»

«Und Sie? Sind sie eine Verwandte?»

«Nein.»

Sie hatte viel zu schnell geantwortet. Er lächelte ein wenig.

«Jetzt machen Sie mich aber neugierig. Sie sind nicht von hier, wie?»

Sie schüttelte den Kopf, senkte den Blick und bemerkte die Osterglocken, die sie in der Hand hielt. Wenn sie eine Vase holen ginge, bekäme sie ein wenig Aufschub.

«Ich werde mal etwas für die Blumen hier holen.»

Ohne ihm die Gelegenheit zu geben, noch etwas zu sagen, drehte sie sich um und ging zu der kleinen eingezäunten Sammelstelle.

Er war schnell. Schnell und neugierig. Ihr war bereits klar, dass sie ihn erst loswerden würde, wenn sie erzählt hätte, wer sie war.

Wer war sie denn eigentlich?

Sie hatte es nicht eilig zurückzugehen. Sie nahm eine spitze Plastikvase aus einer Kiste und spülte sie unter fließendem Wasser ein paar Mal gründlich aus. Ihre Gedanken rotierten, als ob ihr Gehirn in eine Zentrifuge verwandelt worden wäre.

Wer könnte sie bloß sein, ohne Misstrauen zu erregen?

Warum war sie überhaupt zu ihm hingegangen?

Als sie die Vase zum vierten Mal gefüllt hatte, holte sie tief Luft und machte sich auf den Rückweg.

Er kauerte wieder vor dem Stein, als sie kam.

«Sie können sie hier reinstecken», sagte er und drückte ein paar Krokusse zur Seite.

Sie bemerkte, dass er Malerfarbe an den Händen hatte. Seine Finger waren lang und schmal und er trug keinen Ring.

Sie tat, was er gesagt hatte. Ein Krokus brach ab, und sie drückte ihn mit der linken Hand beiseite, um die Vase platzieren zu können.

«Was für eine ungewöhnliche Uhr», sagte er und legte den Zeigefinger auf ihre Armbanduhr.

«Die ist alt», erwiderte sie verlegen lächelnd und schob sie unter den Ärmel. «Sie funktioniert auch gar nicht mehr.»

Unauffällig schaute sie ihn ein wenig von der Seite an. Seine Augen schienen auf den Stein vor ihnen geheftet zu sein.

«Ingmar!»

Diesmal fielen sie beide fast auf den Rücken.

«Was machst du denn hier? Und mit ihr!»

Rune Hedlunds Frau schien das, was sie sah, nicht zu gefallen, und ihre Stimme war voller Anklage, aber auch Verwunderung.

«Kerstin, meine Beste!»

Der Mann mit Namen Ingmar machte einen Schritt auf die aufgebrachte Frau zu.

«Ich bin nicht mit ihr hier. Ich dachte, sie sei eine Freundin der Familie.»

Er drehte sich um und sah Sibylla an. Er war eilends auf die gute Seite gewechselt. Sibylla stand mit ihrer Scham und mit einem Fuß im Krokusbeet allein da. Sie konnte schwer entscheiden, ob es Hass oder Trauer war, was sie in Kerstin Hedlunds Augen sah. Ihr Blick war jedoch dermaßen herablassend, dass Sibylla sich gern für was auch immer entschuldigt hätte. Der Mann mit Namen Ingmar sah von Kerstin zu Sibylla. Schließlich gewann seine Neugier die Oberhand.

«Wer ist das?»

Er versuchte die Frage neutral klingen zu lassen. Kerstin Hedlund wandte nicht den Blick von ihr.

«Sie ist ein Niemand», sagte sie dann. «Ich wäre dir aber äußerst dankbar, wenn du dafür sorgen könntest, dass sie hier verschwindet.»

Er sah Sibylla an, die rasch nickte. Egal was, bloß weg von dem Ganzen.

«Kommen Sie schon!»

Er gestikulierte ungeduldig mit der Hand. Sibylla gehorchte aufs Wort, hielt zu der ärgerlichen Frau aber sicherheitshalber ein paar Schritte Abstand, als sie an ihr vorbeiging.

Keiner der beiden sagte etwas, bevor sie auf dem Parkplatz anlangten. Ihr Rucksack lag noch hinterm Gebüsch, aber so wie die Dinge im Moment standen, konnte sie ihn nicht holen. Darum musste sie sich später kümmern.

Er drehte sich um und sah sie an.

«Was sollte denn das?»

Sibylla zögerte nur wenige Sekunden. Was konnte sie anderes machen als erzählen, wie es war.

«Sie denkt, ich sei Runes Geliebte gewesen.»

Er lachte auf. Für einen kurzen Moment wusste sie nicht, ob sie beleidigt sein sollte.

«Runes Geliebte? Wie kommt sie denn darauf?»

Er lächelte noch immer und seine Reaktion verwirrte sie.

«Offensichtlich hatte er eine. Eine, die ihm jede Woche Blumen aufs Grab legt.»

Sein Lächeln verschwand, und bevor er wieder etwas sagte, seufzte er tief.

«Kennen Sie Kerstin?», fragte er.

«Nein.»

Er warf einen Blick in Richtung Friedhof, wie um sich zu vergewissern, dass sie ihnen nicht gefolgt war.

«Ich verstehe, wenn Sie ihr das übel nehmen, aber versuchen Sie ihr zu verzeihen.»

«Ihr zu verzeihen? Ich verstehe nicht ganz, was Sie meinen.»

Er seufzte, als wäre es ihm zuwider, Hedlunds Frau schlecht zu machen.

«Kerstin legt die Blumen selbst dorthin und hinterher vergisst sie es wieder. Es ist nicht das erste Mal, dass sie auf dem Friedhof Leute beschuldigt. Sie ist nicht mehr dieselbe, seit Rune tot ist.»

Sibylla starrte ihn an. Vermutlich nahm er ihre Verwirrung wahr, denn ohne dass sie zu fragen brauchte, fuhr er fort zu erklären:

«Deshalb bin ich heute hergekommen, weil ich versuchen wollte, Ordnung in meine Gedanken zu bringen. Ich weiß nämlich nicht, was ich tun soll, um ihr zu helfen. Denn ich glaube, ich bin es Rune schuldig, es zu versuchen.»

Für Sibylla passte das alles nicht zusammen. Wenn es keine Geliebte gab, dann …

Der Gedanke nahm Gestalt an.

«Inwiefern ist sie nicht mehr dieselbe?»

Er sah zu Boden, noch immer betreten.

«Sie war ein paar Monate lang krankgeschrieben. Sie arbeitet als Krankenschwester im Krankenhaus unten, aber … Ja, sie fanden, dass sie sich merkwürdig verhalte. Aber seit sie zu arbeiten aufgehört hat, ist es nur noch schlimmer geworden.»

Sibylla erinnerte sich an die weißen Sachen, die Kerstin Hedlund bei ihrem ersten Zusammenstoß unterm Mantel getragen hatte.

«Sie trägt doch noch immer ihre Arbeitskleidung.»

Er nickte traurig. «Ja. Ich weiß.»

Ihre erste Eingebung war also doch richtig gewesen. Sie war es. Die Frau mit dem Hass im Blick. Durch ihre Arbeit in der Krankenpflege hatte sie Zugang zu den Namen der Opfer bekommen, und sie war ganz einfach hingefahren und hatte sich zurückgeholt, was sie als das Ihre erachtete.

Und dass Sibylla Forsenströms Leben dabei zertrümmert wurde, war offensichtlich bedeutungslos. Oder gar ein anspornender Umstand. Etwas, was man ausnutzen konnte.

Sie schloss die Augen.

Das Verlangen, dieser Frau richtig wehzutun, machte sich in ihrem Inneren breit. So viel Angst, so viel Unruhe. Aber vor allem der Verlust des Geldes. Ihrer Zukunft.

Sie kehrte um und ging zum Friedhofstor zurück.

«Wo wollen Sie denn hin?», rief er ihr nach.

Sibylla antwortete nicht, und als sie durchs Tor getreten war, sah sie, dass der Friedhof leer war. Kerstin Hedlund hatte einen anderen Ausgang benutzt.

Sie blieb eine Weile still stehen, bevor sie kehrtmachte und zurückging.

«Wo wohnt sie?»

Er wirkte irgendwie unruhig.

«Wieso?»

«Ich möchte mich ein bisschen mit ihr unterhalten.»

Er zögerte.

«Halten Sie das wirklich für so klug?»

Sie schnaubte.

So klug? Als ob sie, Sibylla Forsenström, die Regeln festgelegt hätte!

Womöglich schien ihre Entschlossenheit durch, denn er versuchte sie nicht mehr zurückzuhalten. Stattdessen seufzte er, als ob er wünschte, in die ganze Angelegenheit erst gar nicht verwickelt worden zu sein.

«Ich kann Sie hinfahren», sagte er schließlich. «Es ist ein ganzes Stück zu Fuß.»

D*en Rucksack ließ sie liegen.* Sie hatte nur einen einzigen Gedanken, nämlich den, heimzahlen zu können. Bestrafen. Ingmar sagte nichts.

Schweigend lenkte er den alten Volvo durch den Stadtkern von Vimmerby, an einem Wohngebiet mit Mietshäusern und einigen Eigenheimen vorbei und ließ schließlich die Bebauung hinter sich.

Auf beiden Seiten Wald.

Sibylla sah ihn gar nicht.

Wehe dem, der den Unschuldigen seines Rechtes beraubt.

Diese Worte hallten wie ein Omen in ihr wider.

Sie merkte nicht, dass sie angehalten hatten.

«Sie scheint noch nicht zu Hause zu sein. Das Auto ist nicht da.»

Seine Stimme rüttelte sie auf und holte sie auf den Beifahrersitz des Volvos zurück. Sie sah aus dem Fenster. Ein gelbes Holzhaus mit heruntergelassenen Jalousetten.

«Ich kann warten.»

Sie machte Anstalten, die Tür zu öffnen.

«Es regnet», stellte er fest.

Tatsächlich. Die Frontscheibe war von rinnendem Wasser geädert.

«Ich wohne da drüben. Wollen Sie nicht eine Tasse Kaffee haben, während Sie warten?»

Kaffee. Nichts interessierte sie im Moment weniger. Doch es war dumm, Gratisverpflegung abzulehnen. Die Würstchen waren in einem Hohlraum gelandet, in dem noch reichlich Platz war.

Sie nickte und er legte den Gang ein.

Noch bevor er in den zweiten schalten musste, fuhr er schräg gegenüber von Kerstin Hedlunds Haus zwischen den Torpfosten vor einem grün verputzten Haus hindurch.

Sie waren also auch Nachbarn.

Sibylla stieg aus.

Es regnete noch immer. Ingmar ging voraus und sie eilten den Kiesweg zum Haus hinauf. Auf der Treppe drehte sie sich um, um zu sehen, ob Kerstin Hedlunds Auto sich vielleicht näherte, aber die Straße war leer.

«Sie hören, wenn sie kommt», versicherte er. «Hier draußen wohnen nur wir.»

Sie trat in die Diele. Der Geruch nach Lösungsmitteln schlug ihr entgegen.

«O je, ich habe wohl vergessen, die Terpentindose rauszutun.»

Er entschwand ihrem Blick und kam gleich darauf mit einem Glas in der Hand zurück, in dem Pinsel zum Einweichen steckten.

«Der Geruch ist bald weg. Ich stelle das Glas so lange raus.»

Er öffnete die Haustür und stellte das Glas hinaus, schloss die Tür hinter sich und drehte den Schlüssel herum. Sie hängte ihre Jacke an einer an der Wand befestigten Hutablage auf.

«Malen Sie?», fragte sie.

«Nur als Hobby. Kommen Sie herein. Wir wollten doch Kaffee trinken.»

Er bückte sich und zog die Schuhe aus und sie folgte seinem Beispiel. Dann bat er sie in die Küche.

Sie sah sich um. Dieser Mann wohnte nicht allein. Am Fenster hingen weiße Spitzengardinen, die auf beiden Seiten von rosa Raffbändern daran gehindert wurden, vors Fenster zu fallen. Auf dem Fensterbrett blühten gut gepflegte Topfpflanzen, deren Namen sie nicht kannte, und darunter lag ein weißer Spitzenläufer, der selbst gehäkelt wirkte.

Er trat an die Spüle und füllte Wasser in die Kaffeekanne.

«Nehmen Sie Platz», sagte er.

Sie tat, was er sagte. Vor dem Fenster konnte sie die Straße sehen. Er holte eine recht abgegriffene alte Blechdose hervor und maß daraus Kaffee ab. Sie schaute ihm zu. Irgendetwas war an dieser Küche merkwürdig. Sauber geputzt und aufgeräumt, aber alles veraltet. Die Schranktüren schienen noch original zu sein, und die Spüle reichte ihm gerade bis zu den Schenkeln. Wer hier lebte, interessierte sich für andere Dinge als für Inneneinrichtung, aber was hatte sie schon zu kritisieren?

«Leben Sie allein hier?», fragte sie.

Er sah sie an, fast scheu diesmal.

«Ja. Seit meine Mutter gestorben ist, bin ich allein.»

«Ah ja. Ist sie erst kürzlich gestorben?»

Die Kaffeemaschine begann zu gurgeln.

«Nein, nein. Das ist bald zehn Jahre her.»

Aber die Gardinen hast du immer noch.

«Möchten Sie auch ein Stück Brot?»

«Ja, bitte. Gerne.»

Er ging zum Kühlschrank. Ein altes Modell mit schwarzen Bakelitknöpfen. Gun-Britt hatte in ihrer Wohnung in Hultaryd so einen gehabt. Vor fünfundzwanzig Jahren.

Die Hand auf dem Griff, zögerte er.

«Ach ja», sagte er und zog die Hand zurück. «Ich habe vergessen einzukaufen. Ich fürchte, Sie müssen sich mit einer schlichten Tasse Kaffee begnügen.»

«Natürlich.»

Er öffnete stattdessen einen Küchenschrank und nahm Tassen und Teller heraus. Hübsche kleine Kaffeetassen mit hellblauen Blumen. Er stellte sie auf den Tisch und zog eine Schublade unter der Tischplatte auf.

Auf der Straße kam ein Auto gefahren und Sibylla sah hinaus. Das Auto fuhr vorbei.

Ingmar faltete Servietten. Hauchdünne Kaffeeservietten mit gewelltem Rand, wie sie sie seit den Kaffeetafeln in Hultaryd nicht mehr gesehen hatte. Aber so war das wohl. Auf dem Land eilte die Zeit nicht so schnell dahin.

«Es soll schon elegant sein, wenn man hohen Besuch kriegt.»

Sie sah ihm dabei zu, wie er sorgfältig das Wachstuch glatt strich, nachdem er die Schublade wieder zugemacht hatte. Er wirkte aufgedreht. So als ob es lange her sei, dass er etwas so Angenehmes erlebt hatte. Wahrscheinlich war er Damenbesuch nicht gewohnt.

Bevor er den Kaffee einschenkte, holte er ein kleines Silbertablett mit einer Zuckerschale und einem Kännchen aus dem gleichen Porzellan wie die Tassen. Er schien zufrieden zu sein, als er sein Werk betrachtete. Dann setzte er sich ihr gegenüber und lächelte.

«Bitte sehr.»

«Danke.»

Sie sah das leere Kännchen an und hätte gern ein bisschen

Milch gehabt, verkniff es sich aber, danach zu fragen. Sie hob die Tasse an dem winzigen Henkelchen und trank einen Schluck. Hinter ihm hing ein gestickter Wandbehang. Aber die Liebe ist das Größte von allem.

«Was wollen Sie denn nun von Kerstin?», fragte er plötzlich.

Die Frage überrumpelte sie. Für sie war selbstverständlich gewesen, dass er während der gemeinsamen Autofahrt an ihren intensiven Gedanken hätte teilhaben müssen, aber nun fiel ihr mit einem Mal ein, dass er ja immer noch nicht wusste, wer sie war.

Sie senkte den Blick.

«Ich möchte mich nur ein bisschen mit ihr unterhalten.»

Sein Lächeln war ihm wie ins Gesicht geklebt.

«Warum denn?»

Sie merkte, wie sie die Gereiztheit beschlich. Vielleicht war es gut gemeint von ihm, aber sie hatte kein Interesse an seinem Wohlwollen.

«Das ist eine Sache zwischen ihr und mir», versetzte sie schließlich.

Ingmar ließ sie nicht aus den Augen.

«Sind Sie sich da sicher?»

Der Kaffee war nicht gut. Er hatte viel zu wenig Pulver genommen, und sie war nicht imstande, diese Konversation noch länger aufrechtzuerhalten. Sie erhob sich.

«Danke für den Kaffee und fürs Mitnehmen. Aber ich glaube, ich warte draußen.»

Er sagte nichts darauf, sondern lächelte nur weiter. Einen kurzen Augenblick durchfuhr es sie, dass er vielleicht nicht ganz dicht sei. Sein Lächeln sah so dämlich aus, dass sie schon fast ungemütlich werden wollte. So als ob er an eine lustige Geschichte dächte, von der er nichts erzählt hatte.

Sie ging in die Diele und zog sich ihre Schuhe an. Als sie sich aufrichtete, stand er in der Tür. Sein Lächeln war noch breiter geworden.

«Sie wollen doch nicht schon gehen?»

Das klang fast wie ein Befehl. Damit versetzte er ihrem guten Benehmen endgültig den Todesstoß.

«Doch, das will ich. Ich trinke keinen Kaffee ohne Milch.»

«Ach, was. Ich hätte nicht gedacht, dass du so wählerisch bist.»

Er hatte zugebissen wie eine Schlange. Ohne Zögern. Als ob er seine Worte endlich nicht mehr abzuwägen brauchte.

Ein erstes Gran Unbehagen flackerte in ihr auf. Sie ergriff ihre Jacke.

«Was meinen Sie damit?», fragte sie schließlich. Ganz und gar nicht mit derselben Sicherheit, die sie soeben noch empfunden hatte.

Er hatte die Veränderung in ihrem Tonfall bemerkt, denn wieder breitete sich dieses Lächeln über sein Gesicht.

«Ich meine nur, dass solche wie du mit dem, was sie kriegen, zufrieden sein sollten.»

Sie tat ihr Bestes, um es zu verbergen, aber sie hatte jetzt Angst. Sehr kräftig schien er nicht zu sein, doch da verschätzte sie sich nicht zum ersten Mal. Waren die Kerle erst ausreichend spitz, hatte sie selten eine Chance. Aber sie wollte sich auf gar keinen Fall freiwillig ergeben.

«Wo, zum Geier, sind wir hier eigentlich?», fragte sie plötzlich. «Eine Ritualmörderin und ein Vergewaltiger auf nur hundert Meter Abstand. Seid ihr sicher, dass mit eurem Trinkwasser alles in Ordnung ist?»

Sie schielte nach der Haustür. Der Schlüssel war abgezogen.

«Die ist auch abgeschlossen», sagte er. «Aber eins muss ich jetzt doch ein bisschen zurechtrücken. Wenn ich zu irgendetwas wirklich keine Lust habe, dann dazu, mit dir ins Bett zu gehen.»

Das überzeugte sie nicht im Geringsten. Sie trat noch einen Schritt weiter von ihm zurück und stieß mit dem Rücken an die Treppe zum Obergeschoss.

«Dafür haben wir einige andere Dinge zu entwirren, du und ich.»

Sie schluckte.

«Das glaube ich nicht.»

Er lächelte wieder.

«Doch, Sibylla. Und ob wir das haben.»

Zuerst brachte sie kein Wort heraus. Das Einzige, was sie verstand, war, dass nichts so war, wie es sein sollte.

«Woher wissen Sie, wie ich heiße?»

«Das habe ich in der Zeitung gelesen.»

Er konnte sie unmöglich erkannt haben. Nicht mit der neuen Frisur.

Draußen auf der Straße kam ein Auto heran. An ihm vorbei sah sie durchs Küchenfenster, dass es vorüberfuhr.

«Du brauchst nicht länger nach Kerstin Ausschau halten. Sie wohnt am anderen Ende der Stadt. Das Haus da drüben gehört ein paar Deutschen, und die kommen nie vor Juni.»

Sie wollte raus. Raus und weg.

«Was wollen Sie von mir?», fragte sie.

Er antwortete nicht.

«Können wir uns nicht setzen? Der Kaffee wird kalt.»

Sie sah wieder zur Tür. Die Diele hatte kein Fenster.

«Es hat keinen Zweck, Sibylla. Du gehst erst, wenn ich es dir erlaube.»

Eingesperrt.

Sie schloss die Augen für ein paar Sekunden und versuchte sich zu sammeln. Er bewegte sich von der Tür weg, und weil sie keine andere Wahl hatte, ging sie einen Schritt in die Küche.

«Ich wäre dankbar, wenn du die Schuhe ausziehen würdest.»

Sie drehte sich um und sah ihn an.

Leck mich!

Sie ging weiter zum Tisch und setzte sich. Als sie zu ihm hochsah, war nicht zu verkennen, dass er verärgert war. Er öffnete einen Schrank, holte einen Handbesen und eine Schaufel daraus hervor und kehrte irgendeinen unsichtbaren Dreck vom Boden auf. Nachdem er die Gerätschaften zurückgestellt hatte, setzte er sich ihr gegenüber.

Sein Lächeln war verschwunden.

«Von nun an, denke ich, wirst du tun, was ich sage.»

Von nun an? Was war das hier eigentlich? Warum, zum Kuckuck, konnte er nicht sagen, was er wollte?

«Sie haben kein Recht, mich dazu zu zwingen, hier zu bleiben», sagte sie leise.

Er tat so, als wäre er erstaunt.

«Nein? Nein, so was. Dann willst du vielleicht die Polizei anrufen?»

Als sie nicht antwortete, lachte er und sie dachte, dass es jetzt vielleicht an der Zeit wäre, genau das zu tun. Die Polizei anzurufen.

Sie sahen sich an. Jeder Atemzug wurde registriert. Wieder fuhr ein Auto vorbei, und Sibylla ließ ihn für eine Sekunde aus den Augen.

Das Schweigen war gebrochen.

«Ich muss zugeben, dass ich erstaunt war, als du auf dem Friedhof aufgetaucht bist. Wie ein Geschenk des Himmels. Gott beschützt die Seinen wirklich.»

Sie starrte ihn an.

«Ich habe nicht geglaubt, dass es wahr sein kann, als ich die Uhr zu sehen bekam. Wäre die nicht gewesen, dann hätte ich dich nicht erkannt.»

Er nickte in Richtung ihrer Armbanduhr und Sibylla folgte seinem Blick. Er lächelte, legte den Kopf zurück und schloss die Augen.

«Danke, Herr, daß Du mir Dein Ohr geneigt hast, dass Du meine Seele erlöst und sie hierher geführt hast. Danke, dass …»

«Die Uhr?», fiel sie ihm ins Wort.

Er verstummte. Als er die Augen öffnete, waren sie schmal wie Schlitze.

«Unterbrich mich nie wieder, wenn ich mit dem Herrn spreche», sagte er langsam.

Er beugte sich über den Tisch, um seinen Worten Nachdruck zu verleihen.

Plötzlich rückte sich alles zurecht.

Wehe dem, der den Unschuldigen seines Rechtes beraubt.

Die Wahrheit drang wie eine Speerspitze in sie.

Sie konnte nicht sprechen. Vor Schreck spürte sie einen Blutgeschmack im Mund.

Wonach man aussah, darauf kam es an.

Wie hatte sie das bloß eine Sekunde lang vergessen können! Ihre eigenen Vorurteile hatten sie direkt in die Falle gelockt.

Ihm war klar, dass sie es wusste, das konnte sie ihm ansehen.

«Ich habe diese Uhr schon einmal gesehen, verstehst du. Im Französischen Saal des *Grand Hôtel.* Als du Jörgen Grundberg bei seiner letzten Mahlzeit Gesellschaft geleistet hast.»

G*espannt wie zwei Bogensehnen* saßen sie nach wie vor auf ihren Küchenstühlen und bewachten einander. Beide warteten auf das auslösende Moment.

Eine Ewigkeit verging und Sibylla versuchte ihr Bestes, damit sich die Wahrheit zu einer fassbaren Kette fügte.

Sie hatte so Recht gehabt.

Und sich doch so geirrt. Rune Hedlund hatte keine Geliebte gehabt, sondern etwas noch Heimlicheres:

Einen Geliebten.

Es waren diese sehnigen Hände, die zwischen ihnen auf dem Küchentisch ruhten, die all diese Widerwärtigkeiten, deren sie bezichtigt wurde, vollbracht hatten. Mit alter, alltäglicher Hobbyfarbe befleckt waren sie in Plastikhandschuhen verborgen in die Körper der Opfer eingedrungen, um zurückzuholen, was sie verloren hatten.

«Warum?», flüsterte sie schließlich.

Ihre Frage bewirkte, dass er sich entspannte. Sie führte sie in eine neue Phase. Sie brauchten sich nun nicht mehr zu verstellen. Die Andeutungen waren alle gemacht, und das Einzige, was noch ausstand, war die abschließende Konfrontation. Wenn sie es wissen wollte und er erzählen würde.

Und dann ...?

Er zog seine Hände zurück und legte sie in den Schoß, machte fast den Eindruck, als ob er sich darauf vorbereiten würde, eine Rede zu halten.

«Warst du schon mal auf Malta?»

Seine Frage kam so unerwartet, dass ihr ein Schnauben entfuhr. Womöglich hielt er es für ein Lachen, denn jetzt lächelte er wieder.

«Ich bin dort gewesen», fuhr er fort. «Ungefähr ein halbes Jahr nach Runes Unfall.»

Er sah auf seine Hände und lächelte nun nicht mehr.

«Niemand ahnte, wie sehr ich trauerte ...»

Er holte tief Luft, bevor er fortfuhr.

«Unsere Liebe wurde mit Rune zu Grabe getragen. Aber Kerstin tat ja allen wahrlich Leid. Sie haben ihr Essen gebracht und geheuchelt und stundenlang dagesessen und sich ihr blödes Geschwätz angehört, wie ungerecht doch alles sei. Mehrmals wollte ich hingehen und ihr in ihr hässliches, wabbliges Gesicht schleudern, dass ich es war, den er geliebt hatte! Nicht sie. Er war bei mir gewesen, bevor er mit dem Elch zusammenprallte. Er war direkt aus meinem Bett gekommen. Es waren meine Hände gewesen, die seinen Körper zuletzt liebkost hatten.»

Er reckte seine langen Finger in die Luft, damit sie es auch wirklich kapierte.

Er war jetzt aufgewühlt. Seine Hände zitterten und er atmete heftig, und einen Moment lang schien es, als wollte er anfangen zu weinen. Seine Unterlippe bebte vor verhaltenem Zorn. Womöglich war dies das erste Mal, dass er seiner Trauer Ausdruck verleihen durfte. Dreizehn Monate lang hatten ihm die Worte auf der Zunge gepocht.

Das erste Mal.

Und vermutlich das letzte Mal.

«Dann ging sie wieder zur Arbeit. Saß wie eine Königin im Frühstücksraum und brüstete sich damit, dafür gesorgt zu haben, dass Runes Tod nicht umsonst gewesen sei. Dass mit Hilfe seines Körpers vier Menschenleben gerettet worden seien.»

Er schüttelte angewidert den Kopf.

«Pfui Teufel! Mir war speiübel. Ist das Liebe? Ist es das? Denjenigen, den man zu lieben behauptet, aufzuschlitzen und seine Überreste in alle Winde zu zerstreuen.»

Er stand auf. Die Bewegung erfolgte so plötzlich, dass sie zurückwich und der Stuhl hinter ihm umfiel. Mit einem Knall landete die Rückenlehne des Sprossenstuhls auf dem Fußboden. Er hob ihn auf und ging zur Spüle, holte die Kaffeekanne und kehrte an den Tisch zurück.

«Noch Kaffee?»

Sie schüttelte verwirrt den Kopf und er schenkte sich selber etwas ein. Als er ihr den Rücken zukehrte, um die Kanne zurückzubringen, sah sie sich um. Hinter ihr befand sich eine geschlossene Tür.

«Ich dachte, es würde mir besser gehen, wenn ich eine Zeit lang von hier wegkäme. Wenn es mir erspart bliebe, Tag für Tag ihr scheinheiliges Gesicht im Frühstücksraum zu sehen.»

Zwischen ihrem Rücken und der geschlossenen Tür waren ungefähr zwei Meter Abstand.

«Es gab nur noch eine Reise da unten im Reisebüro. Es war das erste Mal, dass der Herr in mein Leben eingriff, aber das wusste ich damals noch nicht.»

Er war jetzt ganz entspannt. Trank einen Schluck Kaffee und sah aus dem Fenster. Zwei Freunde, die sich viel zu erzählen hatten und zusammen Kaffee tranken.

«Auf Malta gibt es eine Stadt, die heißt Mosta, und dort gibt es eine Kathedrale. Diese wollte der Herr mir zeigen. Ich habe einen der Ausflüge von *Freizeitreisen* mitgemacht, um nicht allein sein zu müssen. Dieser Ausflug hat mein Leben völlig verändert.»

Er faltete die Hände und legte sie vor sich auf den Tisch.

«Es war, als ob mir jemand einen Filter von den Augen gezogen hätte. Als ob ich endlich sehen könnte.»

Dankbarkeit umstrahlte ihn.

«Am neunten April neunzehnhundertzweiundvierzig war diese Kirche voller Leute. Ganz normale Menschen, die wie gewohnt ins Hochamt gegangen sind. Plötzlich fällt eine Bombe durch die Kuppel. Zersplittert das prächtige Glasdach und stürzt in den Gang. Aber sie explodiert nicht. Wie durch ein Wunder Gottes detoniert sie nicht, die ganze Gemeinde kann das Hochamt vielmehr ohne eine Schramme verlassen. Ist das nicht ein Wunder?»

Falls er eine Antwort darauf wollte, dann wartete er vergebens.

«Es war ein englischer Flieger, der die Bombe aus Versehen abgeworfen hatte.»

Er starrte sie an.

«Verstehst du nicht?»

Sie schüttelte leicht den Kopf.

«Ihre Zeit war noch nicht gekommen. Gott hatte noch keinen von denen, die sich damals in dieser Kirche befanden, gerufen. Sie sollten noch nicht sterben. Deshalb hat er eingegriffen und alles ins Lot gebracht.»

Er schwieg und sah eine Weile aus dem Fenster, bevor er fortfuhr:

«Aber Rune … ihn hat der Herr gerufen. Warum, weiß ich nicht, ich warte noch immer darauf, dass der Herr mir eine Antwort gibt. Vielleicht wird er es jetzt tun, da mein Auftrag ausgeführt ist.»

Sibylla schluckte. Sie fürchtete, dass seine Beichte sich ihrem Ende näherte.

«Aber sie ließ ihn nicht sterben. Sie nahm die Macht Gottes in ihre eigenen Hände und hielt ihn hier bei uns auf Erden am Leben … Fing ihn auf halbem Weg ins Himmelreich ab.»

Sein Gesicht hatte sich zu einer Grimasse verzogen.

«Wie hätte ich das denn zulassen können?»

Er hielt noch immer die Hände vor sich gefaltet.

«Und ich werde große Rache an ihnen üben und sie im Grimm züchtigen. Und wenn ich sie meine Rache spüren lasse, dann werden sie erfahren, dass ich der Herr bin.»

Er verstummte.

Ihre Angst, die vor einer Weile einer Art Tatkraft gewichen war, kehrte mit neuer Wucht zurück.

Sie brauchte mehr Zeit.

«Und diejenigen, die Sie getötet haben? Was sagt Gott über die?»

Er legte den Kopf schräg und sah sie verwundert an.

«Hast du denn nicht verstanden?»

Sie traute sich nicht einmal, den Kopf zu schütteln.

«Der Herr hat sie gerufen. Sie sollten sterben. Mit welchem Recht gebieten wir Seinem Willen Einhalt?»

Sie wusste keine Antwort. Zu sagen, dass er verrückt sei, würde ihr kaum weiterhelfen.

«Und ich?», fragte sie schließlich.

Da lächelte er wieder.

«Du bist ebenfalls auserwählt.»

Er sagte das so, dass es wie ein Kompliment klang.

«Der Herr hat auch dich als sein Werkzeug ausersehen. Wir beide sind zur selben Vollendung berufen.»

Jetzt war die Zeit bald abgelaufen.

«Und was ist mein Aufgabe?»

Sein Lächeln breitete sich übers ganze Gesicht.

«Mich zu schützen.»

Im nächsten Augenblick war sie auf den Beinen. Ohne zu zögern, warf sie sich nach hinten und bekam die Klinke der verschlossenen Tür zu fassen. Das Glück war mit ihr, die Tür ging zur anderen Seite auf, und bevor er um den Tisch herumkam, war sie schon in dem Zimmer und schlug die Tür hinter sich zu. In der nächsten Sekunde drängte er von der anderen Seite dagegen. Er drückte die Klinke herunter und Sibylla konnte das Gewicht spüren, mit dem er sich gegen die Tür stemmte. Mit aller Kraft, die sie aufbieten konnte, versuchte sie die Tür zuzuhalten. Es gab keinen Schlüssel.

Sie sah sich um.

Sie befand sich in seiner Malerwerkstatt. Das Zimmer war voll mit Farbdosen, und hinter ihr stand eine Staffelei mit einem halb fertigen Jesus am Kreuz. In der Wand rechts von ihr war noch eine Tür, aber auch dort gähnte das Schlüsselloch leer. Sie spürte, wie der Druck auf die Tür nachließ, und beugte sich rasch hinunter, um durchs Schlüsselloch zu gucken.

Auf der anderen Seite war niemand.

Sie trat einen Schritt zurück und stieß gegen einen Tisch. Eine Blechdose mit Pinseln fiel zu Boden. Der Schreck versetzte ihr Stiche im Leib und sie stellte sich mitten ins Zimmer. Plötzlich ein Geräusch – und ihr war klar, woher er kommen würde. Im selben Moment sah sie seine Hand im Türspalt zu dem anderen

Zimmer, sah, wie diese um die Tür griff. Sie zögerte nicht. Mit voller Wucht warf sie sich gegen die Tür, und sie konnte es knirschen hören, als seine Hand eingeklemmt wurde.

Er schrie nicht. Die Finger spreizten sich vor Schmerz, doch es war kein Laut von der anderen Seite zu vernehmen. Nur ihr eigener Atem, als sie nach Luft rang. Es folgte ein kräftiger Stoß gegen die Tür, den Sibylla so gut wie möglich parierte, doch durch den dabei entstandenen kleinen Spalt hatte er seine Hand zurückziehen können.

Plötzlich schlug eine Wanduhr hinter ihr. Dieses jähe Geräusch raubte ihr den letzten Rest Selbstkontrolle, sie drehte sich um und lief davon. Riss ohne innezuhalten die Küchentür auf und rannte durch die Küche in die Diele. Dort blieb sie kurz stehen und sah sich um. Die Haustür war verschlossen, das wusste sie, ins Obergeschoss zu laufen, wäre jedoch ein Schritt weiter in die Falle. Ein Geräusch aus dem Zimmer neben ihr ließ ihr aber keine andere Wahl. Einen Schritt nach vorn und sie sah seine Füße im Türspalt. Er saß mit ausgestreckten Beinen und dem Rücken zur Tür auf dem Fußboden. Schnell vorbei und die Treppe hinauf. Sie hörte, wie er aufstand. Oben an der Treppe ein kurzer Flur mit drei geschlossenen Türen. In einer steckte ein Schlüssel. Die Tür war abgeschlossen, ging aber beim ersten Versuch auf.

«Nicht da rein!», hörte sie ihn schreien.

Aber sie war schon drinnen.

Mit zitternden Händen gelang es ihr, den Schlüssel von innen ins Schloss zu stecken und herumzudrehen. Im nächsten Augenblick drückte er die Klinke herunter.

«Sibylla. Mach jetzt keine Dummheiten!»

Sie wandte sich um.

Ein ungemachtes Bett mitten im Zimmer. Das Laken und der Kissenbezug, beide vielleicht einst weiß, waren grau und fleckig.

An der Wand gegenüber eine Spiegelkommode aus dunklem Holz, wahrscheinlich Eiche, und vor dem Spiegel eine brennende

Kerze in einem halbmeterhohen silbernen Leuchter. Solche Kerzen hatte sie bisher nur in Kirchen gesehen. Am Fuß des Leuchters lag eine Bibel.

«Sibylla. Du machst jetzt die Tür auf!»

Sie trat ans Fenster. Die Krampe saß fest, und Sibylla musste ordentlich zupacken, um sie mit Gewalt vom Haken zu lösen. Ein kreischendes Geräusch, als das Metall widerstrebend nachgab.

«Nicht das Fenster aufmachen!», rief er. «Sibylla, pass auf die Kerze auf!»

Er klopfte jetzt heftig an die Tür.

Sie lehnte sich hinaus. Direkt unter ihr war die Steintreppe, die zur Haustür führte, und wenn sie wider Erwarten das Eisengeländer glücklich verfehlen sollte, würde sie sich mit größter Wahrscheinlichkeit auf den Steinplatten das Genick brechen.

«Sibylla. Mach das Fenster zu!»

Er klang jetzt streng.

Sie ließ das Fenster offen und ging zu der Spiegelkommode. Die Atempause, die ihr die verschlossene Tür verschafft hatte, half ihr, die Gedanken wieder zu sammeln.

Pass auf die Kerze auf.

Neben dem silbernen Leuchter zwei eingeschweißte Kerzen von derselben Größe wie die brennende und gleich daneben vier unbenutzte Grablichter in weißen Plastikbechern.

Brenndauer zirka sechzig Stunden.

Sie nahm die Bibel und schlug die erste Seite auf. Jemand hatte mit Druckbuchstaben etwas innen auf den Einband geschrieben, sie las es rasch.

Denn Liebe ist stark wie der Tod
und Leidenschaft unwiderstehlich wie das Totenreich.
Ihre Glut ist feurig
und eine Flamme des Herrn.

Mit einem Mal war ihr klar, dass die Macht nun bei ihr lag.

Die lodernde Flamme war ihre Waffe.

Sie hörte etwas im Schlüsselloch kratzen. Sie legte die Bibel zurück und schloss eilends das Fenster.

«Wenn Sie hereinkommen, lösche ich die Kerze», rief sie.

Die Krampe legte sich um den Haken. Das Geräusch im Schlüsselloch verstummte.

«Die brennt wohl schon, seit er tot ist? Oder wie?»

Nicht einen Ton erhielt sie zur Antwort, aber sie wusste nun Bescheid. Er hatte die Flamme wie ein olympisches Feuer am Brennen gehalten, als lebendiges Andenken an seinen Geliebten.

Sie hatte sich erneut einen Aufschub verschafft.

Aber wozu?

Sie sah sich um.

Außer dem Bett und der Spiegelkommode gab es in dem Zimmer keine Möbel. Es war mit einem braun melierten Teppichboden ausgelegt, auf dem drei zusammengewürfelte Flickenteppiche lagen. Sie betrachtete das Bett. Vielleicht würde das Laken bis zur Erde reichen? Und dann? Er hätte sie schnell eingeholt.

Sie trat an die Spiegelkommode und hob den Leuchter hoch. Ganz, ganz vorsichtig und sich vollauf bewusst darüber, dass die lodernde Flamme ihre Versicherung war.

«Sie können jetzt hereinkommen», rief sie.

«Dann schließ schon auf.»

Sie zögerte kurz.

«Zählen Sie bis drei, bevor Sie hereinkommen. Sonst lösche ich die Kerze.»

Sie bekam keine Antwort. Der weiche Untergrund dämpfte ihre Schritte, als sie zur Tür ging. Rasch drehte sie den Schlüssel herum und trat zurück.

Nach drei Sekunden bewegte sich die Türklinke langsam nach unten.

Dann standen sie sich gegenüber, Auge in Auge, und dazwischen die lodernde Flamme.

Der Zorn in seinen Augen war nicht zu verkennen. Er hatte die zerquetschte Hand ausgestreckt, und als er auf sie hinuntersah, folgte Sibylla seinem Blick. Quer über die Finger verlief eine tiefe Kerbe und der kleine Finger sah aus, als wäre er ganz ab.

Keiner von beiden sagte etwas.

Das Einzige, was sich im Zimmer bewegte, war die Flamme.

«Warum machst du das?», fragte er schließlich. «Was glaubst du damit zu gewinnen?»

«Ich will, dass Sie die Polizei anrufen.»

Er schüttelte den Kopf. Nicht ablehnend, sondern eher als Ausdruck seiner Gereiztheit.

«Verstehst du nicht, dass dies beabsichtigt war? Wir sind auserwählt, du und ich. Wir können über nichts gebieten … Stell jetzt die Kerze hin.»

Sie schnaubte. Der plötzliche Luftstoß traf das Licht vor ihr. Die flackernde Flamme erinnerte sie unliebsam daran, wie gering ihre Überlegenheit war, und mit einem Mal überkam sie diese erdrückende Angst wieder.

Vielleicht sah er es ihr an, vielleicht roch er es.

Über sein Gesicht breitete sich ein Lächeln.

«Wir sind vom gleichen Schlag, du und ich. Ich habe über dich in der Zeitung gelesen.»

Wie sollte sie bloß hier rauskommen?

«Sie haben mit einer deiner Klassenkameradinnen geredet, hast du das gelesen? …»

Draußen würde die Flamme ausgehen. Der Aufschub galt nur im Haus.

«Ich war auch ein Einzelgänger …»

«Wo ist das Telefon?»

«Schon in der ersten Klasse merkte man, dass ich anders war. Es war uns im Grunde allen klar …»

«Drehen Sie sich um und gehen Sie runter, sonst puste ich.»

Sein Lächeln verschwand, aber er rührte sich nicht.

«Und dann Sibylla», sagte er ruhig. «Was wirst du dann tun?»

Eine Ewigkeit verging, und als sie schon glaubte, ihr heftig pochendes Herz würde ihr den Brustkorb sprengen, drehte er sich endlich um. Langsam trat er in die Diele hinaus und sie folgte ihm in ein paar Metern Abstand. Versuchte erfolglos, ihren hektischen Atem zu verhehlen. Eine Stufe nach der anderen. Wie ein umgekehrter Luciazug schritten sie die Treppe hinunter. Sie, die Kerzenflamme schützend, und er mit nach wie vor ausgestreckter blutiger Hand. Ihr zitterten die Knie. Sie versuchte vorauszudenken. Sollte sie ihn telefonieren lassen? Vielleicht wäre es besser, wenn sie das selber machte? Noch vier Stufen. Er war unmittelbar am Fuß der Treppe stehen geblieben.

«Weiter.»

Er tat, was sie sagte, und verschwand in der Küche. Der Leuchter war schwer. Sie konnte ihn nicht mehr so hoch halten. Vorsichtig senkte sie ihn, und im selben Augenblick setzte sie den ersten Fuß in den unteren Flur.

Sie sah ihn nicht.

«Kommen Sie zur Tür!»

In der Küche regte sich nichts. Sie wechselte die Hand.

«Ich lösche die Kerze.»

Ihr war jedoch klar, dass er genauso gut wie sie wusste, wie leer diese Drohung war. Was würde sie dann tun?

Sie sah in das Zimmer zu ihrer Linken. Ein Sofa und ein Couchtisch. Und der gleiche Teppichboden wie in dem Zimmer im Obergeschoss. Die Tür zur Malerwerkstatt war angelehnt. Sie machte einen Schritt in das Zimmer.

Das Gewicht des Leuchters zwang sie, ihn mit beiden Händen zu halten.

«Kommen Sie heraus, sodass ich Sie sehe!», rief sie.

Sie konnte nirgends ein Telefon entdecken. Sie ging weiter zur

Malerwerkstatt. Aus der Küche war kein Ton zu hören. Als sie über die Schwelle war, schloss sie schnell die Tür hinter sich.

Es stand auf dem runden Tisch in der Mitte des Zimmers. Ein graues, mit allen Farben des Regenbogens verspritztes altes Telefon.

Beidhändig zu bedienen.

Den Blick auf die Küchentür gerichtet, stellte sie vorsichtig den Leuchter ab, hob den Hörer und tastete mit zittrigen Fingern über die Wählscheibe. Ihr tat alles weh vor Angst.

So nahe nun, und doch so weit entfernt.

Und dann war er über ihr.

Mit Gebrüll wurde die Tür zum Wohnzimmer aufgerissen, und ehe sie reagieren konnte, schlug er sie mit einem Küchenstuhl nieder. Ihr wurde vor Schmerz schwarz vor Augen, und als er rittlings auf ihr saß, merkte sie, dass eine Rippe gebrochen war.

«Tu das nie wieder!», zischte er.

Sie schüttelte den Kopf und versuchte den Schmerzen standzuhalten.

«Der Herr ist auf meiner Seite», fuhr er fort. «Du kannst nicht entkommen.»

Sie schüttelte wieder den Kopf. Alles, um ihn zum Aufstehen zu bewegen. Egal was, wenn er bloß nicht auf ihrer Rippe sitzen blieb.

Er sah sich um.

«Bleib liegen!»

Sie nickte und er stand endlich auf. Neben dem Telefon lag ein weißer Baumwolllappen, den er sich fest um die verletzte Hand wickelte. Ob er wohl Rechtshänder war? In diesem Fall wäre er gehörig geschwächt.

Aber das war sie ebenfalls.

Diese verdammte Flamme brannte noch immer an ihrem Docht.

Nicht einmal die zu löschen, war ihr gelungen.

Verfluchte Scheiße!

Dabei war sie so nah dran gewesen.

Sie drehte sich ein klein wenig, um den Schmerz zu mildern. Ihre Jacke hatte sich genau an der Stelle verknäuelt, wo es am heftigsten wehtat. Er bemerkte ihre Bewegung und stellte ihr seinen Fuß auf den Bauch.

«Du bleibst still liegen.»

Der Schmerz wurde so intensiv, dass ihr die Luft wegblieb. Ihr Gesicht verzerrte sich und sie sah blitzende Sterne hinter den Lidern. Sie merkte, wie sein Fuß verschwand, und nach einer Weile öffnete sie wieder die Augen. Er stand immer noch neben ihr. Weiß im Gesicht und die umwickelte Hand ausgestreckt. In der anderen Hand hielt er ein Kruzifix. Das hatte sie schon einmal gesehen. Auf Patriks Zetteln.

«Bitte sehr», sagte er und ließ es ihr auf den Bauch fallen.

Es war nicht schwer, doch rein reflexartig spannte sie den Bauch an, woraufhin sie eine neue Schmerzwelle durchlief.

«Das musst du selbst tragen», fuhr er fort. «Das ist dein Gang nach Golgatha.»

Wenn sie gekonnt hätte, dann hätte sie ihn gefragt, was er damit meinte.

«Hoch mit dir! Wir werden einen Spaziergang machen.»

Es gelang ihr, sich vom Boden zu erheben. Mit seiner unversehrten Hand packte er sie grob am Nacken und zwang sie, gebückt zu gehen, den Blick auf den Boden gerichtet und das Kruzifix in der linken Hand.

Draußen wurde es allmählich dunkel.

Im Stehen spürte sie den Schmerz in der Seite nicht so sehr. Ohne ihren Nacken loszulassen, schubste er sie die Treppe hinunter.

«Wohin gehen wir?», fragte sie.

Er antwortete nicht, sondern trieb sie vor sich her zur Straße hinunter. Wenn sie nun schon auserwählt sei, könnte doch in Gottes Namen ein Auto kommen, dachte sie.

Aber es kam keines.

Sie überquerten die Straße, und als sie schon fast angekommen waren, wurde ihr klar, wohin sie gingen.

Zu dem gelben Deutschenhaus.

«Was wollen wir denn dort?», versuchte sie es wieder.

«Du wirst dir das Leben nehmen.»

Sie wollte sich aufrichten, aber er drückte sie wieder nach unten.

«Sie werden dich im Juni finden. Mit dem Kruzifix auf dem Bauch. Alles rückt sich zurecht und Sibylla hat endlich ihre Verbrechen sühnen dürfen. Kerstin wird dich identifizieren und ich werde dabeistehen und sie stützen.»

Sie waren an der Treppe angelangt. Sibylla steckte ihre freie Hand in die Jackentasche. Dort war ihre Nagelfeile.

«Ich habe die Schlüssel in der Tasche», sagte er. «Hol sie raus.»

Ihre Finger umschlossen das Plastikheft der Feile. Der Griff um ihren Nacken löste sich.

«Sie sind in der rechten Jackentasche.»

Sie richtete sich auf und wandte sich zu ihm um. Für einen kurzen Moment sahen sie sich an, und dann stieß sie ihm mit aller Gewalt die Nagelfeile ins Gesicht.

Sie bekam nicht mit, wohin sie traf. Als er die Hände vors Gesicht schlug, drehte sie sich um und rannte davon. Hinter dem niedrigen Holzzaun begann der Wald, und trotz ihrer Schmerzen warf sie sich hinüber, ohne ihr Tempo zu drosseln.

Sie sah sich nicht um.

Er schrie auch diesmal nicht.

Spitze Zweige peitschten ihr ins Gesicht, als sie sich vorwärts arbeitete, aber nichts konnte sie dazu bringen, ihr Tempo zu drosseln. Es war noch nicht dunkel genug, um einfach nur stehen zu bleiben und sich zu verstecken. Sie musste weg. Weit weg. Bevor er ihr nachkam.

Sie wusste nicht, wie lange sie gerannt war. Über Steine stolpernd und von den Wasserlachen auf ihrem Weg bis zu den Schenkeln durchnässt. Total erschöpft fiel sie längelang über irgendetwas, was in der Dunkelheit nicht mehr zu erkennen war, und blieb liegen. Ihre Lungen brannten von der Anstrengung. In regelmäßigen Abständen versuchte sie ihren keuchenden Atem zu dämpfen, um auf Geräusche zu horchen.

Mehr als der Wind in den Bäumen war nicht zu hören, ihr eigenes Schnaufen nahm sich im Vergleich dazu wie ein Dröhnen aus.

Lange lag sie so da. Völlig still, aber in wachsamer Bereitschaft.

Wie schwer hatte sie ihn verletzt?

Noch war sie nicht gerettet.

Und dann plötzlich seine Stimme. Nicht nahe, aber trotzdem viel zu deutlich in der Dunkelheit.

«Sibylla ... Du kannst dich nicht vor uns verstecken ... Gott sieht alles, das weißt du ...»

Dieser Schreck wieder.

Und dann der Mond, der sich plötzlich zeigte und auf sie schien.

Wie eine Himmelslampe.

Direkt vor ihr eine Tanne, deren Zweige bis zur Erde reichten. Rasch kroch sie in deren schützendes Dunkel.

«Sibylla ... Wo bist du?»

Seine Stimme war jetzt viel näher. Ihr Atem ein unerbittlicher Verräter.

Jetzt konnte sie ihn erspähen. Als ob er einem unsichtbaren Faden folgte, kam er direkt auf ihr Versteck zu.

«Ich weiß, dass du hier irgendwo bist.»

Jetzt konnte sie sein Gesicht erkennen. Voller Blut und im aufgerissenen Auge leuchtete das Weiß.

Nur noch zehn Meter.

Und dann plötzlich totale Dunkelheit.

Blitzartig war der Mond hinter einer gesegneten Wolke verschwunden und hatte sie gerettet. Sie hörte Ingmar aufstöhnen und begriff, dass er gestolpert war und sich mit seiner verletzten Hand abgefangen hatte.

Das geschieht dir recht! Du verdammter Idiot!

Sie merkte, dass sie lächelte. Dass das Verschwinden des Mondes ihr neue Hoffnung gegeben hatte. Sie war nicht dem Untergang geweiht. Für einen kurzen Moment war es ihm beinahe gelungen, sie zu überzeugen.

«Du hast keine Chance ... Früher oder später finden wir dich.»

Seine Stimme war wieder weiter entfernt.

Im Moment war sie gerettet.

Vielleicht nickte sie ab und zu ein, sie wusste es nicht. Die Dunkelheit war so kompakt, dass es egal war, ob sie die Augen offen oder geschlossen hatte. Als sich im Morgengrauen die ersten Konturen abzeichneten, kroch sie aus ihrem Versteck, um nach einer Straße zu suchen.

Zurückgehen wollte sie nicht, aber was wusste sie, wie weit sich der Wald in der anderen Richtung erstreckte! Sie beschloss, im rechten Winkel zu ihrem Fluchtweg weiterzulaufen. Dann müsste sie irgendwann auf die Straße stoßen, freilich ein gutes Stück von seinem Haus entfernt.

Sie fror so, dass sie zitterte. Jetzt, da sie Zeit hatte, ihm nachzuspüren, meldete sich der Schmerz wieder. Jeder Schritt brannte wie Feuer im Brustkorb.

Die Helligkeit kam schnell. Der Wald war hier lichter, kahle Kiefernstämme ohne Unterholz. Sie musste bald die Straße erreichen, sonst könnte er sie schon von weitem entdecken.

Irgendwo knackte ein Zweig. Sie stand mucksmäuschenstill und versuchte das Geräusch zu lokalisieren. Da! Noch ein Knacken. Aus einer anderen Richtung.

Dann entdeckte sie sie.

«Legen Sie sich hin!», schrie einer von ihnen. Er war uniformiert und zielte mit einer Pistole auf sie, die er mit beiden Händen hielt.

Hätte sie nicht solche Angst bekommen, dann wäre sie über ihren Anblick froh gewesen. Nie hatte sie geglaubt, über die Begegnung mit einem Polizisten mal so glücklich sein zu können.

Sie tat, was er sagte. Vorsichtig, um den Schmerz zu lindern, legte sie sich mit dem Gesicht nach unten auf die Erde. Als sie den Kopf wandte und aufsah, näherten sich vier bewaffnete Polizisten, die ihre Pistolen nach wie vor auf sie gerichtet hielten.

«Ich weiß nicht, wo ...»

«Halt die Klappe!», schrie einer von ihnen. «Und bloß verdammt schön ruhig bleiben jetzt!»

Und dann rückte sich mit einer schwindelnden Einsicht alles zurecht.

Einer drückte ihr das Gesicht ins Moos, und sie spürte an ihrem Körper hastig Hände entlangtasten.

«Du verdammte Mörderin!», zischte jemand über ihr.

Und sie begriff, dass er ihr ein weiteres Mal zuvorgekommen war.

Sie hatte getan, was sie sagten. Auf er ganzen Fahrt zur Polizeiwache in Vimmerby hielt sie die Klappe.

Als sie aus dem Auto stieg, zuckte ihr ein Blitz ins Gesicht, und als sie wieder sehen konnte, erblickte sie flüchtig einen jungen Kerl mit einer riesigen Kamera.

«Warum haben Sie das getan?», fragte jemand, und dann wurde sie ins Foyer des Polizeigebäudes gestoßen. Der Raum war voller Menschen in Zivil und in Uniform, die mit Abscheu im Blick jede geringste ihrer Bewegungen verfolgten.

«Kommen Sie mit!»

Der Mann, der im Auto neben ihr auf dem Rücksitz gesessen hatte, ging voran und in dem Gedränge bildete sich eine schmale Gasse, um sie durchzulassen. Jemand stieß sie in den Rücken und sie verzog das Gesicht zu einer Grimasse, als die schmerzende Rippe sich meldete. Eine Tür ging vor ihr auf und sie trat ein.

«Setzen Sie sich.»

Sie zog mit ihren gefesselten Händen einen Stuhl unter dem Tisch heraus und tat, was er sagte. Zwei weitere Männer betraten den Raum und setzten sich auf die andere Seite.

«Roger Larsson», sagte der eine.

Sein Kollege drückte auf den roten Knopf eines Tonbandgeräts und nickte, nachdem er kontrolliert hatte, dass das Band lief.

«Verhör mit Sibylla Forsenström am dritten April neunzehnhundertneunundneunzig. Es ist acht Uhr fünfundvierzig und außer der Verhörten sind im Raum noch Kriminalassistent Mats Lundell und Kommissar Roger Larsson zugegen.»

Sie machte den Rücken gerade.

«Und Sie sind Sibylla Forsenström?»

Sie nickte.

«Ich darf Sie bitten, die Fragen laut und deutlich zu beantworten.»

«Ja!»

«Können Sie uns sagen, was sie in Vimmerby machen?»

Sie schaute auf die Spule, die sich in dem Tonbandgerät drehte. Die Männer sahen sie erwartungsvoll an. Ein kurzes Klopfen und eine Frau mit einem Blatt Papier in der Hand öffnete die Tür. Sie reichte es dem Mann mit Namen Roger, der es rasch las und dann mit der Schrift nach unten auf den Tisch legte. Dann sah er wieder Sibylla an.

«Ich habe es nicht getan», sagte sie schließlich.

«Was haben Sie nicht getan?»

Die Frage kam schnell. Sie war müde und hungrig, und es fiel ihr schwer, ihre Gedanken zu sammeln. Und nun hatte sie sie selbst auf die richtige Spur gebracht.

«Es war dieser Ingmar, der hat sie umgebracht.»

Die beiden Männer auf der anderen Seite des Tisches sahen sich an. Es sah aus, als ob sie ein Lächeln verbergen wollten.

«Sie meinen Ingmar Ericsson? Den Hausmeister vom Krankenhaus in Vimmerby. Der gestern Abend mit einer zerquetschten Hand und einem mit einer Nagelfeile ausgestochenen Auge in die Notaufnahme kam. Meinen sie diesen Ingmar?»

Er klang jetzt böse. Sie schaute auf ihre Hände hinunter. Wenn sie die Kette dazwischen verbarg, sahen die Handschellen fast wie zwei Silberarmbänder aus.

Der Mann mit Namen Roger legte etwas auf den Tisch.

«Warum hatten Sie das hier in der Jackentasche?»

Sie hob den Blick und sah, dass er das Kruzifix meinte. Es lag in einer Plastikhülle vor ihr.

«Das hat er mir gegeben», sagte sie leise. «Er wollte mich umbringen.»

«Und warum?»

«Um mir die Schuld zuzuschieben.»

«Wofür?»

Sie seufzte.

«Er hatte ein Verhältnis mit Rune Hedlund.»

In Roger Larssons Mundwinkel zuckte es.

«Mit wem, sagten Sie?»

«Rune Hedlund. Er ist voriges Jahr am fünfzehnten März bei einem Autounfall ums Leben gekommen.»

Nun sahen sich die beiden Männer wieder an. Keiner sagte etwas, aber sie sah, was sie dachten. Dass sie eine verrückte Frau vor sich hätten. Und vielleicht war es ja auch so.

Mond hin oder her. Gott war noch nie auf ihrer Seite gewesen.

«Rufen Sie Patrik an. Er weiß, dass ich es nicht war.»

«Wer ist Patrik?»

«Pat ...»

Wie hieß er mit Nachnamen? Sie hatte ihn einmal an seiner Tür gelesen, aber diese Erinnerung war im Moment ausgelöscht.

«Seine Mutter ist bei der Polizei. Sie wohnt in der Sågargatan. Auf Söder.»

«Sie meinen in Stockholm?»

Es klopfte erneut und die Frau brachte ein weiteres Blatt Papier. Zwei neugierige Gesichter erschienen in der Tür. Der Mann mit Namen Roger las und nickte. Dann sah er auf die Uhr.

«Das Verhör wird um neun Uhr drei unterbrochen.»

Sibylla schloss die Augen.

«Wir müssen jetzt eine Pause einlegen. Wollen Sie hier oder in einer Zelle warten?»

Sie sah ihn an. Was war der Unterschied?

«Gibt es dort ein Bett?», fragte sie schließlich. Bis auf den Grund der Seele müde.

Er nickte.

«Dann nehme ich die Zelle.»

Es vergingen Stunden, ohne dass etwas passierte. Zeitweise schlief sie auf der harten Pritsche. Fiel in einen unruhigen Halbschlaf voller zwanghafter Träume über verzweifelte Fluchten im Zeitlupentempo vor einem unsichtbaren Verfolger.

Sie bekam auch zu essen, aber niemand erzählte ihr, worauf sie überhaupt warteten. Hätte sie die Kraft dazu gehabt, dann hätte sie vielleicht gefragt.

Die verschlossene Tür flößte ihr weniger Schrecken ein, als sie befürchtet hatte. Es war de facto richtig angenehm, sich hinzulegen und aller Verantwortung enthoben zu sein. Sie hatte getan, was sie konnte, praktisch mehr als das, und sie musste den Fehlschlag jetzt eben akzeptieren.

Die anderen hatten gewonnen, sie hatte verloren.

Das war alles.

Am späten Nachmittag kam Roger Larsson und erklärte, dass sie auf die Reichskriminalpolizei aus Stockholm warteten. Sie sagte nichts darauf. Stellte nur fest, dass die Elitetruppe unterwegs war. Eine verstockte Mörderin wie sie, so etwas überließ man offensichtlich nicht einer popeligen kleinen Wache der Provinzpolizei.

«Sie haben das Recht auf einen Anwalt», fuhr er fort.

«Ich habe nichts getan.»

Er ging zur Tür.

«Ich glaube, sie werden einen brauchen.»

Damit ging er.

Eine Weile später kam ein Mann um die fünfzig. Entweder war er nervös oder aber fürchterlich gestresst.

«Kjell Bergström», sagte er und legte seine Aktentasche auf den Tisch.

Sie setzte sich auf und verzog dabei das Gesicht zu einer Grimasse. Ihre Rippe wäre lieber liegen geblieben.

«Vorläufig bin ich Ihr Anwalt. Später werden Sie wahrscheinlich nach Stockholm verlegt und bekommen dann von jemandem von dort Beistand. Ihr Vater ist tot, wussten Sie das?»

Sie starrte ihn an.

«Wie bitte?»

Kjell Bergström öffnete seine Aktentasche und entnahm ihr ein Papier.

«Ich habe von einem Kollegen in Vetlanda ein Fax erhalten. Die haben in den Nachrichten gehört, dass man Sie geschnappt hat.»

«Ich war das nicht, ich habe das nicht getan», sagte sie schnell.

Seine Effektivität wurde gebremst und er sah sie zum ersten Mal an.

«Es war eine Herzattacke», sagte er dann. «Vor zwei Jahren.»

Herzattacke.

Sibylla kostete ihr Gefühl. Es machte ihr nicht das Allergeringste aus, dass Henry Forsentström seit zwei Jahren tot war. Er war es schon viel länger.

«Laut Krister Ek, dem Anwalt, der den Nachlass verwaltete, hat Beatrice Forsenström angenommen, dass Sie tot seien. Als Ihr Vater starb, beantragte sie, Sie für tot zu erklären, und dem sollte gerade stattgegeben werden, als in den Zeitungen nach Ihnen gefahndet wurde.»

Sibylla merkte, dass sie lächelte. Dass ihre Mundwinkel nach oben gingen, obwohl es keinen Grund dazu gab.

«Deshalb hat sie mir also fünfzehn Jahre lang jeden Monat fünfzehnhundert Kronen geschickt? Weil ich tot war.»

Jetzt war Kjell Bergström an der Reihe, sich zu wundern.

«Hat sie das getan?»

«Bis vorige Woche.»

«Das ist merkwürdig. Ja, nachgerade bemerkenswert.»

Ich weiß.

Kjell Bergström las wieder in seinem Papier.

«Wie Sie wissen, umfasst der Nachlass ein beträchtliches Vermögen. Ein Vermögen, das laut Gesetz zu gleichen Teilen zwischen der Ehefrau und eventuellen Leibeserben aufzuteilen ist. Diese Sache hier lässt einen ja beinahe argwöhnen, Ihre Mutter habe versucht, Sie vom Erbe auszuschließen.»

Sibylla merkte plötzlich, dass ihr zum Lachen war. Dass irgendetwas in ihr zerriss und mit Macht herauswollte. Sie versuchte es zurückzuhalten und verbarg ihr Gesicht in den Händen. Lautlos schüttelte sie sich vor Lachen.

«Ich verstehe, dass Sie das schwer ankommt.»

Sibylla sah ihn zwischen ihren Fingern hindurch an. Er glaubte, dass sie weinte. Stand betreten da, als ob er nicht wüsste, wie man mit einer weinenden Mörderin umging, die soeben ihren Vater verloren hatte. Das reizte sie nur noch mehr zum Lachen. Ihr tat die Rippe weh, und dieser Schmerz trieb ihr die Tränen in die Augen, und als sie merkte, dass sie überliefen, gelang es ihr, sich ausreichend zu sammeln, um die Hände vom Gesicht zu nehmen.

«Sie brauchen sich keine Sorgen zu machen», sagte er versuchsweise. «Sie haben das Gesetz auf Ihrer Seite.»

Da zerriss es erneut. Prustend brach sich ein neuerliches Lachen in ihrem Körper Bahn, und sie musste die Hände in die Seite legen, um den Schmerz zu dämpfen.

Das Gesetz auf Ihrer Seite!

Sie war soeben Millionärin geworden, sollte aber wegen vier Ritualmorden, die sie nicht begangen hatte, eine lebenslängliche Gefängnisstrafe absitzen.

Sollte Gott sie jetzt sehen können, hoffte sie, dass er zufrieden war. Nun könnten er und Ingmar sich zurückziehen und glücklich bis ans Ende ihrer Tage leben. Und ihre Erfolge genießen.

Das Lachen verebbte. Zog sich so plötzlich zurück, wie es gekommen war, und hinterließ in ihrem Inneren ein Vakuum.

«Wie sieht es aus?», fragte er vorsichtig.

Sie sah ihn an. Noch immer liefen ihr die Tränen über die Wangen.

Einfach beschissen.

Es war ganz einfach alles beschissen.

Sie legte sich wieder hin und kehrte ihm den Rücken zu. Er ging zur Tür und klopfte, um hinausgelassen zu werden, war ein paar Minuten fort, dann hörte sie die Tür erneut gehen.

«Ich bleibe so lange hier», sagte er. «Sie werden bald kommen und Sie zu einem neuen Verhör holen.»

Und das taten sie auch.

Wieder verzog sie das Gesicht zu einer Grimasse, als sie sich von ihrem Lager erhob. Kjell Bergström beobachtete sie.

«Haben Sie irgendwo Schmerzen?»

Sie nickte.

«Ich habe einen Stuhl über die Rippen gekriegt.»

Er stellte keine weiteren Fragen. Vielleicht war es in Vimmerby ja normal, dass man so etwas erlebte?

Gehorsam streckte sie dem Polizisten, der in der Tür stand, die Hände hin, damit er ihr die Handschellen leichter anlegen konnte, aber er schüttelte nur den Kopf.

Der Verhörraum war leer, als sie ihn betraten. Sie setzte sich auf den Stuhl, auf dem sie schon einmal gesessen hatte, und Kjell Bergström stellte sich an die Wand.

Eine Minute darauf kamen sie. Ein unbekannter Mann und eine unbekannte Frau. Bergström trat auf sie zu und reichte ihnen die Hand, doch Sibylla blieb sitzen. Sie vermutete, dass sie nicht vorgestellt zu werden brauchte.

Drei Augenpaare ruhten auf ihr.

«Wie geht es Ihnen?», fragte der fremde Mann.

Sie lächelte ein wenig. Vermochte nicht zu antworten.

«Ich heiße Per-Olof Gren und arbeite bei der Reichskriminalpolizei in Stockholm. Das hier ist Anita Hansson.»

Bergström ging wieder zur Wand und die Fremden nahmen ihr gegenüber Platz. Keiner von ihnen schaltete das Tonbandgerät ein.

«Wenn Sie dazu in der Lage sind, würden wir schrecklich gern hören, was gestern Abend vorgefallen ist.»

Wenn Sie dazu in der Lage sind? Was für eine Taktik war das nun wieder?

Sibylla seufzte und lehnte sich zurück. Die Gedanken gingen ihr ganz gemächlich im Kopf herum, und trotzdem bekam sie kein Ende zu fassen, an dem sie anfangen konnte.

«Ich war auf dem Friedhof», sagte sie schließlich und sah auf die Tischplatte nieder. «Ich bin Rune Hedlunds Witwe begegnet und dann bin ich mit diesem Ingmar mitgegangen.»

«War er das, der Sie geschlagen hat?»

Sie sah auf und nickte.

«Ja. Mit einem Stuhl. Ich glaube, ich habe mir dabei eine Rippe gebrochen.»

«Und die Kratzspuren in Ihrem Gesicht?»

«Die habe ich mir im Wald geholt. Als ich davongerannt bin.»

Der Mann nickte und sah Anita an.

«Sie haben trotzdem Glück gehabt», fuhr er fort.

Sicher. Mordsmäßiges Glück.

«Ich habe gehört, Sie kennen Patrik», sagte die Frau plötzlich.

Sibylla sah sie an. Einem Fünkchen Hoffnung gelang es, die Trostlosigkeit zu durchbrechen.

«Haben Sie ihn gefunden?»

«Er ist mein Sohn.»

Sibylla starrte sie an. Patriks Polizeimutter!

Nichts im Gesicht der Frau verriet, ob das nun gut oder schlecht war.

«Er hat heute Morgen, als wir die Nachrichten hörten, alles erzählt.»

Sibylla glaubte für einen Augenblick zu träumen.

«Ich habe die Reichskripo verständigt, sobald mir klar war, dass er tatsächlich die Wahrheit sagte. Wenn auch der Name Thomas Sandberg für etwas Verwirrung sorgte.»

«Ich wollte Patrik da raushalten. Er hatte mir schon genug geholfen. Fand ich», fügte sie hinzu.

Patriks Mutter nickte. Sie schien das auch so zu sehen.

«Wir haben heute Morgen Ingmar Erikssons Haus durchsucht», sagte Per-Olof Gren. «Die Überreste lagen im Kühlschrank.»

Sibylla sah ihn an.

Ach ja. Ich habe vergessen einzukaufen. Ich fürchte, Sie müssen mit einer schlichten Tasse Kaffee auskommen.

«Ich habe sie nicht da reingetan», sagte sie schnell.

«Sie können jetzt ganz beruhigt sein, Sibylla», sagte der Mann mit Namen Per-Olof. «Wir wissen, dass Sie es nicht waren.»

Sibylla wagte nicht zu glauben, dass das, was sie hörte, wahr sein sollte. Es konnte nicht wahr sein. Nicht jetzt, wo sie sich mit ihrem Schicksal beinahe ausgesöhnt hatte.

«Er hat gestanden», fuhr Per-Olof fort. «Als wir die Einmachgläser im Kühlschrank fanden, brach er zusammen. Er hätte sie beim Grab vergraben wollen.»

Es wurde still in dem Raum. Sibylla versuchte ihr Bestes, sich der neuen Situation anzupassen, aber dazu war sie viel zu erschöpft.

«Das Beste wäre gewesen, wenn Sie sich ein bisschen eher zu erkennen gegeben hätten. Dann hätten wir uns all das erspart.»

Patriks Mutter war es wieder, die sprach. Sibylla war klar, worauf sie anspielte. Sie konnte die Schelte, die Patrik bekommen hatte, nahezu hören.

«Sie hätten mir nicht geglaubt», sagte sie leise. «Oder wie?»

Keiner von ihnen gab eine Antwort darauf.

«Aber Patrik hat mir geglaubt ... Er ist bestimmt der Einzige, der mir geglaubt hat. Jemals.»

Lange Zeit war es still.

«Na denn», sagte Per-Olof schließlich. «Sie sind frei, Sie können gehen. Was werden Sie jetzt machen?»

Sibylla zuckte die Schultern.

«Ich weiß es», sagte Bergström und verließ seinen Platz an der Wand. «Wir werden nach Vetlanda fahren und uns ein wenig mit Ihrer Mutter unterhalten.»

Sibylla schüttelte den Kopf.

«Nein. Ich nicht.»

«Sibylla. Ich glaube nicht so recht, dass Ihnen die Sache wirklich klar ist.»

«Ich möchte dreihunderttausend haben. Mehr brauche ich nicht.»

Bergström lächelte nachsichtig.

«Es geht um mehrere Millionen.»

Sie sah ihn an, und als sich ihre Blicke begegneten, wurde ihm offensichtlich klar, dass sie wirklich meinte, was sie sagte.

«Sie können sie doch nicht so davonkommen lassen!», fuhr er fort. «Das ist ein ganzes Vermögen.»

Sibylla dachte ein Weilchen nach. Was sollte sie denn damit?

«Dann siebenhundert. Den Rest, können Sie ihr ausrichten, kann sie nehmen und sich in den Arsch stecken.»

D*er Türöffner summte*, noch bevor sie die Hand von der Klingel nehmen konnte. Ob er wohl immer daneben stand?

Wie beim vorigen Mal hatte er die Tür geöffnet und gewartet, als sie die Treppen heraufkam. Keiner von ihnen sagte etwas, bevor sie im Flur war und er die Tür hinter ihnen zugemacht hatte.

«Innerhalb einer knappen Woche von der berüchtigten Ritualmörderin zur umjubelten Heldin. Das macht Eindruck!»

Sie ging ins Zimmer und trat an die Computer. Diesmal hielt er sie nicht zurück.

«Hast du ihn gefunden?»

Er nickte.

«Fünftausend diesmal, hast du gesagt?»

Sie steckte die Hand in die Jackentasche, zog die Scheine heraus und legte sie auf die Tastatur. Er zog ein weißes Kuvert aus der Gesäßtasche und hielt es ihr hin.

«Ist das deiner?»

Sie sah ihn an. Nahm das Kuvert und ging wieder in den Flur.

«Nun, man ist halt ein bisschen neugierig», fuhr er fort.

Ohne noch etwas zu sagen, ging sie ins Treppenhaus hinaus und schloss die Tür hinter sich. Da erst merkte sie, dass sie zitterte. Als sie ein Stockwerk tiefer war, musste sie sich setzen.

Sie betrachtete das Kuvert, und ihr klopfte heftig das Herz in der Brust.

Ein weißes Kuvert mit der Antwort auf vierzehn Jahre Ungewissheit.

Wie hieß er? Wo wohnte er? Wer war er geworden?

Jetzt konnte sie es endlich erfahren.

In zwei Stunden ging der Bus.

Die Bezahlung war bereits geregelt und die Kaufdokumente waren unterschrieben. Gunvor Strömberg würde sie am Busbahnhof abholen und ihr die Schlüssel aushändigen.

Einfach Ruhe.

Seelenfrieden.

Und dann dieses weiße Kuvert mit dem Namen desjenigen, der immer gefehlt hatte.

Der ihr auf immer fehlen würde.

Wozu sollte das eigentlich gut sein? Es war doch schon alles zu spät, seit vierzehn Jahren war es schon zu spät.

Für wen tat sie das denn? Für ihn?

Oder für sich selbst?

Sie stand auf, verwirrt über ihren unerwarteten Scharfblick.

Mit welchem Recht würde sie nach vierzehn Jahren in sein Leben trampeln? Was würde ihm das bringen? Sie bekäme ihre Neugier gestillt, aber war er ihr das wirklich schuldig?

Er trauerte nicht. Warum wollte sie ihm dann etwas von ihrer Trauer abgeben?

Wenn sie ihm etwas schuldig war, dann dies, dass sie ihre Trauer selber trug.

Direkt vor ihr ein Müllschlucker. Ein Loch in der Wand, in das die Leute ihren Müll schmeißen konnten. Eine Stelle, wo die Menschen ihren Unrat loswurden.

Mit heftig klopfendem Herzen öffnete sie die Klappe. Nicht vor Unruhe klopfend, sondern in der befreienden Gewissheit, dass sie das Richtige tat.

Wenn der Bus sich an den Fahrplan hielt, würde sie noch vor dem Zapfenstreich des Nachbarn zu Hause sein.